DER ENGELSHENKER

ILONA BULAZEL

Ilona Bulazel
Sinzheimer Str. 40b
76532 Baden-Baden
Deutschland
E-Mail: kontakt@autorib.de
Website: https://www.autorib.de
Facebook: https://www.facebook.com/ilonabulazel
Newsletter-Anmeldung über: https://www.autorib.de/newsletter

Ausgabe 9.1/20

Korrektorat:
Natalie Röllig

Umschlaggestaltung:
Cover Design by James, GoOnWrite.com
Photo Images © Shutterstock / Supasart Meekumrai / Evgeni Kolesnik

Buchsatz:
Heike Fröhling, https://selfpublishingberatung.de

ISBN: 9781658094733
Imprint: Independently published

Weitere Informationen zum Druck:
siehe Buchende

INHALT

KAPITEL EINS

Es war nicht schwer gewesen, die Frau am Parkplatz abzufangen. Der erste Schlag auf den Kopf hatte ihr den Schädel zertrümmert, ein weiterer für den sicheren Tod gesorgt. Alles in allem ein Mord, der keiner besonderen Kunstfertigkeit bedurft hatte. Dafür brachte das, was nun folgen sollte, Spannung und die Befriedigung, dem Rest der Welt überlegen zu sein.

Er hatte fast zwei Stunden gewartet, während ihre Leiche im Auto lag und der ein oder andere Spaziergänger am Fahrzeug vorbeikam – nicht ahnend, dass dessen Kofferraum momentan nicht nur Ersatzrad und Wagenheber beherbergte, sondern auch zum metallenen Sarg geworden war.

Natürlich konnte er nicht die ganze Zeit beim Wagen bleiben, also folgte er den anderen Müßiggängern, wobei er sich wie ein Wolf unter lauter dummen Schafen vorkam.

Seine Geduld hatte sich gelohnt. Endlich war es so weit, die Felder um ihn herum lagen im Dunkeln und auch das Schloss selbst und die weitläufigen Gartenanlagen des Parks waren nur noch schemenhaft im blassen Mondlicht zu erkennen. Er war allein, hörte entfernt den schrillen Schrei eines Vogels und ganz in der Nähe ein Plätschern, das vermutlich von einer der Enten stammte, die sich ins Wasser gleiten ließ.

Als er nun den Kofferraum öffnete, wünschte er sich, sie würde noch leben, damit er einen Grund hätte, erneut zuzuschlagen. Allerdings genügte ein Blick in die trüben Augen seines Opfers, die im Schein der grellen Kofferraumbeleuchtung ihr sonst so intensives Blau verloren hatten, um zu erkennen, dass er bereits ganze Arbeit geleistet hatte.

Ein wenig enttäuscht hievte er die Leiche deshalb über die Schultern. Das, was er sonst noch benötigte, hatte er griffbereit in einer Tasche. Mit fast federndem Schritt überquerte er die nassen Wiesen. Die Last auf seinen Schultern störte ihn nicht. Die Frau war ein Fliegengewicht und so legte er die wenigen Meter bis zu seinem Ziel schnell zurück. Er hatte diesen Tag schon tausendfach in seinen Gedanken durchgespielt. Jede Bewegung saß, als hätte er eine Choreografie einstudiert. Die Taschenlampe fand Platz auf einem Baumstumpf, die Leiche lag mit verrenkten Gliedern auf dem Boden und er begann, den Oberkörper seines Opfers zu entkleiden. Die Arbeit war noch nicht getan, denn nun galt es, für eine perfekte Präsentation zu sorgen. Dazu gehörte auch die Botschaft, die er mit geradezu liebevoller Sorgfalt in ihre zarte Haut ritzte, denn die Welt sollte alles erfahren. Er machte sich sogar die Mühe, sie wieder anzuziehen, schloss den Reißverschluss ihrer Jacke und stellte sich vergnügt die überraschten Gesichter der Beamten vor, die den Fall bearbeiten würden. Dann legte er den Strick um ihren Hals und warf das andere Seilende über einen dicken Ast. Er genoss die körperliche Anstrengung, während er die Leiche wie eine Marionette in die Höhe zog. Schließlich trat er ein Stück zurück und betrachtete sein Werk. Der Schein der Taschenlampe glitt über den leblosen Körper, der leicht hin und her schaukelte, und ein glückliches Seufzen kam über seine Lippen, die sich leicht kräuselten und dem sonst so harmlos wirkenden Gesicht eine grausame Note gaben. »Der Anfang ist gemacht«, entfuhr es dem Mörder zufrieden.

* * *

Am frühen Morgen in Baden-Baden, Stadtteil Oos

Petra Heerse war es gewohnt, dass das Telefon zu den unmöglichsten Zeiten klingelte. Die Einundfünfzigjährige wusste genau, dass Anrufe in den frühen Morgenstunden selten etwas Gutes bedeuteten. Deshalb knipste auch sie wie selbstverständlich ihr Nachttischlicht an und stand auf, als ihr Mann das Gespräch entgegennahm. Ein Blick in sein Gesicht signalisierte ihr, dass er auch heute wieder zu einem Tatort gerufen wurde. Sie war schon im Begriff, das Schlafzimmer zu verlassen, um eilig die Kaffeemaschine anzuwerfen, als sie in ihrer Bewegung innehielt.

Es waren der tief betroffene, geschockte Gesichtsausdruck ihres Mannes und sein leises »Oh Gott, nein«, die sie mit hämmerndem Herzen warten ließen, bis er aufgelegt hatte.

Hauptkommissar Rolf Heerse war seit über zwanzig Jahren bei der Polizei, er hatte einiges gesehen, in viele menschliche Abgründe geblickt und sich bereits einen unsichtbaren Schutzpanzer zugelegt, wenn er den Dienst antrat. Heute Morgen jedoch konnte der nicht verhindern, dass ihn Trauer und Wut überwältigten und er mit bleichem Gesicht starr auf der Bettkante sitzen blieb. Dann senkte er den Kopf und rieb sich mit den Händen über die Augen. Seine Frau setzte sich neben ihn, schlang einen Arm um seine Schulter und lehnte sich vorsichtig an ihn. Er spürte ihre Angst und wusste, dass er sie nicht länger im Unklaren lassen durfte. Einen kurzen Augenblick ärgerte er sich über sich selbst: Warum hatte er seine Gefühle auch nicht besser unter Kontrolle? Eine unsinnige Überlegung, da er doch ganz genau wusste, dass er seiner Frau sowieso nie etwas hätte vormachen können.

»Was ist passiert?«, fragte sie leise.

Heerse stieß geräuschvoll die Luft aus, richtete sich auf und sah Petra direkt an, dankbar, sie an seiner Seite zu haben.

»Man hat eine Frauenleiche gefunden«, brachte er steif hervor und im nächsten Moment füllten sich seine Augen mit Tränen, bevor er flüsterte: »Sie haben Clara Calliditas gefunden.«

* * *

Vor über zwanzig Jahren

»Wo ist das Kind?«, fragte der Mann mit sanfter Stimme. Er war groß und kräftig, wirkte aber trotz seiner Statur nicht Furcht einflößend.

Die junge Frau stützte sich am Türrahmen ab. Sie hatte getrunken, das war nicht ungewöhnlich, auch nicht, dass sie sich um diese Zeit, immerhin war es erst einundzwanzig Uhr, bereits in einem rauschartigen Zustand befand.

»Das Kind?«, lallte sie deshalb. »Das verdammte Gör übernachtet bei einem anderen Balg, soll mir recht sein, dann geht mir hier niemand auf die Nerven.«

»Natürlich«, kam die verständnisvolle Antwort. »Es ist sicher nicht leicht, alleine für ein Kind zu sorgen!«

»Es ist die Hölle!«, stieß die Frau voller Abscheu hervor und gab die Tür frei. »Komm doch rein«, fuhr sie nun mit unverkennbarem Flirtton fort. Sie hielt eine Bierflasche in der Hand, aus der sie jetzt einen großen Schluck trank. Der kurze Bademantel, unter dem sie augenscheinlich nur einen Slip trug, rutschte dabei etwas auseinander und gab den Blick auf ihre nackten Brüste frei. Sie schwankte und überspielte das, indem sie einige tänzelnde Bewegungen machte.

»Huch.« Sie lachte vergnügt. »Ich bin wohl ein wenig betrunken. Willst du ein Bier?«

Es bestand sicher kein Zweifel daran, dass sie schon einiges an Alkohol konsumiert hatte. Aber nicht nur ihre schleppende Aussprache und das Schwanken waren dafür ein Indiz, auch die vollkommene Unbedarftheit, mit der sie einem ihr fast Fremden Zutritt gewährte.

Der Mann hatte ihr keine Antwort gegeben, trotzdem stapfte sie in die Küche, bemüht, geradeaus zu gehen, und riss den Kühlschrank auf, nur um laut fluchend festzustellen, dass keine Bierflasche mehr da war.

»Bier ist alle«, kreischte sie in Richtung Wohnzimmer. Dann hob sich ihre Laune jedoch, als sie eine angebrochene Flasche Rotwein entdeckte. »Aber hier ist noch ein leckeres Tröpfchen Roter, schön kalt. Du magst doch Rotwein, oder?«

Egal was er geantwortet hätte, sie war längst entschlossen, die Flasche mit ihrem unerwarteten Besucher zu leeren.

Während sie nach Gläsern suchte, sah er sich in dem verrauchten Wohnzimmer um. Der Aschenbecher quoll vor Zigarettenstummeln über. Leere Flaschen standen auf dem Couchtisch und hatten klebrige Ränder hinterlassen. Auf den abgewetzten Sesseln lagen Kleidungsstücke, vielleicht Bügelwäsche. Die Hosen und Pullover sahen schmuddelig aus und rochen vermutlich nach Rauch. Die schwere Schrankwand, die auch den Fernseher beherbergte, der rund um die Uhr lief, war abgenutzt. Eine der Türen hing schief, eine andere fehlte komplett. Die Schubladen waren nicht geschlossen und enthielten ein undefinierbares Sammelsurium aus Krimskrams. Der Teppich hatte unappetitliche Flecken und die einzige Topfpflanze welkte sicher schon seit Wochen vor sich hin.

»Lass uns anstoßen.« Mit diesen Worten kam die junge Frau fröhlich zurück und drückte ihm ein bis zum Rand gefülltes Weinglas in die Hand.

Er lehnte nicht ab, sondern prostete ihr zu und sagte: »Sie sind eine gute Gastgeberin und Mutter.«

Sie fühlte sich geschmeichelt, denn seine Worte klangen ehrlich.

»Wir sollten uns duzen«, schlug sie daraufhin vor. »Jetzt, wo wir uns näherkommen. Wie heißt du?«

»Michael«, gab er freundlich zur Antwort, legte den Kopf schräg und lächelte. »Mein Name ist Michael.«

* * *

Gegenwart

In den frühen Morgenstunden im Park des Schlosses Favorite bei Rastatt

Hauptkommissar Rolf Heerse hatte sich die knapp zwanzig Kilometer lange Fahrt über vor diesem Augenblick gefürchtet. Sein Oberkommissar Müller lenkte den Wagen ruhig über die Sinzheimer Straße Richtung Haueneberstein. Trotz der Umleitung über die neue B3 erreichten sie nach Heerses Empfinden ihr Ziel viel zu schnell. Die Beamten stiegen langsam aus, die Kollegen hatten den Tatort bereits abgesperrt und die ersten Schaulustigen waren ebenfalls schon vor Ort.

»Ich weiß nicht, was ich sagen soll«, wandte sich Müller, der bisher geschwiegen hatte, an seinen Vorgesetzten. »Ihr wart Freunde, wir alle haben sie gemocht, ich bin fassungslos.«

Der Hauptkommissar nickte seinem Mitarbeiter dankbar zu. »Wir werden herausfinden, was passiert ist!«

»Auf jeden Fall«, antwortete Müller nachdrücklich. »Sie hat zum Team gehört!«

Heerse empfand es als einen schlechten Scherz, dass ausgerechnet jetzt die Sonne hinter den Wolken hervorbrach. Seine Stimmung verlangte nach einem grauen wolkenverhangenen Himmel und nervendem Nieselregen, stattdessen brachten die hellen Strahlen die ganze Schönheit des Ortes zur Geltung und das schien ihm taktlos. Genauso wie die vielen Menschen am Tatort, die die Ruhe der Toten störten.

Der Gerichtsmediziner winkte Heerse zu sich, und Müller an seiner Seite fragte: »Wird es denn gehen?«

Das schroffe »Selbstverständlich!«, das Heerse zur Antwort gab, klang dennoch nicht überzeugend.

Die Leiche hing an einem der alten Bäume. Sein Stamm hatte sicherlich einen Durchmesser von einem Meter fünfzig. Ein dicker Ast hatte dem Mörder als Galgen gedient.

»Wir wollten warten, bis Sie sie gesehen haben«, erklärte der Gerichtsmediziner unsicher, »sollen wir sie nun abhängen?«

Dem Hauptkommissar lagen viele Antworten auf der Zunge, keine davon wäre freundlich gewesen, deshalb schluckte er sie herunter, wohl wissend, dass die Beamten nur ihren Job erledigten, und nickte lediglich zustimmend.

Er spürte einen Kloß im Hals, während man die Tote auf den Boden legte.

Einer der Kriminaltechniker trat auf den Hauptkommissar zu, er hatte einen Rucksack in der Hand. »Der lag bei der Leiche, deshalb konnten wir sie auch so schnell identifizieren. Alles da: Führerschein, Ausweis, Autoschlüssel, ihr Wagen steht auf dem Parkplatz, die Kollegen sind dran.« Der Mann war schon im Begriff zu gehen, da drehte er sich noch einmal um und murmelte: »Mein herzliches Beileid!«

Vermutlich war das der Moment, in dem Heerse bewusst wurde, dass er Gefahr lief, den Fall wegen Befangenheit zu verlieren. Denn jedem war bekannt, dass ihn und Clara Calliditas eine enge Freundschaft verbunden hatte. Wenn er seinen Vorgesetzten Anlass gäbe, an seiner Objektivität zu zweifeln, dann wäre er raus. Diese Erkenntnis veranlasste den Hauptkommissar, zwei tiefe Atemzüge zu nehmen. Er spürte, wie sich seine Lungen mit der kalten, frischen Luft füllten. Höchste Zeit, alles Persönliche auszuklammern. Clara Calliditas war eine Freundin gewesen, die beiden hatten sich im Gerichtssaal kennengelernt. Sie, die forensische Psychiaterin, die Gutachten über diejenigen erstellte, die er hinter Gitter bringen wollte. Sie waren nicht immer einer Meinung gewesen, aber sie hatten sich geschätzt. In den letzten Jahren hatte sich daraus eine Art Partnerschaft entwickelt. Clara Calliditas war zu einer Vertrauten, einer Beraterin geworden, die Heerse oft bei seinen Fällen unterstützt hatte. Er schuldete es ihr einfach, seine ganze Kraft darauf zu konzentrieren, das Monster zu finden, das ihr das angetan hatte.

»Wie alt war sie denn mittlerweile?«, hörte Heerse hinter sich zwei Kollegen von der Streife sprechen.

»Zweiundachtzig«, gab einer der Männer Antwort, und leise fügte er noch an: »Wer tötet denn eine Zweiundachtzigjährige?«

* * *

In der Dienststelle der Kriminalpolizei Baden-Baden

Kommissar Leonhard Schuster atmete tief durch, bevor er das Polizeigebäude betrat. Er bemühte sich, lässig zu wirken. Im Stillen gab er sich dabei selbst Anweisungen: *Zügig gehen, aber nicht hetzen, fester Blick, aber nicht starren, entspannte Mundwinkel, aber nicht grinsen, so wie ich es zu Hause vor dem Spiegel geübt habe.*

Als Leonhard nun vor dem Beamten stand, der im Eingangsbereich Dienst tat, befürchtete er, dass seine Anstrengungen zu nichts weiter als einer dümmlichen Grimasse geführt hätten.

Allerdings ließ sich der Mann hinter dem Schreibtisch nichts dergleichen anmerken, als er freundlich fragte: »Ja, bitte?«

»Schuster«, begann Leonhard. »Kommissar Leonhard Schuster, ich möchte zu Hauptkommissar Heerse.«

Der Beamte, ein Mann um die fünfzig, runzelte die Stirn, offensichtlich genügte ihm die Erklärung nicht, um den Durchgang freizugeben.

»Ich bin der Neue«, ergänzte der Kommissar deshalb. »Sozusagen die Schwangerschaftsvertretung«, versuchte er es nun sogar mit einem Scherz.

Sein Gegenüber lachte, das Eis war gebrochen und Leonhard spürte, wie ihm vor Nervosität der kalte Schweiß den Rücken herunterlief. Hoffentlich würde ihn keiner auffordern, das Jackett auszuziehen, sonst könnten alle die großen Schwitzflecken auf dem Hemd sehen.

»Erster Tag, was?«, begann der andere nun gut gelaunt ein Gespräch.

»Eigentlich fange ich erst nächste Woche an, aber ich dachte, es wäre eine gute Idee, mich schon einmal vorzustellen.«

Leonhards Gegenüber wurde ernst und schüttelte den

Kopf. »Ob die Idee wirklich so gut ist, weiß ich nicht.« Dann beugte er sich etwas nach vorne und fügte noch vertraulich an: »Wir haben einen Mord, schlimme Sache.«

Der junge Kommissar hatte keine Ahnung, was er darauf erwidern sollte, aber der ältere Kollege erlöste ihn aus der Situation, indem er sagte: »Sie können gerne warten, der Rolf ist sicher bald zurück.«

Leonhard nickte dem Mann zu und nahm in der Besucherecke Platz. Seine Handflächen waren feucht, als er eine der Broschüren vom Stapel nahm, in der für die Ausbildung bei der Polizei geworben wurde.

Er erinnerte sich noch gut daran, wie er als Kind darauf gebrannt hatte, endlich erwachsen zu werden und Polizist zu sein, so wie sein Vater. Der hatte die Karriereleiter nicht erklommen, sondern regelrecht erobert. Längst war er ein hohes Tier in der Verwaltung und hatte für seinen jüngsten Sohn Ähnliches geplant. Auch Leonhards älterer Bruder war erfolgreich, gehörte bei der Bundeswehr zu einer Spezialeinheit und erfüllte Papa mit Stolz.

Der Kommissar verzog das Gesicht. Egal was er tat, es würde nie gut genug sein. Selbst die hervorragenden Noten bei der Abschlussprüfung entlockten dem Vater nur ein »Ich hatte nichts anderes erwartet«. Leonhards Enttäuschung darüber war ignoriert worden, lediglich die Mutter hatte versucht, ihren Sohn mit den Worten: »Du weißt doch, wie er ist. Denke an unseren Herrn Jesus Christus und verzeihe ihm«, zu trösten.

Als dann noch herauskam, dass sich Leonhard auf eine befristete Stelle beworben hatte, war der Streit vorprogrammiert gewesen. Obwohl »Streit« eigentlich nicht das richtige Wort war. Wie gewöhnlich führte sein Vater einen Monolog über wichtige Kontakte und falsche Entscheidungen: »Eine Vertretung, das schwebt dir vor? Niemand erinnert sich an eine Aushilfe, wie soll dir das nützen?«

»Ich werde Erfahrungen sammeln, und mit Heerse zu arbeiten, ist eine Chance«, antwortete Leonhard, fest entschlossen, sich nicht umstimmen zu lassen.

»Papperlapapp«, entgegnete der Vater gönnerhaft. »Heerse ist ein guter Mann, aber ohne jeden Ehrgeiz. Der hätte schon längst Kommissariatsleiter sein können. So einer nützt dir nichts, wenn du vorankommen willst.«

»Ich werde von ihm lernen«, erwiderte Leonhard vehement.

»Was willst du lernen?«, warf ihm der Vater wütend an den Kopf. »Der Mann ist bei der Mordkommission, das ist nichts für dich. Du kannst ja nicht einmal Blut sehen, ich hätte dir einen Posten im Betrugsdezernat besorgen können, einen mit Aufstiegschancen.«

Leonhard fiel vor Zorn keine Antwort ein, also warf er seinem Vater nur einen bitterbösen Blick zu, den der überging. Stattdessen suchte er Augenkontakt mit dem älteren Sohn und zwinkerte dem verschwörerisch zu. In jenem Augenblick hätte Leonhard gerne zugeschlagen, einfach auf den Alten eingeprügelt und ihn für jeden Moment bestraft, in dem er ihm in den letzten sechsundzwanzig Jahren das Gefühl gegeben hatte, ein unfähiger kleiner Junge zu sein. *Ich hasse ihn*, dachte der Kommissar und zerknüllte unbewusst die Broschüre in seiner Hand.

»Kollege Schuster«, riss ihn eine fremde Stimme aus seinen Gedanken.

Ein Mann war vor ihm aufgetaucht und starrte ihn nun neugierig an. Sein Blick wanderte zu dem Werbeflyer, dann zurück zu Leonhards Gesicht. »Ich bin Oberkommissar Müller«, stellte sich der Beamte vor.

Leonhard kannte den Namen, wusste von Müllers Zusammenarbeit mit Hauptkommissar Heerse und sogar ein bisschen mehr. Er hatte sich über seine künftigen Kollegen schlaugemacht und daher eine einschüchternde

Persönlichkeit erwartet. Aber der circa vierzig Jahre alte Oberkommissar wirkte völlig bodenständig, unauffällig und nett. Trotzdem entging Leonhard nicht die Anspannung in dessen Zügen, vermutlich wegen des neuen Falls.

Müller seinerseits betrachtete den jungen Mann interessiert. Sie alle wussten, wer der Vater des neuen Kollegen war, und natürlich fragte sich jeder, warum sich jemand mit solchen Verbindungen freiwillig für einen befristeten Job meldete. Auch Müller war von seinem Gegenüber überrascht. Er hatte jemanden mit sicherem Auftreten erwartet, einen arroganten Schnösel, und sich eigentlich vorgenommen, auf Distanz zu bleiben. Aber wie ihm der Kollege vom Empfang schon angekündigt hatte, schien der jüngste Spross der Schuster-Familie sehr nervös und Müller dachte automatisch daran, wie er sich an seinem ersten Tag in einer neuen Abteilung gefühlt hatte.

»Der Boss ist noch in der Gerichtsmedizin«, begann Müller nun das Gespräch. »Sie haben sich einen schlechten Zeitpunkt für ein erstes Hallo ausgesucht«, fuhr er fort und versuchte gar nicht erst zu verbergen, dass gerade alle unter extremem Druck standen.

»Verstehe«, murmelte Schuster und wollte gerade sagen, dass es dann sicher besser sei, zu gehen, als er spontan vorschlug: »Ich kann sofort anfangen. Mein Umzug ist erledigt und den Resturlaub kann ich auch ein anderes Mal nehmen. Wozu also eine Woche warten, dann müssten Sie mich nachträglich einarbeiten, so wäre ich von Anfang an dabei, ich … ich wollte …« Er kam ins Stottern.

Müller zögerte nicht, das Angebot anzunehmen. Er dachte an die tote Clara Calliditas, an Heerse und das, was vor ihnen lag. Sie konnten jede Hilfe gebrauchen, die sie kriegen konnten. Er reichte Leonhard die Hand und sagte ehrlich: »Dann willkommen im Team.«

* * *

Zur gleichen Zeit in der Gerichtsmedizin

Hauptkommissar Rolf Heerse verließ mit gesenktem Blick die Räume der Gerichtsmedizin. Seine Gedanken kreisten um Erinnerungen an Doktor Calliditas. Deshalb bemerkte er auch nicht die Gestalt im Wartebereich vor den Obduktionssälen, die nun aus dem Schatten trat und seinen Namen sagte. Heerse blickte auf und zuckte zusammen. Für einen Augenblick glaubte er, Clara Calliditas stände vor ihm. Beinahe hätte er erleichtert gelächelt und alles nur für einen bösen Traum gehalten, als ihm dann doch bewusst wurde, dass die Frau ihm gegenüber lediglich eine starke Ähnlichkeit mit der Toten hatte.

»Herr Heerse?«, hörte er erneut die Stimme der Fremden. »Oder sagt man Herr Hauptkommissar?«, fügte die Frau an, deren Alter schwer zu schätzen war. Vermutlich war sie Anfang siebzig.

Sie bemerkte seine Verwirrung und erklärte: »Ich bin die Schwester von Clara, die jüngere Schwester, Maria.«

Heerse nickte traurig, reichte ihr die Hand und sprach sein Beileid aus.

Das tiefe Mitgefühl, das Maria dabei spürte, rührte sie. Tränen stiegen ihr in die Augen, und um Fassung bemüht sagte sie: »Clara hatte recht, Sie sind ein guter Mensch.« Es folgte ein Schluchzen und dann wurde die Frau von Weinkrämpfen geschüttelt.

Heerse legte behutsam einen Arm um Maria und geleitete sie zu den Stühlen. Er ließ ihr Zeit, und irgendwann ebbte das Schluchzen ab. Mit einem altmodischen Stofftaschentuch tupfte sich die Frau über die Augen. Sie hatten fast das gleiche intensive Blau wie die ihrer Schwester Clara.

»Sie sprach oft von Ihnen«, sagte sie nun mit bebender Stimme. »Meine Schwester war kein einfaches Wesen. Die meisten Menschen hat sie mit ihrer direkten Art verschreckt, außer ihre Patienten, die hingen immer sehr an ihr.«

Maria richtete sich etwas auf. »Wissen Sie, Clara konnte andere durchschauen, vermutlich war das der Grund, warum sie nicht schnell Freundschaften schloss.«

Bei dieser Schilderung musste Heerse automatisch lächeln und sein Gegenüber tat es ihm gleich. »Ich glaube, Sie waren einer der wenigen, die sie wirklich gemocht hat. Der Heerse«, begann Maria zu zitieren, »der ist noch ein Ehrenmann, auf dessen Wort kann man etwas geben.«

Der Hauptkommissar fing langsam an, sich unwohl zu fühlen. Er sah sich selbst längst nicht so positiv und die Lobpreisungen waren ihm peinlich.

Maria bemerkte das nicht und sprach weiter: »Deshalb bitte ich Sie auch, mir die Wahrheit zu sagen. Was ist mit meiner Schwester passiert?« Ihre Stimme brach erneut und sie kämpfte gegen die Tränen an. »Niemand gibt mir Auskunft«, schluchzte sie weiter. »Man hat mich hierherbestellt, mir gesagt, dass sie tot ist, aber ich darf sie nicht sehen …«

»Wir kennen noch nicht die genauen Umstände, die zu ihrem Tod geführt haben, ich …« Er unterbrach sich.

Marias Gesicht sprach Bände. »Verschonen Sie mich mit diesen Floskeln«, schien ihre Miene zu sagen.

Heerse blickte sie unschlüssig an. In Gedanken durchlebte er noch einmal das eben geführte Gespräch mit dem Gerichtsmediziner:

»Lochbrüche des Schädels, stumpfes Werkzeug. Vermutlich ein Hammer, zwei Schläge. Todeszeitpunkt zwischen 16.00

und 17.00 Uhr gestern Nachmittag. Als man sie aufgehängt hat, war sie jedenfalls definitiv schon tot. Die Frau war ansonsten für ihr Alter in einem guten gesundheitlichen Zustand«, fügte der Mediziner noch bedauernd an.

Kopfschüttelnd führte er Heerse zur Leiche. Unter dem Tuch bildete sich ein schmaler Körper ab und der Hauptkommissar begann plötzlich zu frösteln.

»Das ist aber noch nicht alles«, fuhr der Arzt fort. »Man hat ihr Wunden im Brustbereich zugefügt.« Unbarmherzig schlug er das Laken zurück.

Heerse hielt einen Moment die Luft an, vergaß zu atmen und spürte einen stechenden Schmerz hinter den Augenlidern.

»Ihr wurde ein Name in die Haut geritzt«, hörte er den Gerichtsmediziner sagen und es klang, als kämen die Worte aus einem entfernten Teil des Gebäudes.

Der Hauptkommissar schnappte nach Luft und besann sich auf den Grund seines Hierseins. Trauern konnte er später, jetzt musste er wie ein Polizist an den Fall herangehen. Obwohl es ihm schwerfiel, unterdrückte er all seine Gefühle und betrachtete die Wunden auf dem toten Körper. Sie bildeten tatsächlich einen Namen, dort stand »Raphael«.

Marias Stimme holte ihn zurück ins Hier und Jetzt. »Ich habe ein Recht, es zu erfahren«, blieb sie hartnäckig.

Heerse antwortete besorgt: »Sicher haben Sie das Recht, aber …«

»Nichts aber, ich bin fünfundsiebzig Jahre alt, ich habe mich immer der Wahrheit gestellt, was wäre ich ihr für eine Schwester, wenn ich das jetzt nicht aushalten könnte?«

Schweren Herzens entschied sich der Hauptkommissar, offen zu sein, wählte seine Worte jedoch mit Bedacht: »Wir wissen, dass Ihre Schwester gegen 16.00 Uhr in den Park des

Schlosses Favorite gefahren ist, um dort zu walken. Das hat uns die Haushälterin von Doktor Calliditas bereits mitgeteilt. Sie trug ihre Sportkleidung und hatte einen kleinen Rucksack dabei.«

»Ja, der war ein Geschenk von mir«, hauchte Maria.

»Wir gehen davon aus, dass man sie bereits bei ihrem Auto abgefangen und getötet hat.«

»Wie?«, beharrte Maria auf einer Antwort.

»Zwei Schläge auf den Kopf, danach hat man ihren Körper an einem der Bäume aufgehängt.«

Die Schwester von Doktor Calliditas sank in sich zusammen.

»Hat man sie bestohlen, war es wegen des Geldes?«, fragte sie verzweifelt.

»Alle Wertgegenstände sind unseres Wissens noch da.«

»Also war es etwas Persönliches. Oder denken Sie, Clara könnte lediglich ein zufälliges Opfer gewesen sein?«

Heerse sah die Frau einen Augenblick an. Sie schien einen ebenso scharfen Verstand zu haben wie ihre Schwester. Ihm wäre es im Moment jedoch lieber gewesen, sie würde ihm nicht diese Fragen stellen. Trotzdem erwiderte er: »Noch können wir das nicht mit Bestimmtheit sagen.«

Sie starrte an ihm vorbei und murmelte: »Wäre jetzt nicht der richtige Zeitpunkt, um mich nach möglichen Feinden zu fragen?« Dann wanderte ihr Blick zurück zu Heerse. »Ich will helfen, behandeln Sie mich nicht wie ein rohes Ei, stellen Sie Ihre Fragen, egal wie unangenehm sie sind.«

KAPITEL ZWEI

Einige Tage später

Der große Saal platzte fast aus allen Nähten. Jeder Stuhl war besetzt und in den Gassen dazwischen und an den Wänden standen jene, denen es nicht gelungen war, einen Sitzplatz zu ergattern. Trotzdem wäre keiner von ihnen wieder gegangen. Sie alle wollten von Doktor Clara Calliditas Abschied nehmen.

Die Trauerfeier fand in den altehrwürdigen Räumen eines Baden-Badener Hotels statt. Auf Wunsch der Verstorbenen hatte man sich alle Mühe gegeben, die Dekoration so zu gestalten, dass man nicht unweigerlich an Friedhof und Tod dachte. Dennoch täuschte nichts darüber hinweg, dass sich die Anwesenden zu einem traurigen Ereignis versammelt hatten.

Heerse saß in der ersten Reihe, neben ihm Petra, seine Frau, hinter ihm Oberkommissar Müller und der neue Kollege Schuster.

Maria hatte den Hauptkommissar gebeten, vorne Platz zu nehmen. »Sie waren ihr Freund, ich denke, so hätte es Clara gewollt.«

Natürlich gab es keinen Sarg oder eine Urne, da die

Leiche noch nicht freigegeben war. Aber das hätte ohnehin nichts geändert, denn die ehemalige Ärztin hatte bis über den Tod hinaus genau gewusst, was sie wollte. Erschreckend detailliert hatte sie Maria eine Liste mit der Überschrift »Mein letzter Wille« hinterlassen, die neben der Aufteilung des Vermögens auch Anweisungen für die Beerdigung enthielt:

Meinen Körper spende ich der Wissenschaft, niemand soll gezwungen sein, vor meinem Grab zu stehen und Unkraut zupfen zu müssen. Da ich dich, meine liebe Schwester, kenne und weiß, dass du auf Feierlichkeiten bestehen wirst, werde ich mich in diesem Punkt fügen, erlaube mir aber, entsprechende Vorkehrungen zu treffen, damit dir erspart bleibt, mit Blumengeschäften und Cateringservices zu feilschen.

Heerse hatte diese Verfügungen gelesen und erkannte in jedem Wort seine alte Freundin wieder. Fast schien es ihm, sie hätte geahnt, dass ihr Tod kein stilles Scheiden aus der Welt bedeuten würde. Dennoch hatte der Hauptkommissar bisher vergebens nach einer Spur gesucht. Seit Tagen durchforsteten sie das Leben der ehemaligen forensischen Psychiaterin. Sie hatte nie wirklich aufgehört zu arbeiten. Zwar gab es keine Patienten mehr, aber Doktor Calliditas hatte ehrenamtlich gemeinnützige Organisationen unterstützt, ab und zu Fachbeiträge veröffentlicht und Vorträge an Hochschulen gehalten. Außerdem war sie ihren Hobbys nachgegangen. Sie hatte sich einem Skatklub angeschlossen, etwas, das Heerse mit einem Lächeln quittierte, als er davon erfuhr, regelmäßig Aufführungen im kleinen Theater in Baden-Baden besucht sowie die Caracalla Therme und gelegentlich ihre Walking-Runde im Schloss Favorite gemacht.

Das Schluchzen von Petra riss ihn aus seinen Gedanken. Tröstend griff er nach ihrer Hand und drückte sie. Jeder der hier Anwesenden nahm schweren Herzens Abschied, zumindest vermutete der Hauptkommissar das. Er hörte das Rascheln der Papiertaschentücher, leises Weinen und die abgehackten Worte, die die Trauerredner mühsam hervorbrachten, während deren tränenerfüllter Blick immer wieder zu der aufgestellten Fotografie von Clara Calliditas wanderte. Aber irgendwer trauerte nicht, irgendwer hatte die Zweiundachtzigjährige brutal ermordet und zur Schau gestellt.

Oberkommissar Müller fühlte sich unwohl. Er hasste Beerdigungen, hatte selbst schon geliebte Menschen verloren und wäre daher nur zu gerne unter einem Vorwand zu Hause geblieben. Zu Hause bei seiner Frau Maren. Sie hatten erst vor wenigen Monaten geheiratet und als sie dann erfuhren, dass Maren schwanger war, da schien ihr Glück perfekt. Dann jedoch gab es Komplikationen und plötzlich beherrschte die Angst um das Baby ihr Leben. Das war auch der Grund dafür, dass Maren nicht mehr arbeiten konnte. Mittlerweile war auch sie Oberkommissarin. Sie hatten beide zu Heerses Team gehört, Höhen und Tiefen erlebt und eines Tages, da waren aus Kollegen erst Freunde und schließlich Liebende geworden. Maren litt unter dem ärztlich verschriebenen Hausarrest, hielt sich jedoch dem Baby zuliebe an alle Anweisungen. »Keine Aufregung!«, hatte der Arzt gesagt und Müller fragte sich, wie man in solch einer Welt, in der eine schlechte Nachricht die andere jagte, jemanden vor Aufregung schützen sollte.

Ganz davon abgesehen, wie hätte er Maren schonend die Ermordung von Clara Calliditas beibringen können, bevor ihm die Medien zuvorgekommen wären?

Sie hatte geweint, unbewusst über ihren Babybauch gestreichelt und ihn gezwungen, ihr jedes schreckliche Detail mitzuteilen. »Ich werde keine Ruhe finden, wenn ich nicht Bescheid weiß«, hatte sie ihn angefahren. »Ich lebe hier wie eine Einsiedlerin, Clara Calliditas war eine Freundin und ich sitze auf der Couch und kann nichts tun. Lass dir also nicht einfallen, mich auszugrenzen.«

»Der Arzt hat gesagt ...«, versuchte er, sie zur Vernunft zu bringen.

»Der Arzt hat gesagt, ich darf mich nicht aufregen, du« – sie richtete ihren Zeigefinger wie eine Klinge auf ihn – »du regst mich gerade auf. Ich will wissen, was passiert ist.«

Müller hatte keine Wahl gehabt. Immerhin war das nicht seine erste Schwangerschaft. Er hatte bereits zwei Kinder aus erster Ehe und wusste daher genau, dass es überlebenswichtig sein konnte, einer werdenden Mutter ihren Willen zu lassen.

Der Oberkommissar zuckte zusammen, als ihn Schuster vorsichtig mit dem Ellenbogen anstupste.

Der neue Kollege beugte sich zu Müller und flüsterte: »Denken Sie, er ist hier?«

Müller fragte, ohne zu überlegen: »Wer?«

»Der Mörder«, entgegnete Schuster irritiert darüber, dass dem anderen das nicht sofort klar war.

Im ersten Moment wollte Müller dem Impuls nachgeben, sich umdrehen und den Raum mit den Augen scannen. Dann jedoch atmete er durch und flüsterte zurück: »Selbst wenn, wir würden ihn nicht erkennen. Wer das getan hat, der weiß sich zu verstellen.«

Schuster nickte und spürte ein Kribbeln, für das er sich augenblicklich schämte. Der Fall entwickelte sich aufregend und er steckte mittendrin. Während die anderen betroffen waren, zählte für ihn die Herausforderung, die Chance, mit dem berühmten Rolf Heerse zu arbeiten und zu zeigen, was er, Leonhard Schuster, draufhatte.

Der junge Kommissar blickte auf Heerses Hinterkopf mit dem schütteren Haar. Der Hauptkommissar war ganz anders, als ihn sich Schuster vorgestellt hatte. Wie er sich jetzt eingestand, hatte er wohl eher einen Typen wie seinen Vater erwartet. Kalt und aalglatt, eine Mischung aus arrogantem Besserwisser und selbstherrlichem Tyrannen. Rücksichtslos, ähnlich einem Eroberer, der seine verwundeten Soldaten am Straßenrand verbluten ließ, weil sie ansonsten nur Ballast wären und den Sieg kosten könnten.

Aber Heerse war nett, hatte ihn freundlich aufgenommen und sofort eingebunden. Bei diesem Gedanken spürte Schuster eine Art Bedauern. Was würde passieren, wenn das alles vorbei wäre?

»Meine Schwester war nie ein gläubiger Mensch«, erklang die Stimme von Maria und ließ Schuster aufblicken.

Sie hatte ebenfalls eine kleine Rede vorbereitet und trug diese nun mit zitternder Stimme vor. »Clara war immer der Wissenschaft verbunden, suchte ständig nach Antworten und liebte es, den Dingen auf den Grund zu gehen. Jetzt erforscht sie die andere Seite und ich bin sicher, dass sie auch dort alles auf den Kopf stellen wird.« Zustimmendes Gemurmel und leises Lachen unterstrichen Marias Worte. »Ein wunderbarer Mensch hat mich verlassen und ich bin davon überzeugt, dass eine so kostbare Seele nicht verloren geht, sondern beschützt und behütet einen sicheren, einen besseren Ort zum Verweilen findet. Lebe wohl, Clara, meine große, wunderbare Schwester, wo immer du jetzt auch bist!«

* * *

Am späten Nachmittag

Er musste sich nicht einmal verstecken, denn das war der Vorteil, wenn sich die Menschen nur noch um sich selbst kümmerten und keinen Blick mehr für die unmittelbare Umgebung hatten: Man ging einfach in der Masse unter. Wenn so wie heute mehrere Reisegruppen durch die Innenstadt von Baden-Baden geführt wurden, war es besonders einfach. Hunderte Füße trippelten über das Pflaster, um sich von den Sehenswürdigkeiten der Stadt beeindrucken zu lassen. Und er benutzte sie als Deckung, während er seine Beute verfolgte. Gelegentlich hob neben ihm jemand einen Schirm in die Höhe, unverkennbar ein Reiseleiter, der seine Schäfchen einsammelte. Streifte ihn dann ein fragender Blick, zuckte er nur entschuldigend mit den Schultern und suchte sich einen neuen menschlichen Sichtschutz.

Beinahe hätte er sie aus den Augen verloren, aber plötzlich tauchte sie wieder vor ihm auf. Sie kam aus dem Rotenbachgäßchen, und er fragte sich, was sie da wohl gemacht hatte. Aber eigentlich spielte das keine Rolle, denn bald wäre sowieso alles ausgelöscht, ihre Vergangenheit, ihre Gegenwart und vor allem ihre Zukunft.

Sie sah immer noch gut aus. Nach über zwanzig Jahren musste sie inzwischen Mitte vierzig sein. Ihre Kleidung wirkte teuer, kein Wunder. Die Lügen von damals bescherten ihr heute ein sorgenfreies Leben. Aber es würde ein kurzes Leben sein. Erneut blieb sie stehen, sah in das Schaufenster eines Modegeschäfts und trat schließlich ein. Ein Grinsen huschte über sein Gesicht, er liebte diese Art der Vorbereitung, nannte es selbst die Phase des Studiums und genoss die Spannung, die er bei der Verfolgung seiner Opfer empfand.

Die alte Ärztin hatte einen ausgefüllten Stundenplan

gehabt, es war nicht einfach gewesen, verlässliche Daten zusammenzutragen, zu oft änderten sich Uhrzeit und Tag ihrer Unternehmungen. Außerdem konnte er ja nicht vierundzwanzig Stunden auf der Lauer liegen, da gab es immerhin noch dieses andere Leben, das, was ihn zu einem normalen Menschen machte, aber wer wollte schon normal sein?

Er stand nun neben dem Schaufenster, tat so, als würde er die Nachrichten auf seinem Smartphone checken, und konnte unauffällig beobachten, was im Laden vor sich ging. Sie hatte sich für ein schlichtes, aber sündhaft teures schwarzes Kostüm entschieden. Als sie kurze Zeit später aus der Kabine trat und einen Blick in den Spiegel warf, lag ein zufriedener Ausdruck auf ihrem Gesicht. Natürlich konnte er nicht verstehen, was gesprochen wurde, aber in den Mienen der Menschen zu lesen, gehörte zu seinen Fähigkeiten.

Die Verkäuferin, ein kleines, unscheinbares Ding, dem weder die goldglänzenden High Heels noch das raffiniert geschnittene Oberteil Klasse verliehen, zeigte sich der Kundin gegenüber regelrecht unterwürfig. Sie überschüttete die Frau im schwarzen Kostüm mit Komplimenten, während diese sich hin und her drehte und von allen Seiten betrachtete. Ihn erinnerte sie dabei an eine Katze, die sich genüsslich auf dem Rücken wälzte.

Natürlich kaufte sie das Kleidungsstück und trat kurz darauf mit einer schicken Tüte und einem Lächeln aus dem Geschäft.

Er folgte ihr noch zum Parkplatz. Allmählich hatte er sie genug studiert und es war Zeit, zum Ende zu kommen. Vielleicht, so hoffte er, würde sie dann dieses neue schwarze Kostüm tragen, denn das wäre das perfekte Outfit für ihre Beerdigung.

* * *

Am nächsten Morgen

Hansjörg Richter hatte sich lange überlegt, ob er es ihr überhaupt sagen sollte. Niemand wusste, was Nina wirklich verstand und wie sie auf die Nachricht reagieren würde.

Frau Tietze, die Pflegerin, die ihn bei der Betreuung der Schwester unterstützte, schob gerade den Rollstuhl in die Küche. Seit damals weigerte sich Nina, selbstständig zu gehen, ließ sich jedoch anstandslos überall mit dem Rollstuhl hinfahren.

»Sie hat heute einen guten Tag«, meinte Frau Tietze, bevor sie sich verabschiedete und dabei ein wenig verlegen auf die Ablage des Küchenschranks schielte, wo für gewöhnlich ihr Lohn lag.

»Oh! Tut mir leid«, beeilte sich Hansjörg zu sagen, als er ihren Blick bemerkte, stand auf und kramte schnell einige Geldscheine aus seiner Hosentasche. »Dann bis morgen«, fügte er freundlich an und befürchtete wie jeden Tag, dass Frau Tietze ihm, ähnlich ihren zahlreichen Vorgängerinnen, eine Abfuhr erteilen würde.

Die Betreuung von Nina war nicht leicht und er konnte keine großen Summen dafür ausgeben. Man hatte ihm eine staatliche Einrichtung vorgeschlagen, das Amt hätte die Kosten übernommen, aber das brachte er nicht übers Herz. Vermutlich würde dort niemand die Geduld aufbringen, die Nina benötigte. Man las ja genug darüber in den Zeitungen: Pflegekräftemangel, Einsparungen, Nina würde dort den ganzen Tag in einer Ecke sitzen, ohne Zuneigung und ohne Zuspruch. Er fühlte sich für die Schwester verantwortlich, obwohl ihn das bereits seine Ehe und einen Arbeitsplatz gekostet hatte. Mittlerweile hielt er sich mit Heimarbeit und einem Aushilfsjob an der Tankstelle über Wasser. Der Zuschuss vom Amt und die Tatsache, dass er die Eigentumswohnung seiner Eltern geerbt hatte und deshalb keine Miete zahlen musste, ermöglichten es ihm, die Betreuung zu übernehmen, aber wie lange noch?

Er seufzte, als er hörte, wie sich hinter Frau Tietze die Tür schloss, wenigstens hatte sie versprochen, morgen wiederzukommen.

Nina, die ihm gegenübersaß, stierte mit abwesendem Blick auf den Teller vor sich.

»Du hast sicher Hunger«, versuchte Hansjörg mit ruhiger, geduldiger Stimme zu sprechen, während er eine Scheibe Brot mit Butter und Marmelade bestrich. Anschließend zerschnitt er es in lauter kleine Rechtecke und begann, seine Schwester zu füttern.

»Schmeckt es dir?«, fragte er sanft und ertappte sich nach all den Jahren dabei, immer noch gegen die Tränen anzukämpfen, wenn er sie betrachtete. Nina war mittlerweile achtundvierzig Jahre alt. Ihr Gesicht zeugte noch davon, wie hübsch sie in ihrer Jugend gewesen war, selbst das schlecht geschnittene Haar und die bleiche Haut konnten das nicht verbergen. Alle Jungs hatten sich für Nina interessiert, und Hansjörg, als älterer Bruder, hatte sich immer verpflichtet gefühlt, auf seine kleine Schwester aufzupassen. Er dachte zurück an diese Zeit und schob Nina ein weiteres Stückchen Brot in den Mund. Gehorsam öffnete sie die Lippen und ließ es zu.

»Erinnerst du dich noch an die Ärztin?«, begann er nun vorsichtig zu erzählen. Tief in seinem Inneren hoffte er, dass die Nachricht, die er seiner Schwester überbringen wollte, diese wachrütteln und ins Leben zurückholen würde, wie ein Schock, verursacht durch kaltes Wasser oder einen heftigen Schrecken.

Nina reagierte nicht, und Hansjörg fütterte sie erneut,

dabei sagte er: »Ihr Name war Clara Calliditas, man hat sie getötet.«

In diesem Augenblick ging ein Ruck durch Ninas Körper. Sie zuckte zusammen und schloss dabei den Mund, sodass sie schmerzhaft in den Finger ihres Bruders biss.

Der schrie auf und versuchte die Hand zurückzuziehen, aber Ninas Kiefer pressten sich unnachgiebig zusammen. Ihre kleinen Zähne bohrten sich in Hansjörgs Fleisch, und eine Sekunde später lief ein feines Rinnsal Blut an ihrer Lippe entlang.

»Nina, öffne den Mund«, schrie er jetzt panisch. Fast glaubte er, ihre Zähne hätten sich bereits durch das Fleisch seines Zeigefingers bis zum Knochen vorgearbeitet. »Nina«, schrie er erneut, holte schließlich aus und schlug ihn mit der flachen Hand ins Gesicht.

Der Druck auf seinen Finger ließ augenblicklich nach, der Mund der Schwester öffnete sich und Hansjörg zog schnell die Hand zurück.

»Herrgott, Nina«, sagte er resigniert und betrachtete die Abdrücke im Fleisch.

Aber die Schwester war längst wieder in ihre eigene Welt versunken, realisierte weder den Schmerz in den Augen ihres Bruders noch das Glühen der eigenen, durch den Schlag geröteten Wange und störte sich auch nicht an dem Blut, das ihr aus dem Mundwinkel direkt auf die Brust tropfte und den Stoff ihres weißen Pullovers rosa verfärbte.

Hansjörg hingegen war entsetzt. Jetzt würde er sie umziehen müssen, er hasste das. Aber wenn die Tietze das Blut entdecken würde, käme es unweigerlich zu unangenehmen Fragen.

Umständlich zog er ihr deshalb das Kleidungsstück über den Kopf, stellte sich dazu hinter sie, um sie nicht anblicken zu müssen. Der Einfachheit halber wählte er eine Bluse zum Knöpfen. Nina ließ alles geduldig über sich ergehen.

Am Ende zog er die Ärmel zurecht. Wie gewöhnlich empfand er dabei ein tiefes Schuldgefühl – zum einen, weil er sie damals nicht hatte beschützen können, zum anderen, weil er sich manchmal wünschte, sie wäre gestorben und hätte nicht so viele Jahre als Schatten ihrer selbst überleben müssen. Erneut zupfte er an den Ärmeln der Bluse. Frau Tietze machte normalerweise in jeden einen Knoten, aber ihm war es lieber, sie hingen lose neben Ninas Körper. Hansjörg schüttelte müde den Kopf. Wem machte er etwas vor? Egal wie viel Mühe er sich auch geben würde, mit nichts ließ sich kaschieren, dass seine Schwester keine Arme mehr hatte.

* * *

Etwa zur gleichen Zeit

Oberkommissar Müller war besorgt. Maren, seine Frau, hatte ihn auf äußerst charmante, jedoch gleichermaßen gerissene Art überlistet.

»Ich möchte ein wenig an die frische Luft, der Arzt hat mir kleine Spaziergänge erlaubt, ja sogar empfohlen.« Damit hatte alles angefangen.

Er, ganz der ergebene Ehemann, hatte seine Frau natürlich ermutigt, sie zum Auto geleitet, woraufhin sie geschnauzt hatte: »Behandle mich nicht wie einen Pflegefall!«

»Ich möchte nur auf dich achtgeben« war seine geduldige Erwiderung gewesen, was ihr ein genervtes »Lass uns fahren« entlockte.

Geschickt hatte sie ihn mit einem speziellen Essenswunsch zuerst zu einem Geschäft in Haueneberstein gelockt, dann behauptet, noch eine Kleinigkeit aus einem

Reformhaus im nächsten Ort zu benötigen, und schließlich befand er sich direkt auf dem Weg zum Schloss Favorite.

»Hältst du das für eine gute Idee?«, fragte Müller nun, als er den Wagen auf dem Parkplatz abstellte.

Maren lächelte ihn an. Es war unter anderem dieses Lächeln gewesen, das ihn schon damals um den Verstand gebracht hatte. Ihr wunderschönes Gesicht mit der leicht schiefen Nase, die ihre Schönheit noch unterstrich, leuchtete. »Ich bin vorsichtig, versprochen. Ich fühle mich heute gut, sehr gut sogar, ich bin glücklich.« Sie beugte sich umständlich zu ihm, die Handbremse war dem Babybauch im Weg, und drückte ihm einen Kuss auf den Mund. Dann erklärte sie: »Ich weiß, dass ich nicht an den Ermittlungen teilnehmen kann, und ich will mich auch gar nicht in die Polizeiarbeit stürzen. Aber ich konnte schon nicht zur Trauerfeier und jetzt habe ich das Bedürfnis, Abschied zu nehmen. Vielleicht wäre das für eine andere Frau merkwürdig, aber als Polizistin denke ich, hier ist genau der richtige Ort, um das zu tun.«

»Wenn ich nur den leisesten Verdacht habe, dass es dir nicht gut geht, verfrachte ich dich ins Krankenhaus, und dort bleibst du dann bis zur Geburt«, gab er widerwillig nach.

Wieder das Lächeln. »Das ist nur fair!«

Wenige Minuten später gingen sie gemächlich über die ordentlich angelegten Wege des Schlossparks. Großzügige Wiesenflächen, alter Baumbestand und die Ententeiche gaben einem das Gefühl, gerade in eine andere Welt einzutauchen. Maren blieb stehen und betrachtete das Schloss. »Im Internet heißt es, es wäre eines der besterhaltenen Barockschlösser in Deutschland. Es ist so schön, dass man denken könnte, jemand hätte eine perfekte Filmkulisse aufgebaut. Die meisten alten Schlösser, die ich bisher gesehen habe, waren Ruinen. Aber hier kann man sich vorstellen, wie die Leute damals gelebt haben. Wusstest du, dass die Markgräfin Sybilla Augusta es vor allem für ihre Porzellansammlung hat bauen lassen?« Marens Blick wanderte zu der breiten Treppe und fast wäre sie versucht gewesen, hinaufzuschreiten, aber dann befürchtete sie, dass ihr die Kraft fehlen könnte, die Stufen zu erklimmen, und wandte sich an ihren Mann. »Lass uns dort hingehen, wo es passiert ist.«

Nur ungern führte er sie vom Schloss weg, über eine kleine Brücke bis zu dem großen, alten Baum. Nichts zeugte mehr von dem grausamen Verbrechen, das hier begangen worden war.

Müller deutete auf eine schmale Straße, die vom Schlossgelände in Richtung des Orts Kuppenheim führte. »Hier hatte sie ihren Wagen geparkt. Wir vermuten, dass er sie direkt dort abgefangen hat.« Den Rest musste er nicht erklären, Maren wusste bereits Bescheid.

»Und niemand hat etwas gesehen?«

»Die Kollegen waren tagelang im Park unterwegs, um die Besucher anzusprechen, außerdem gab es noch den Aufruf in der Presse. Zwar meldeten sich Zeugen, die sich daran erinnerten, Doktor Calliditas beim Walken gesehen zu haben, aber eben nicht an jenem Tag.«

»Und Heerse? Wie geht es unserem Boss?«

Müller zuckte mit den Schultern. »Er ist verbissen, aber ich befürchte, wenn wir nicht bald etwas abliefern, schließen die den Fall. Es ist aber auch zum Verrücktwerden. Doktor Calliditas hatte Unmengen an Patienten, aber das liegt alles schon so lange zurück, dass es kaum noch Unterlagen gibt. Ehemalige Mitarbeiter von ihr sind gestorben, genauso wie Freundinnen oder Familie. Die einzige mögliche Quelle ist Maria, ihre Schwester, aber die weiß nichts von Feinden oder Drohungen, wir tappen also völlig im Dunkeln. Heerse ist davon überzeugt, dass wir etwas übersehen.«

»Wahrscheinlich hat er damit recht«, entgegnete Maren mit Nachdruck. »Vielleicht wenn ich einmal die Akten …«

»Auf gar keinen Fall«, erwiderte ihr Mann bestimmt. »Mir ist schon nicht wohl dabei, überhaupt mit dir über die Ermittlungen zu reden. Versprich mir, vernünftig zu sein.«

Sie lenkte ein. »Natürlich, aber wenn man den ganzen Tag auf der Couch liegt, dann hat man auch Zeit zum Nachdenken. Dieser Name, Raphael, was soll der bedeuten?«

»Auch das Rätsel konnten wir bislang nicht lösen.«

Maren schwieg und sah einer Gruppe Raben hinterher, die gerade laut krächzend davonflog.

»Wenn sich jemand so viel Mühe gibt, sein Opfer zur Schau zu stellen, dann will er auch, dass man begreift, warum er das tut, denkst du nicht?«

»Sicher, aber da es ansonsten keine Spuren gibt, ist es uns bisher nicht gelungen, die Botschaft zu entschlüsseln.«

Sie wusste, unter was für einem Druck das Team stand, und auch wenn sie sich verpflichtet fühlte zu helfen, war sie letzten Endes doch froh, dass nicht sie die Verantwortung trug, den Schuldigen zu finden. Deshalb drückte sie Müllers Hand etwas fester, bevor sie sie losließ, einen Schritt nach vorne trat und über die Wiese zu dem Baum stapfte, an dem man die Leiche aufgehängt hatte. Maren sprach im Stillen ein Gebet. In diesem Augenblick wehte ein Windstoß die letzten bunten Blätter vom Ast einer Kastanie. Kurz tänzelten sie in der Luft, bevor sie wie goldene Schnipsel auf das dunkle Wasser des Ententeiches glitten. Die Augen der Polizistin füllten sich mit Tränen und sie flüsterte ein Lebewohl. Dann wandte sie sich um und hakte sich bei ihrem Mann unter. »Lass uns nach Hause gehen, wir werden im Frühjahr mit dem Baby wiederkommen.«

KAPITEL DREI

Wenige Tage später

Es war bereits später Abend und *ihn* drängte es, in Erscheinung zu treten. Die Polizei tappte im Dunkeln, das war jedem klar, denn die dürftigen Pressemitteilungen sprachen für sich. Aber so durfte es nicht enden, schließlich hatte er eine Aufgabe, eine Mission, zu erfüllen und dafür brauchte er die Aufmerksamkeit der Menschen. Sie sollten lernen und verstehen.

Er trank einen Schluck aus dem vornehmen Weinglas, das sicher genauso teuer gewesen war wie sein Inhalt.

Angelika Trochner rümpfte ein wenig die Nase bei dem Gedanken, dass der Typ auf ihrer Couch gerade den guten Spätburgunder, den sie eigentlich für einen besonderen Anlass aufgehoben hatte, wie Wasser herunterschüttete. Aber dann besann sie sich, was für eine Chance ihr gerade geboten wurde, und suchte eifrig nach Block und Stift. Normalerweise nahm sie solche Unterhaltungen auf, aber ihr Gast verlangte, anonym zu bleiben. Einerseits verständlich, aber sicher nicht fortschrittlich. Wer war im Zeitalter des Internets und der sozialen Netzwerke denn noch anonym? Trotzdem hatte sie nicht widersprochen und bereitwillig garantiert, ihre Quelle unter keinen Umständen preiszugeben und nicht einmal seine Stimme aufzuzeichnen.

Als sie zurück ins Wohnzimmer trat, schien sich ihr Interviewpartner wohlzufühlen. Das irritierte die Journalistin ein wenig. Gewöhnlich waren die Menschen, die um ein geheimes Treffen baten, nervös.

»Setzen Sie sich doch«, sagte er freundlich, so als wäre das seine Wohnung.

Angelika spielte mit, ein geringer Preis für das, was der Mann ihr angeblich anzubieten hatte.

»Ich kann Ihnen alles über den Mord an der Ärztin erzählen«, hatte er sie auf der Straße angesprochen.

Er war wie aus dem Nichts aufgetaucht, sie hatte sich erschreckt, sich dann aber von ihm überreden lassen, einen ruhigeren Ort aufzusuchen. »Ich will nicht mit Ihnen gesehen werden«, hatte er angefügt, und im Nachhinein beschlich die Journalistin der Verdacht, dass sie geschickt manipuliert worden war. Für gewöhnlich nahm sie ihre Quellen nicht mit in die Wohnung und überhaupt: War es ein Zufall, dass er sie ausgerechnet kurz vor ihrem Zuhause abgefangen hatte?

»Das, was Sie da tragen, steht Ihnen gut«, fuhr er fort und spielte damit auf das schwarze Kostüm an, das sie sich erst vor wenigen Tagen spontan gekauft hatte.

»Aus einem der Baden-Badener Modegeschäfte, nehme ich an. Eines der kleinen, aber exquisiten in der Fußgängerzone.«

Sie fühlte sich zunehmend unwohl und er lächelte zufrieden.

»Vielleicht sollten wir das Interview doch besser in der

Redaktion führen«, war es ihr plötzlich ein Bedürfnis, die ganze Sache abzubrechen. »Es ist schon spät und außerdem kommt mein Freund bald nach Hause.«

»Wenn Sie nicht wissen möchten, wer Clara Calliditas umgebracht hat, dann finde ich sicher eine Kollegin oder einen Kollegen, den das mehr interessiert.« Er stand auf, stellte das Glas auf den Tisch und machte tatsächlich Anstalten zu gehen.

Angelika wähnte sich deshalb in Sicherheit, schalt sich selbst einen Angsthasen und hielt ihn zurück. »Nein, bitte setzen Sie sich, ich möchte dieses Interview mit Ihnen führen.« Sie war ebenfalls aufgestanden und sah ihn auffordernd an.

»Und Ihr Freund?«, fragte er provozierend, »Sie wissen doch, ich muss anonym bleiben.«

»Er wird sich verspäten, da bin ich ganz sicher«, antwortete sie verschwörerisch und natürlich war ihrem Gegenüber damit klar, dass es nie einen Freund gegeben hatte.

»Sie sind geübt im Lügen«, entgegnete er daraufhin freundlich, legte den Kopf schräg und betrachtete ihr hübsches Gesicht, das nicht einmal jetzt, nachdem man sie ertappt hatte, errötete.

Sie zuckte lediglich mit der Schulter und erwiderte geschäftsmäßig: »Lassen Sie uns anfangen.«

»Oh ja, das sollten wir«, folgte seine Antwort, während er ausholte und ihr mit der geballten Faust ins Gesicht schlug.

Angelika stürzte zu Boden, blieb benommen liegen, keuchte, versuchte, um Hilfe zu rufen, aber genau in diesem Moment spürte sie ein feuchtes Tuch auf ihrem Gesicht. Ein scharfer Geruch strömte ihr in die Nase, automatisch hielt sie die Luft an, drehte den Kopf zur Seite, aber das half nichts. Kurz darauf verlor sie das Bewusstsein.

Er streifte Handschuhe über, zerrte sein Opfer brutal in

die Mitte des Raumes und fesselte es an Händen und Füßen. Der Rock des schwarzen Kostüms war nach oben gerutscht und gab so den Blick auf ihre schlanken Beine frei. Unter der feinen Nylonstrumpfhose sah er das schwarze Seidenhöschen, und für einen Augenblick konnte er der Versuchung nicht widerstehen, sie zu berühren. Er vergaß seine eigentliche Aufgabe und gab sich der Erregung hin. Plötzlich lag Schweiß auf seiner Stirn und die Erektion, die er deutlich in seiner Hose spürte, verunsicherte ihn. Was tat er da gerade? Seine Finger strichen nun immer gieriger über die Schenkel der gefesselten Frau. Und plötzlich wusste er, was hier geschah. Sie wollte ihn verführen, von seiner Mission abhalten, ihm eine Falle stellen.

Vor Zorn stieß er einen knurrenden Laut aus und zog seine Hände zurück. »Du Schlange«, zischte er, richtete sich schnell auf und trat einen Schritt nach hinten, so als müsste er sich vor ihr in Sicherheit bringen. »Du wirst mich nicht auf den falschen Weg führen«, sprach er nun beherrschter weiter und erinnerte sich an seinen Plan.

In dem mitgebrachten Rucksack fand sich alles, was er heute benötigen würde.

Seine Spuren in der Wohnung zu verwischen, war einfach. Desinfektionsmittel über der Couch verteilen, das Weinglas einpacken und Fingerabdrücke beseitigen. Da er fast nichts angefasst hatte, war das schnell erledigt.

Angelika auf dem Boden gab ein leises Stöhnen von sich. Der Knebel in ihrem Mund hinderte sie daran, zu schreien. Panisch riss sie die Augen auf. Es fiel ihr schwer, sich zu orientieren. Ihr Kopf dröhnte. Was war passiert? Dann kam erbarmungslos die Erinnerung zurück. Mit ihr die Erkenntnis, dass man sie gefesselt hatte. Ihre Kleidung war verrutscht. Was würde nun mit ihr geschehen? Die Hoffnung, der Fremde wäre bereits gegangen und hätte es vielleicht lediglich auf ihre Wertsachen abgesehen, wurde zunichtegemacht, als sie plötzlich seine Stimme hörte. Da wusste sie, dass es nicht so schnell vorbei wäre, dass weit mehr von ihr gefordert würde als Geld oder Schmuck, dass er etwas Unbezahlbares von ihr verlangte, nämlich ihr Leben.

»Ich kann die Blindheit nehmen, aber ich kann sie auch geben«, hörte sie seine Stimme, die klang, als würde er auf einer Bühne stehen und vor einem großen Publikum sprechen.

»Wer die Wahrheit nicht sieht, verdient es nicht, überhaupt etwas zu sehen. Deine Lügen haben die Menschen verwirrt, haben ein falsches Bild entstehen lassen. Heute Nacht jedoch werde ich das bereinigen. Weißt du, wer ich bin?«

Verzweifelt schüttelte Angelika den Kopf. Wenn sie nur diesen Knebel loswerden und mit dem Mann reden könnte. Sie war immer verdammt gut darin gewesen, die richtigen Worte zu finden, das war ihr Talent, ihr Kapital, aber er ließ es nicht zu, dass sie sich verteidigen konnte.

Es musste sich um einen Irrtum, eine Verwechslung, handeln. Sie kannte den Mann nicht, hatte ihn noch nie zuvor gesehen und war sich keiner Schuld bewusst. Sicher, manchmal ging sie mit Menschen hart ins Gericht, aber sie verbreitete keine Lügen. In der Branche schätzte man sie vor allem für ihre akribischen Recherchen. Erneut versuchte sie, mit flehendem Blick zu kommunizieren, aber ihr Peiniger schenkte dem keine Beachtung.

»Ich bin Raphael, du elendes Miststück, und ich werde dir nehmen, was du nicht verdient hast.«

Plötzlich spürte Angelika das Gewicht des Mannes auf

sich. Er hatte sich auf ihren Brustkorb gesetzt, sie konnte seinen Geruch wahrnehmen, das Deodorant mit dem süßlichen Duft, das den Gestank seines Schweißes nicht überdecken konnte, und sah den Wahnsinn in seinen Augen. Wie ein Tier fletschte er die Zähne, sogar etwas Speichel tropfte in ihr Gesicht, aber die Angst war größer als der Ekel.

Sie war nicht ahnungslos, spürte den Tod und gab sich nicht der Hoffnung hin, in letzter Minute gerettet zu werden, dennoch erschrak sie, als sie plötzlich die kleine Pipette zwischen seinen Fingern entdeckte. Auf den ersten Blick wirkte sie völlig harmlos. Aber ein Monster wie er würde jeden Gegenstand in eine gefährliche Waffe verwandeln, auch das war ihr längst klar.

»Ich kann dich sehend machen«, wiederholte er seine Worte, »aber auch blind.«

Im nächsten Moment ließ er ein wenig der klaren Flüssigkeit von der Pipette direkt in Angelikas rechtes Auge tropfen. Der Schmerz war unbeschreiblich. Die gefesselte Frau auf dem Boden glaubte, ein glühendes Eisen würde ihren Augapfel durchstoßen, während gleichzeitig ein scharfes Messer langsam jedes einzelne Gefäß des Sehorgans zerstörte. Sie schrie, und die Qual, die sie erleiden musste, war trotz des Knebels deutlich zu hören.

Ihn hielt es jedoch nicht ab, den nächsten Tropfen in ihr Auge zu träufeln. Ebenso hätte er eine Gewehrkugel nach der anderen auf die wehrlose Frau abfeuern können. Jedoch die ätzende Säure in der kleinen, unscheinbaren Pipette genüsslich langsam in die Augen seines Opfers zu geben, verschaffte ihm die Genugtuung, nach der er heute suchte.

Die Frau unter ihm wand sich verzweifelt, die Säure verätzte deshalb auch die Gesichtshaut, wenn sie die Augäpfel verfehlte. Fast bewunderte er sie für den Kampfgeist, den sie noch aufbrachte, als hätte sie je eine Chance gehabt zu überleben.

Ihre Bewegungen wurden schwächer und es war anzunehmen, dass sie bald das Bewusstsein verlieren würde, deshalb ließ er von ihr ab.

Längst blind und betäubt vom Schmerz empfand Angelika seinen Rückzug nicht einmal mehr als Erleichterung. Das Gegenteil war der Fall. Wollte er sie etwa so zurücklassen? Ihre Angst war dem Wunsch gewichen, den unerträglichen Schmerz nicht mehr spüren zu müssen, selbst wenn das den Tod bedeutete.

Sie stöhnte erneut, für ihn das Zeichen, es zu Ende zu bringen. Das Messer sauste durch die Luft, die Klinge traf auf die Brust der gequälten Frau, drang durch die Haut, bohrte sich tief ins Fleisch, und nach einem letzten tiefen Atemzug hörte Angelika Trochners Herz auf zu schlagen.

Er lachte. »Ich tauche meine Hände in dein Blut und schreibe damit meinen Namen«, rief er voller Genugtuung. »Und dieses Mal werde ich es ihnen leicht machen. Sie müssen erkennen, mit wem sie es zu tun haben, sonst werden nur neue Lügen geboren. Ich bin Raphael und ich werde ihnen den Weg weisen.«

* * *

Hauptkommissar Rolf Heerse saß in seinem Büro und breitete zum x-ten Mal den Inhalt von Doktor Calliditas' Rucksack vor sich aus. Er betrachtete die Sachen. Sie lieferten ihm keine Antworten, genauso wenig wie die Ermittlungen der letzten Wochen. Niemand wagte es, in seiner Gegenwart auszusprechen, was alle wussten: Die Spur war kalt.

Heerse fragte sich, ob das seine Schuld war, ob er an der falschen Stelle nach Antworten gesucht hatte, aber im Prinzip konnte er sich nichts vorwerfen. Sie waren allen möglichen Hinweisen gefolgt, hatten das Leben von Doktor Calliditas auf den Kopf gestellt und zahlreiche Aussagen aufgenommen. Die Kriminaltechnik hatte die Wohnung der Toten untersucht, der Gerichtsmediziner sämtliche Möglichkeiten des Labors ausgeschöpft und Heerse und seine Leute waren im Dauereinsatz gewesen. Die zusätzlichen Beamten wurden ihm gewährt und die Presse arbeitete mit der Polizei Hand in Hand. Eigentlich hätte der Täter schon längst in einer Zelle sitzen müssen.

Rolf Heerse zog die Brille von der Nase und rieb sich über die Augen. Nicht alle Fälle konnte man abschließen, das wusste er, und für gewöhnlich ertrug der Hauptkommissar seine Fehlschläge tapfer. Aber den Mord an Clara Calliditas unaufgeklärt zu den Akten legen zu müssen, das würde an seinem Selbstbewusstsein nagen. Im Moment zweifelte er deshalb an sich und seinen Fähigkeiten, wie damals, als junger Polizist, als er unsicher gewesen war und Fehler gemacht hatte.

Automatisch dachte er an den neuen Kollegen. Leonhard Schuster schien ein feiner Kerl zu sein. Ein müdes Lächeln huschte über das Gesicht des Beamten. Die Bezeichnung »feiner Kerl« hätte Clara Calliditas sicher eine Bemerkung über Heerses altmodisches Naturell entlockt.

Der Hauptkommissar setzte die Brille wieder auf, fest entschlossen, noch nicht aufzugeben. Er trank einen Schluck kalten Kaffee, verspürte jedoch keinen Appetit auf das Fleischkäsebrötchen, das ihm seine Frau Petra heute Morgen mitgegeben hatte. Allein die Tatsache, dass sie ihm eine solche Kalorienbombe gestattete, war ein sicheres Zeichen dafür, dass sie sich ernsthaft Sorgen um ihn machte. Obwohl sie ihn seit Jahren zum Abnehmen drängte, schien sie jetzt nicht zufrieden. Tatsächlich hatte der Hauptkommissar Gewicht verloren. Die Hosen zwickten nicht mehr, der Gürtel musste enger geschnallt und der Bauch nicht mehr eingezogen werden.

»Wenn du krank wirst, hilft das deinen Ermittlungen

auch nicht«, hatte Petra gestern Abend gereizt entgegnet, als er mit einer lapidaren Entschuldigung das Abendessen hatte stehen lassen.

Vielleicht hat sie recht, dachte der Hauptkommissar und biss in das Brötchen. Erst jetzt bemerkte er, dass er doch hungrig war.

Es klopfte und Oberkommissar Müller betrat das Büro. Er sah seinen Vorgesetzten essen und wirkte darüber erfreut. Etwas, das Heerse nicht entging und ihn ärgerte. Offensichtlich hatte die ganze Welt geplant, ihn zu beglucken.

»Was gibt's?«, fragte er deshalb unwirsch.

»Ich wollte dich nur auf den neusten Stand bringen«, entgegnete der Oberkommissar ungerührt.

»Lass mich raten«, reagierte Heerse gereizt, »nichts Neues.«

Mit bedauernder Miene bestätigte ihm das sein Gegenüber und ließ sich auf einen Stuhl fallen. »Die Menschen sind alle geschockt und wirklich bemüht. Offensichtlich ist unsere Spezies doch noch nicht so abgestumpft. Der brutale Mord an einer Zweiundachtzigjährigen geht der Öffentlichkeit nahe. Alle wollen helfen, aber wo kann man da anfangen? Doktor Calliditas hatte keine wechselnden Liebhaber und niemand, der hinter ihrem Geld her gewesen wäre. Die Schwester ist selbst vermögend und alleinige Erbin. Damit fallen Eifersucht und Habgier als Motive aus.«

Heerse lehnte sich interessiert zurück. »Richtig, zwei der häufigsten Motive fallen damit weg, womit wir bei Nummer drei sind, der Rache. Deshalb möchte ich ja auch, dass ihr versucht, so viel wie möglich über ehemalige Patienten, Freunde und Bekannte von Doktor Calliditas herauszufinden.«

»Und genau dort kommen wir nicht weiter. Sie hat vor zwanzig Jahren aufgehört zu praktizieren. Die Kliniken, in denen sie gearbeitet hat, gibt es zum Teil schon gar nicht mehr, und wenn doch, dann sind die Akten längst vernichtet worden. Finden wir auch nur den Hauch einer Spur, dann sind die betreffenden Personen entweder verstorben oder körperlich unmöglich in der Lage, einen Mord zu begehen. Gleiches gilt für die privaten Kontakte. Abgesehen davon sind alle, die bei ihr in Behandlung waren, von ihr begeistert gewesen. Ähnlich ist das auch mit ihrer Arbeit als forensische Gutachterin vor Gericht. Du solltest das doch am besten wissen. Ihre Beurteilungen waren meist nicht in unserem Sinne. Einige Straftäter sind auch wegen ihr nicht im Gefängnis gelandet, sondern wurden medizinisch behandelt.«

Heerse seufzte. Er erinnerte sich noch gut an die Auseinandersetzung, die er deshalb mit Doktor Calliditas bei ihrer ersten Begegnung gehabt hatte.

»Dann bleibt uns nichts weiter als das.« Der Hauptkommissar stöhnte und blickte auf seinen Schreibtisch. »Sie hatte ihren Geldbeutel dabei und die Ausweispapiere, außerdem den Flyer eines chinesischen Restaurants.«

»In dem sie, wie wir wissen, öfter gegessen hat«, fügte Müller an.

»Einige Visitenkarten«, fuhr Heerse fort.

»Von Leuten, mit denen sie regelmäßig in Kontakt stand, die wurden alle überprüft«, ergänzte erneut der Oberkommissar.

»Außerdem ein Plätzchenrezept aus einer Illustrierten, das sie vermutlich irgendwo herausgerissen hat, und einen Zeitungsausschnitt über die Einweihung eines Gemeindehauses, der vor elf Monaten veröffentlicht wurde.«

»Sackgasse«, kommentierte Müller.

»Warum hebt jemand so etwas auf?«, warf Heerse ein.

»Frauen und ihre Handtaschen! Erzähl mir nicht, dass

du dich noch nie darüber gewundert hast, was Petra so alles mitschleppt.«

Der Hauptkommissar hob die Augenbrauen. »Hast recht«, gab er zu und schob die Packung Taschentücher, den veralteten Busfahrplan und ein Päckchen Pfefferminz hin und her.

»Was ist damit?«, wandte sich Müller an seinen Vorgesetzten, in der Hoffnung, dass sie ein Brainstorming auf neue Ideen bringen könnte. Er hob den entwerteten Fahrschein der Merkurbergbahn in die Höhe. »Offensichtlich war sie zwei Tage vor ihrem Tod auf dem Berg, aber niemand hat sie dort gesehen.«

»Könnte ein Rätsel sein oder einfach nur ein Ausflug«, konterte Heerse.

»Sie hat niemandem davon erzählt«, warf Müller ein.

»Womöglich, weil es unwichtig war«, hielt der Hauptkommissar dagegen. »An jenem Tag war das Wetter ganz gut, sicher ist sie nach oben gefahren und dann zu Fuß über den Wanderweg zurück zur Talstation. Das machen viele Spaziergänger. Warum hätte Doktor Calliditas deshalb jemandem Rechenschaft ablegen, ihre Haushälterin informieren oder die Schwester anrufen sollen?«

»Sie hatte noch ein Theaterprogramm dabei, ebenfalls keine heiße Spur«, fuhr Müller resigniert fort.

»Bleibt nur die Botschaft des Mörders«, sagte Heerse trocken. »Wir haben so tief in ihrem Leben gegraben und sind dennoch auf keinen Raphael gestoßen. Wer also ist das?«

»Vielleicht ein sehr gut gehütetes Geheimnis von Doktor Calliditas?«, überlegte der Oberkommissar.

»Ja, und leider auch der einzige Hinweis.«

* * *

Die Leiche hatte zwei Tage unbemerkt in der Wohnung gelegen. Das und der Umstand, dass nicht ein Freund oder ein Familienangehöriger die Polizei verständigt hatte, sondern ein versetzter Redakteur, machte den Tod von Angelika Trochner noch trauriger.

Hauptkommissar Heerse traf zusammen mit Oberkommissar Müller und dem neuen Teammitglied Kommissar Schuster am Tatort ein. Im Treppenhaus saß ein aufgelöster Mann. Er weinte nicht, schüttelte aber immer wieder den Kopf, so als könnte er nicht fassen, was hier geschehen war.

Ein Kollege von der Schutzpolizei klärte den Hauptkommissar auf. »Der hat sie gefunden und uns verständigt. Einer vom Fernsehen, Hannes Scheller.« Seine Stimme wurde leiser und er fuhr fort: »Wusste, wo der Ersatzschlüssel versteckt war, behauptet, wegen einer Reportage mit ihr in Kontakt gestanden zu haben.«

Die Art, wie sich der Uniformierte ausdrückte, ließ vermuten, dass er annahm, das Opfer und der, der sie gefunden hatte, pflegten nicht nur beruflichen Kontakt.

»Nehmt seine Aussage auf und lasst euch die Kontaktdaten geben, wir melden uns später bei ihm«, gab Heerse Anweisung, bevor er durchatmete und die Wohnung betrat.

Das Erste, was der Hauptkommissar sah, war der Grund, warum man sofort ihn und sein Team verständigt hatte. In großen roten Buchstaben stand an einer Wand des Wohnzimmers: »Mein Name ist Raphael.«

Der Gerichtsmediziner wurde auf Heerse aufmerksam und gab ihm ein Zeichen.

Kommissar Schuster betrat als Letzter den Raum. Einer der Kriminaltechniker nickte ihm zu, niemand wunderte sich über den Neuen. Im Gegenteil, man behandelte ihn wie ein vollwertiges Teammitglied. Etwas, das den Kommissar noch mehr unter Druck setzte. Schon der Geruch im Raum ließ seinen Magen rebellieren. Seine Nase reagierte empfindlich auf die Mischung aus metallenem Blut, verbranntem Fleisch und menschlichen Exkrementen, dazu kam noch eine scharfe Note, vermutlich von einem Desinfektionsmittel.

Leonhard begann zu schwitzen und kämpfte gegen die aufsteigende Übelkeit an. In Gedanken sah er seinen Vater, der sich auf die Schenkel klopfte und ihm zurief: »Weichei! Weichei!«

Es war Oberkommissar Müller, der ihn sanft an der Schulter berührte und leise sagte: »Haben Sie ein Notizbuch oder einen Organizer dabei?«

Schuster nickte und blickte zu dem Kollegen. »Dann schreiben Sie auf, was Sie sehen, versuchen Sie dabei sehr genau zu sein. Immer einen Abschnitt nach dem anderen.«

Wieder wackelte Schuster zustimmend mit dem Kopf.

»Mir hat das bei meinen ersten Tatorten geholfen«, fügte Müller verständnisvoll an, »und« – er lächelte mitfühlend – »Atmen nicht vergessen.«

Tatsächlich holte Schuster daraufhin tief Luft, bemerkte, dass sein Herz aufhörte zu rasen und das Zittern seiner Hände nachließ.

»Fangen Sie in der Küche an«, sagte Müller nun lauter und der junge Kollege zog sich dankbar zurück.

»Kann den Neuen verstehen«, meldete sich einer der Kriminaltechniker, der in einem weißen Schutzanzug steckte, zu Wort. »Ist wirklich übel.«

Heerse, der nicht das erste Mal an den Schauplatz eines brutalen Mordes gerufen worden war, hätte ebenfalls Verständnis für Schuster gehabt, allerdings war er so sehr in den Fall vertieft, dass ihm dessen kurzfristige Unpässlichkeit nicht auffiel. Seine ganze Aufmerksamkeit galt der toten Frau. Getrocknetes Blut bedeckte ihren Oberkörper wie eine hochflorige rote Decke.

»Angelika Trochner, Fernsehmoderatorin, freie Journalistin und Buchautorin. Ihr Redakteur hat sie identifiziert. Stich ins Herz, dann mehrere Schnitte im Bauch- und Brustraum und Unterleib, eine der Wunden ist etwa zwanzig Zentimeter lang und verläuft direkt unter der rechten Brust, eine andere zieht sich vom linken Schlüsselbein bis zum Nabel. Ich schätze, man hat versucht, ihr Organe zu entnehmen. Zumindest haben wir das hier gefunden«, eröffnete ihm der Gerichtsmediziner und deutete ein Stück von der Leiche entfernt auf gelbe Tatortmarkierungen, die einen Klumpen verkohltes Fleisch wie eine Mauer umringten.

»Was genau hat er entnommen?«, fragte Heerse tonlos.

»Das kann ich noch nicht sagen, wirkt jedenfalls so, als hätte er wenig Ahnung von der menschlichen Anatomie.« Der Blick des Arztes wanderte zurück zu der verstümmelten Leiche.

»Was ist mit ihrem Gesicht?«, mischte sich nun Müller ein, der sich wünschte, jemand hätte auch ihn in die Küche geschickt.

»Verätzungen, vor allem im Bereich der Augen, irgendeine Säure, da wird uns das Labor Antworten liefern können.«

»Er hatte keine Eile«, überlegte Heerse laut. »Er fesselt die Frau, quält sie, tötet sie und entnimmt ihr anschließend etwas, das er neben der Leiche verbrennt. Außerdem schreibt er noch seinen Namen an die Wand.«

»Dafür hat er das Blut seines Opfers verwendet«, warf der Gerichtsmediziner ein.

»Es ist wie bei Doktor Calliditas, er stellt sie zur Schau«, ergänzte Müller.

»Wie alt war Angelika Trochner?«, hakte Heerse nach.

»Laut ihrem Ausweis sechsundvierzig«, erhielt er Antwort.

»Fast halb so alt wie Opfer Nummer eins«, erklang hinter ihnen Schusters Stimme.

Der Kommissar hatte sich gesammelt und war nun bereit, sich der Aufgabe zu stellen. Er hielt sich an Müllers Ratschlag und wandte die Augen schnell ab, wenn er glaubte, das Rauschen des eigenen Blutes zu hören und Gefahr zu laufen, ohnmächtig zu werden. Dann kritzelte er schnell etwas in sein Notizbuch und atmete tief durch.

»Und doch muss es einen Zusammenhang geben«, griff der Hauptkommissar die letzte Bemerkung seines neuen Mitarbeiters auf. »Ich glaube nicht, dass beide Opfer willkürlich ausgewählt worden sind. Dafür wirkt das alles viel zu geplant. Gibt es sonst noch etwas?«, wandte er sich erneut an den Gerichtsmediziner.

»Dieses Mal hat er noch etwas anderes zurückgelassen. Zumindest gehen wir davon aus, dass es vom Mörder stammt.« Er kramte in einer Box, in der schon etliche in Plastikhüllen verpackte Beweisstücke gesichert worden waren, und hielt schließlich eines der Tütchen in die Höhe. Die Beamten traten näher und betrachteten das kleine rechteckige Stück Karton, das sich darin befand. Es hatte die Größe einer Spielkarte. Obwohl blutverschmiert und zerknittert, konnte man einen aufgedruckten Text erkennen.

»Dein Engel bestraft dich für die Lüge. Nur der Weg der Wahrheit ist der gerechte Weg«, las der Arzt vor und sah zu den Polizisten. »Keine Ahnung, was das zu bedeuten hat.«

Kommissar Schuster reagierte als Erster und sagte spontan: »Das ist eine Engelkarte, sie gehört vermutlich noch zu einem der alten Kartensets, die alttestamentarischen, unheilvollen. Meistens sind es insgesamt ...«

»Eine Engelkarte?«, unterbrach ihn Heerse jedoch

hektisch. »Wo habt ihr die gefunden?«, fasste der Hauptkommissar nach.

Der Gerichtsmediziner antwortete zögernd: »Im Mund des Opfers. Man hat sie der Frau zusammengefaltet auf die Zunge gelegt.«

Heerse wirkte gereizt, als er fragte: »Ist es sicher eine Engelkarte?«, und gleichzeitig dem Arzt die Archivierungstüte aus den Händen riss.

»Ich kenne mich mit solchen Sachen nicht aus, aber wenn man den Text liest und die Rückseite betrachtet ...«

Heerse hatte die Karte bereits gedreht und jeder der Umstehenden konnte die Abbildung eines geflügelten Wesens erkennen.

»Weißt du etwa, was das zu bedeuten hat?«, hakte der Mediziner nach und sprach damit auch für die anderen Kollegen im Raum, die gespannt auf die Antwort warteten.

Heerse atmete tief durch und betrachtete die Gesichter der Anwesenden. Er selbst war mittlerweile dreiundfünfzig Jahre alt und schien an diesem Tatort der Älteste, selbst der Mediziner war gut zehn Jahre jünger als Heerse, manche der Kriminaltechniker hatten vor dreiundzwanzig Jahren gerade erst den Kindergarten hinter sich gebracht.

»Rolf«, riss ihn Müller aus seinen Gedanken.

Der Hauptkommissar schreckte auf und ihm war klar, dass ihn alle erwartungsvoll ansahen.

Aber nicht er gab die Antwort, sondern Kommissar Schuster. Mit bleichem Gesicht blickte der nun zu Heerse und sagte mit belegter Stimme: »Der Engelshenker.« Dann räusperte er sich und versuchte beherrscht zu klingen, als er fortfuhr: »Sie befürchten, das hat mit dem Engelshenker zu tun, nicht wahr?« Schusters Haltung veränderte sich und beinahe euphorisch fügte er noch an: »Natürlich, damit ergibt auch der Name *Raphael* einen Sinn.«

* * *

Dieses Mal hatte es sich Raphael nicht nehmen lassen, zum Tatort zurückzukehren. Das alte Klischee vom Mörder, der wieder am Ort seiner Verbrechen auftauchte, zu bedienen, gefiel ihm. Es war unwahrscheinlich, dass sich eine Gruppe geübter Polizisten in Zivil unter die zahlreichen Schaulustigen gemischt hatte, um nach ihm Ausschau zu halten. Allerdings überraschte ihn, dass bereits die Presse anwesend war. Umso besser, da musste nicht er die schreibende Zunft informieren. Publicity fand er sehr hilfreich.

Wieder nutzte er die Menschen als Sichtschutz. Von seiner Position aus beobachtete er die Uniformierten, die das Haus absperrten. Es gab mehrere Eigentumswohnungen in dem alten Gebäude, das vor wenigen Jahren saniert und zu einer Luxusimmobilie umgebaut worden war. Luxus bedeutete in dem Fall auch, dass die meisten Wohnungen als Ferienunterkünfte für betuchte Auswärtige dienten. Etwas, das er natürlich ausgekundschaftet hatte. Angelika Trochner lebte dort quasi die meiste Zeit ohne Nachbarn. Abgesehen davon hatte sich der Architekt bemüht, den künftigen Bewohnern durch ausgezeichnete Dämmung und verschachtelte Treppenhäuser ein Gefühl von Ruhe und Abgeschiedenheit zu vermitteln. Alarmanlagen gab es, aber keine Kameraüberwachung, die schienen die Eigentümer, aus welchen Gründen auch immer, nicht zu schätzen. Das hatte es ihm leicht gemacht, die zweite Frau in der trügerischen Sicherheit ihres Zuhauses zu töten.

Neben ihm bahnte sich eine Unterhaltung an. Ein Mann, offensichtlich jemand, der nicht weit vom Tatort entfernt wohnte, nutzte die Gunst der Stunde, seiner Frustration Luft zu machen. »Früher war das anders, da hat man sich gekannt und aufeinander geachtet, da haben die Menschen sich noch gegenseitig geholfen.«

Manche der Umstehenden brummten zustimmend, eine der Frauen sagte missbilligend: »Anstatt zu helfen, filmt man heute das Unglück der anderen lieber mit Handys, das ist doch krank.«

»Ja, früher war alles besser«, gab ihr irgendwer recht.

Der Mörder von Angelika Trochner unterdrückte ein Grinsen und dachte bei sich: *Ihr dummen Menschen, als würde Zeit eine Rolle spielen. Niemand ist dem Zorn der Engel jemals entkommen, weder früher noch heute.*

* * *

Vor über zwanzig Jahren

»Dein Name ist Michael«, gurrte die Frau und machte keine Anstalten, den knappen Bademantel fester zusammenzuziehen.

Es schien sie nicht zu stören, dass er nur den Kopf ein wenig neigen musste, um ihre nackten Brüste zu sehen. Sie trank erneut einen großen Schluck Wein und ließ jetzt wie zufällig eine Hand auf seinen Arm gleiten. »Michael ist ein schöner Name, ein männlicher Name.«

»Er gefällt dir, das freut mich«, antwortete er freundlich, ignorierte das Lallen in ihrer Stimme und das An-den-Hals-Werfen und benahm sich wie ein echter Gentleman.

Er lachte nicht, als sie über einen auf dem Boden liegenden bunten Ball stolperte, tat so, als würde er die wüsten Beschimpfungen, die dem Kind galten, das den Ball hatte liegen lassen, nicht hören, und setzte sich auf ihre Aufforderung hin auf die Couch, ohne das Gesicht vor Ekel zu verziehen, als er eine Kakerlake entdeckte, die eilig unter dem Stapel alter Zeitschriften in der Ecke verschwand.

Sie wankte in seine Richtung und ließ sich neben ihm

nieder. »Es ist nicht leicht für mich, jemanden kennenzulernen«, begann sie das Gespräch, ohne auf den Gedanken zu kommen, ihn nach dem Grund seines Hierseins zu fragen.

»Das kann ich mir gar nicht vorstellen«, antwortete er, wie es von ihm erwartet wurde.

»Na ja«, fuhr sie fort und brachte sich geschickt in Position. Sie drehte sich zu ihm, und unweigerlich verrutschte der Bademantel noch ein Stück weiter. »Es liegt wohl nicht an mir, sondern eher an meiner Situation.«

»Wirklich?«, fragte er harmlos. Auch wenn seine Freundlichkeit geheuchelt war, sein Interesse an ihrer Sicht der Dinge war es nicht. Ganz im Gegenteil, das, was sie ihm jetzt sagen würde, wäre nur eine weitere Bestätigung für die Notwendigkeit, sie zu bestrafen.

»Immerhin bin ich eine alleinerziehende Mutter, das schreckt die Männer ab. Was nützen mir da ein strammer Hintern und feste Brüste?«

Sie lachte ordinär und er lächelte. Sie hatte tatsächlich eine gute Figur, aber das waren nur Äußerlichkeiten.

»Dieses Kind hat mein Leben ruiniert. Sieh mich an«, rief sie nun wütend, nahm noch einen Schluck Alkohol und begann plötzlich ihre Hand über seine Schenkel wandern zu lassen. »Ich bin wegen dem Gör die meiste Zeit ans Haus gefesselt.«

»Und der Vater, könnte er sich nicht um das Kind kümmern?«, hakte er vorsichtig nach und ließ ihre Berührungen zu.

Sie lachte schrill auf. »Ja«, entgegnete sie boshaft, »das könnte er vielleicht, aber das« – sie grinste verschlagen – »werde ich nicht zulassen. Der Typ ist ein Arschloch, er hat mich verlassen, aber ich habe das Sorgerecht und damit sitze ich am längeren Hebel. Ich bestimme, wie es läuft.«

»So etwas habe ich mir fast schon gedacht«, antwortete

er verständnisvoll und legte ihr vorsichtig eine Hand in den Nacken, was sie mit einem wohligen Grunzen quittierte.

Offensichtlich nahm sie an, er würde sie küssen, und schloss deshalb die Augen. Im nächsten Moment spürte sie seine zweite Hand an ihrem Hals und dann die Kraft seiner Finger, als er fest zudrückte.

* * *

Gegenwart

Dienststelle der Kriminalpolizei Baden-Baden

Damit Kriminaltechnik und Gerichtsmedizin in Ruhe ihre Arbeit fortsetzen konnten, beschloss Heerse, nachdem er alles gesehen hatte, sich mit seinem Team zurückzuziehen. Es war an der Zeit, alte Akten anzufordern und seine Mitarbeiter über den Fall des Engelshenkers zu informieren.

»Erklärt ihr mir jetzt endlich, wer der Engelshenker ist und was es mit dieser Engelkarte auf sich hat?«, ergriff Müller das Wort, als die drei schließlich in Heerses Büro saßen.

Sein Vorgesetzter biss in einen Schokoriegel, der vermutlich in der Hitze der Schublade mehrmals geschmolzen war und sich dann über Nacht wieder verfestigt hatte.

»Den Namen hat ihm die Presse während des Prozesses gegeben«, begann der Hauptkommissar seinen Mitarbeiter aufzuklären. »Das Ganze liegt dreiundzwanzig Jahre zurück. Daran erinnere ich mich noch, weil ich, als man den Kerl festgenommen hat, gerade mit Petra in Südfrankreich war und sie sich beim Sprung von den Klippen drei Zehen gebrochen hat.« Er schüttelte den Kopf. »War die Hölle, vor allem, weil ich mit radebrechendem Französisch meine Frau in die Klinik bringen musste.« Er winkte ab, wollte beim Thema bleiben. »Jedenfalls erfuhr ich mit zwei Tagen Verzögerung von der Verhaftung. Ich las es in einer der deutschen Zeitungen, die auch im Ausland verkauft wurden. Damals fing das mit dem Internet, Handys und SMS ja erst alles an, man war also nicht dauernd up to date. Außerdem wurde der Fall von den Stuttgarter Kollegen bearbeitet.«

»Und wer ist nun der Engelshenker?«, hakte Müller nach.

»Ein Mann namens Dieter Marbus. Seine Geschichte ist schnell erzählt. Er hielt sich selbst für einen Boten Gottes.«

»Er hielt sich für einen Engel?«, reagierte Müller ungläubig.

»Nicht ganz«, mischte sich das erste Mal Kommissar Schuster ein. »Er hielt sich nicht nur für einen Engel, sondern für einen Erzengel.«

Müller verzog fragend das Gesicht und sein junger Kollege ergänzte: »Erzengel sind besondere Engel. Wenn Sie so wollen, sind sie den anderen übergeordnet.« Mit einem schüchternen Lächeln scherzte er: »Sozusagen die Oberengel. Jedenfalls hielt sich Marbus für den Erzengel Michael, der von Gott geschickt wurde, um abtrünnige Engel zu bestrafen.«

»Abtrünnige Engel? Wer sollte das sein?«, fragte Müller nach.

»Marbus' Opfer waren ausschließlich alleinerziehende Mütter. Er wählte sie aus, weil er der Meinung war, sie würden ihre Kinder vernachlässigen oder schlecht behandeln. Er wollte sie dafür bestrafen«, fuhr Heerse fort. »Mütter waren laut seiner Vorstellung besondere Wesen, eben Engel. Aber die, die sich nicht so verhielten, bezeichnete er als abtrünnig.«

»Wie viele hat er getötet?«

»Wenn ich mich recht erinnere, dann waren es fünf

Frauen, allerdings lagen zwischen den einzelnen Morden längere Zeiträume, das machte es auch so schwierig, ihn zu erwischen. Ich glaube, sein erstes Opfer starb schon Ende der Achtziger.«

»Das wären dann ungefähr sieben Jahre bis zur Verhaftung«, rechnete Müller nach.

»Problematisch war auch, dass das erste Opfer in Frankfurt getötet wurde und erst die folgenden in Baden-Württemberg, so gelangte der Fall über Umwege zu den Stuttgarter Kollegen.«

»Das scheint völlig an mir vorbeigegangen zu sein«, gab Müller offen zu.

»Kein Wunder. Wie alt warst du, als man Marbus verhaftet hat, achtzehn, zwanzig?«

»Ich war noch nicht einmal bei der Polizei«, erinnerte sich der Oberkommissar, »und ehrlich gesagt haben mich Nachrichten zu der Zeit kaum interessiert.« Ein versonnenes Lächeln erschien auf seinem Gesicht, als er einen kurzen Ausflug in eine unbeschwerte Vergangenheit machte, dann fiel sein Blick auf Schuster. »Und wieso wissen Sie darüber Bescheid? Lehrt man den Fall mittlerweile etwa auf der Polizeihochschule?«

Auch Heerse, der sich bereits die gleiche Frage gestellt hatte, sah nun neugierig zu dem jungen Kommissar.

Der verzog die Mundwinkel, wirkte verlegen und seine Antwort klang fast wie eine Entschuldigung, als er jetzt sagte: »Mein Vater!« Er räusperte sich. »Mein Vater gehörte zu dem Team, das Dieter Marbus verhaftet hat.«

»Oh, wow!«, stieß Müller überrascht hervor. »Das nenne ich einen Zufall.«

»Ja«, gab Schuster kleinlaut zu.

»Dann sollten wir das auch nutzen«, mischte sich der Hauptkommissar ein. »Tragen wir zusammen, was wir wissen, während wir auf die Akten warten.«

»Mein Vater hat mir keine Einzelheiten über die Ermittlungen erzählt, ich kenne vor allem die Geschichte von Marbus' Verhaftung.«

* * *

Vor über zwanzig Jahren

Die letzte Bestrafung lag nur einen Tag zurück. Es war bereits die zweite in diesem Jahr und schon spürte er erneut den Drang, seine Mission zu erfüllen.

Als es 1989 begonnen hatte, da hielt das Gefühl der Befriedigung und der Genugtuung sehr lange an. Das ging sogar so weit, dass er davon überzeugt gewesen war, mit der einen wäre seine Pflicht erfüllt. Allerdings hatte der Allmächtige in den vergangenen drei Jahren mehr von ihm gefordert und seine heilige Aufgabe dringlicher werden lassen.

Dieter Marbus beschloss, nach dem nächsten abtrünnigen Engel Ausschau zu halten. Er konnte sie wittern wie ein Raubtier den zitternden Hasen unter dem Gestrüpp. Er hatte ein untrügliches Gespür für Abtrünnige. Wenn er sie entdeckte, studierte er sie, fand ihre Gewohnheiten heraus und dann, ja dann erlebten sie den Zorn des Erzengels Michael.

Auch an diesem Nachmittag lenkte er sein buntes Gefährt zum Kinderspielplatz im Park. Einige der Kleinen hörten ihn schon von Weitem. Wie abgerichtete Hunde reagierten sie auf das fröhliche Kinderlied, das über die Lautsprecher des Eiswagens an ihre Ohren drang. Sie reckten die Hälse, rissen die Augen auf und riefen mal quengelnd, mal flehentlich: »Mama, bekomme ich ein Eis?«

Wenn Dieter Marbus seinen angestammten Platz anfuhr, hatte sich meistens bereits eine Gruppe Kinder versammelt. Umständlich kletterte er dann aus der Fahrerkabine und setzte sich den albernen, bunten Hut auf, der eine Eistüte mit grinsendem Gesicht darstellte und ihn wie einen Idioten aussehen ließ. Für die Kinder war Marbus mit seiner Größe, immerhin erreichte er ohne Schuhe fast einen Meter fünfundneunzig, und der massigen Statur jedoch der freundliche Eisriese mit der viel zu kleinen Kappe. Sie mochten seinen Anblick, das allein zählte.

Geduldig wartete er auf die Bestellungen. Er wusste längst, dass »einmal Nane« eine Kugel Bananeneis bedeutete oder dass die kleine Sally sich nie zwischen Erdbeere und Vanille entscheiden konnte und so für eine lange Schlange vor seinem Verkaufswagen sorgte.

Der nächste Junge stand nun auf Zehenspitzen und sah auf die Karte. »Also, was willst du?«, fragte ihn seine Mutter ungeduldig.

»Schokolade«, sagte der etwa Neunjährige artig und strahlte über das ganze Gesicht, als ihm Marbus die Waffel reichte.

»Na los, komm schon, ich bin wegen dir bereits zu spät dran«, schnauzte die Mutter, und Dieter Marbus nahm sich vor, die Frau im Auge zu behalten.

Zufällig wurde der Junge mit dem Schokoladeneis in diesem Moment von einem Teenager mit Inlineskates angerempelt, was zur Folge hatte, dass ihm die braune Kugel aus der Waffel hüpfte und auf dem Asphalt landete. Der Verursacher raste lachend davon, und zurück blieb ein enttäuschtes Kind, das von seiner Mutter kein Verständnis bekam.

»Wenn du nicht auf deine Sachen aufpassen kannst, dann bist du selbst schuld …«

Ja, dachte Marbus, *die könnte es sein.*

Während er weiter sein Eis verteilte, malte er sich aus, wie es sich bei ihr anfühlen würde.

Langsam wurde die Schlange vor dem Eiswagen kürzer und bald leerte sich auch der Spielplatz. Normalerweise kamen dann die Jugendlichen in den Park, aber heute geschah nichts dergleichen. Als die letzten Mütter gegangen waren, umgab die Grünanlage eine unheimliche Stille.

Dieter Marbus spürte die Gefahr, irgendetwas stimmte hier nicht, aber es war zu spät.

Plötzlich tauchten Männer auf. Jemand rief: »Polizei, heben Sie die Hände, verlassen Sie das Fahrzeug.«

Marbus hatte weder Angst noch fühlte er Wut. Auch der Wunsch zu fliehen blieb aus. Er hatte immer gewusst, dass dieser Moment kommen würde. Langsam nickte er dem Polizisten zu, so als würde er einen alten Bekannten begrüßen, den er bereits vermisst hatte.

»Es ist vorbei, ich verhafte Sie wegen der Morde an …«

Es folgten Namen. Marbus kannte sie alle, denn er hatte sie gerichtet, so wie sie es verdient hatten, und jetzt?

Man legte ihm Handschellen um die Gelenke, zog ihn grob davon und jemand sagte: »Gute Arbeit, Oberkommissar Schuster.«

* * *

Gegenwart

Dienststelle der Kriminalpolizei Baden-Baden

»Ihr Vater hat ihn also verhaftet?«, fragte Müller überflüssigerweise.

»Ja, aber …« Leonhard hatte die Kriegsgeschichten seines Vaters gehasst. Sie waren weder spannend noch hilfreich gewesen, sondern einfach nur die Folge von zu viel Testosteron und Selbstüberschätzung. »Es war nicht so, dass die Ermittlungsarbeit meinen Vater und dessen Kollegen auf die Spur des Täters gebracht hätte, sondern die Aussage einer Zeugin.«

Heerse übernahm wieder. »Tatsächlich hat eines seiner Opfer überlebt. Sie gab den Beamten den entscheidenden Hinweis. In Marbus' Wohnung fand man genug Beweise für seine Schuld. Die Kriminaltechnik hätte ihn ohne Frage überführt, aber das war gar nicht notwendig, weil er nach seiner Verhaftung ein volles Geständnis abgelegt hat. Der Fall wurde schnell verhandelt, aus Rücksicht auf die Kinder der Opfer unter Ausschluss der Öffentlichkeit.«

»Und was ist das mit den Engelkarten?«

Heerse klärte den Oberkommissar auf: »Er hat im Mund seiner Opfer eine solche Karte zurückgelassen. Immer mit einem anderen Sinnspruch. So wie die, die wir bei Angelika Trochner gefunden haben.«

»Wie ist er vorgegangen?«, fasste Müller nach, der instinktiv spürte, dass man ihm noch nicht alle grausamen Details mitgeteilt hatte.

Heerse holte Luft. »Es war immer ein wenig anders, entweder hat er die Frauen erwürgt oder erstochen, mit einem Schlag außer Gefecht gesetzt oder narkotisiert. Er ist erst ins Haus, wenn er sicher sein konnte, dass die Kinder in ihren Betten lagen, und hat die dann mit Chloroform betäubt.«

»Er hat die Kinder angegriffen?«, rief Müller entsetzt.

»Im juristischen Sinne, ja«, bestätigte Heerse, »aber er selbst wollte sie laut eigener Aussage nicht verletzen. Er hat sie im Schlaf betäubt, damit er ungestört die Mütter ermorden und sein Ritual durchführen konnte.«

»Welches Ritual?«

»Er hat ihnen ihre Flügel genommen«, kam Leonhard Schuster dem Hauptkommissar mit der Antwort zuvor.

KAPITEL VIER

Zur gleichen Zeit

Frau Tietze stürmte in die Wohnung wie ein Wirbelwind.

Sie begrüßte Hansjörg Richter mit einem »Haben Sie es schon gehört?«, eilte zum Fernseher und schaltete ihn an. Beiläufig fragte sie noch: »Na, geht es Ihrem Finger besser?«, wartete jedoch nicht wirklich auf eine Antwort, sondern zappte schnell durch die Sender, bis sie fand, was sie suchte.

Nina, die wie gewöhnlich geistesabwesend in ihrem Rollstuhl saß, wurde von der Pflegerin erst einmal übersehen.

Hansjörg nahm an, dass Frau Tietze öfter, wenn er nicht zu Hause war, mit Nina vor dem Fernseher saß, anstatt sich mit der Patientin zu unterhalten oder sie anderweitig zu beschäftigen. Jedenfalls schien sie sich mit dem Gerät bestens auszukennen.

Natürlich hütete er sich, ihr deshalb einen Vorwurf zu machen, froh, überhaupt jemanden zu haben, der sich um die Schwester kümmerte.

»Sehen Sie, da ist es. Im Bus haben die Leute über nichts anderes gesprochen. Das ist jetzt schon die zweite Tote. Erst die alte Ärztin und jetzt eine Journalistin.«

Wie aufs Stichwort sagte der Sprecher im Fernsehen: »Wir bedauern den Tod unserer Kollegin Angelika Trochner.«

Während Frau Tietze eifrig vor sich hinplapperte, über die Gefahren referierte, denen Frauen ausgesetzt waren, entging Hansjörg nicht, dass seine Schwester beim Namen »Trochner« den Kopf hob. Sie stierte auf Frau Tietze und in ihrem Blick lagen Hass und Wut. Zu seinem Entsetzen begann sie die Beine zu bewegen. Er konnte deutlich das leichte Zittern der Knie erkennen und beobachtete, wie sich ihr linker Fuß mühsam von den Stützen des Rollstuhls schob.

Nervös dachte der Bruder an seinen dick bandagierten Finger. Schon wollte er zu Nina eilen, aber da erschlaffte ihr Körper und der leere Gesichtsausdruck kehrte zurück. Man hatte ihm gesagt, dass sich die Beinmuskulatur zurückgebildet hatte und ihr daher die Kraft zum Gehen fehlen würde, doch konnte man sich darauf verlassen? Was, wenn sie in einem Moment der Klarheit Frau Tietze angreifen und in wilder Raserei verletzen würde?

»Möchten Sie gehen?«, riss ihn die Pflegerin aus seinen Gedanken. Offensichtlich folgerte sie das aus dem Umstand, dass er immer noch einen Mantel trug.

»Nein«, stotterte er ein wenig verlegen, »ich bin gerade zurückgekommen.«

Sie sah ihn mit zusammengezogenen Augenbrauen an, vermutlich weil sie sich wunderte, dass er Nina allein gelassen hatte.

»Ich war nur kurz beim Mülleimer«, log er und fügte dann noch an: »Ich habe heute frei, will aber nachher die Einkäufe erledigen.«

Frau Tietze, mit der Antwort zufrieden, wandte sich wieder dem für sie spannenderen Fernsehprogramm zu.

Im Prinzip war ihr egal, was Herr Richter tat. Sie trug

nur für die Zeit, für die sie bezahlt wurde, die Verantwortung für die Patientin. Wenn ihr Arbeitgeber seine Schwester gelegentlich allein ließ, dann war das noch lange kein Verbrechen. Nina saß sowieso bloß in ihrem Rollstuhl und bemerkte nicht, was um sie herum geschah. Frau Tietze verstand ohnehin nicht, warum sich der Bruder so gegen eine Heimunterbringung sträubte. Sie selbst würde ihm jedenfalls nicht mehr lange zur Verfügung stehen. Siegfried, ihr Mann, sollte nächstes Jahr befördert werden, und dann konnte sie es sich auch leisten, nur noch Hausfrau zu sein.

»Nina hat schon gegessen«, log Hansjörg, der nichts riskieren wollte. »Sie brauchen sie lediglich zu waschen.«

Frau Tietze nickte und man sah ihr an, dass sie nur widerwillig den Fernseher ausschaltete, um mit der Arbeit zu beginnen.

Trotzdem sagte sie fröhlich: »Na dann, meine Liebe, Zeit für die Schönheitspflege.«

* * *

Dienststelle der Kriminalpolizei Baden-Baden

Heerse und sein Team konnten mittlerweile auf die alten Fallakten zugreifen. Einige der Berichte und Protokolle hatte sich der Hauptkommissar ausgedruckt, weil es ihm manchmal angenehmer war, sich durch Papier als durch Dateien zu arbeiten. Die alten Tatortfotos hingen bereits an einer Tafel.

Müller stand stumm davor und dachte an die Formulierung seines Kollegen Schusters: *Er hat ihnen ihre Flügel genommen.*

»Das ist eine der grausamsten Mordserien, die mir je untergekommen ist«, sprach er seine Gedanken aus. »Ein

Mann, der Frauen tötet, weil er sie für abtrünnige Engel hält und ihnen die Arme amputiert, stellvertretend für die Engelsflügel. Dabei war es ihm offenbar völlig gleichgültig, ob seine Opfer zum Zeitpunkt der Amputation noch lebten. Er hat sie einfach verbluten lassen.«

»Ja, bis auf sein letztes Opfer«, ergänzte Leonhard Schuster, der mehrere Dokumente auf seinem Bildschirm geöffnet hatte. »Nina Richter konnte tatsächlich gerettet werden. Der Bruder fand sie und rief den Krankenwagen. Bis der kam, hat sie versucht Hinweise zu geben. Aufgrund ihres Zustandes brachte sie aber nur unzusammenhängende Sätze heraus. Sie wiederholte eine wirre Geschichte von einem Eisverkäufer im Park, einem Riesen mit Mütze und einer tätowierten Feder. So sind die Kollegen dann auf Dieter Marbus gekommen.«

»Aber das erklärt noch nicht, warum Clara Calliditas und Angelika Trochner ermordet wurden.«

Heerse, der sich schnell eingelesen hatte, stieß geräuschvoll die Luft aus. »Ich denke, doch. Zumindest gibt es eine Verbindung. Doktor Calliditas hat im Prozess gegen Dieter Marbus als forensische Gutachterin ausgesagt.« Er las ihnen einen Auszug aus der Gerichtsakte vor. »Sie beschrieb Marbus als jemanden mit einer ausgeprägten dissozialen Persönlichkeitsstörung und schlug eine psychiatrische Unterbringung vor.«

»Aber Marbus sitzt doch im Gefängnis«, rief Müller überrascht.

»Das Gericht ist der Empfehlung nicht gefolgt. Aus den Protokollen geht außerdem hervor, dass die Angehörigen der Opfer als Nebenkläger aufgetreten sind und eigene Gutachter bestellt haben, die wiederum dafür plädierten, Marbus ins Gefängnis zu stecken. Der Angeklagte selbst gab die Morde unumwunden zu, erhielt allerdings deshalb kein milderes Urteil, da es ihm offensichtlich an jedweder Reue fehlte. Man hat ihn zu einer lebenslänglichen Freiheitsstrafe verurteilt. Die üblichen fünfzehn Jahre hat er schon abgesessen. Aber da das Gericht die besondere Schwere der Schuld festgestellt hat, muss er noch weitere zehn Jahre verbüßen und bleibt anschließend in Sicherheitsverwahrung.«

»Und was ist mit Angelika Trochner, was hatte die mit Marbus zu schaffen?«, fragte Müller ungeduldig.

Heerse erhob sich umständlich aus seinem Stuhl und hörte deutlich die Ermahnung seines Arztes, als ein unangenehmer Stich durch seine Wirbelsäule fuhr. *Sie müssen sich mehr bewegen, schwimmen, laufen …*

Wieder einmal gab er sich und seinem Körper das Versprechen, dass bald alles besser werden würde, bevor er seinem Oberkommissar antwortete: »Ich habe so eine Ahnung, was das angeht. Sicher kann uns ihr Redakteur dazu mehr sagen.«

* * *

Hannes Scheller war immer noch geschockt über das, was mit seiner Kollegin passiert war. Heerse, dem man auf dem Flur den ersten vorläufigen Obduktionsbericht in die Hand gedrückt hatte, konnte das nur zu gut verstehen.

Angelika Trochners Redakteur verfluchte sich vermutlich bereits dafür, die Wohnung der Toten aufgesucht zu haben.

Wie zur Bestätigung sagte er, nachdem man sich kurz begrüßt hatte: »Hätte ich doch nur nichts von dem Zweitschlüssel gewusst.« Seine Augen füllten sich mit Tränen und er blinzelte sie schnell weg.

Scheller war ein Mann Mitte fünfzig. Heerse entging

nicht, wie trainiert sein Gegenüber war und wie lässig er sich von seinem unbequemen Stuhl erhoben hatte.

Es folgte ein erneutes stilles Versprechen an die eigene Gesundheit, bevor der Hauptkommissar freundlich fragte: »Ich vermute, Sie und Frau Trochner waren mehr als nur Kollegen?«

Scheller nahm ihm die Bemerkung nicht übel und gab bereitwillig Auskunft. »Wir lernten uns vor vielen Jahren kennen. Angelika brauchte einen Praktikumsplatz und ich, ein aufstrebender Redakteur mit besten Aussichten, stellte sie ein.«

»Wann genau war das?«

Er überlegte, seine Lippen bewegten sich, als er leise nachrechnete. Schließlich sagte er: »1995, denke ich. Sie hatte ihr Studium gerade begonnen. Sie war gut und ehrgeizig und als Praktikantin eine billige Arbeitskraft, da bin ich ehrlich. Aber ich habe sie nie ausgenutzt.« Er hob sofort abwehrend die Hände. »Ich habe ihr einiges beigebracht und fühlte mich stets wie ihr Mentor.«

Er bemerkte Heerses durchdringenden Blick und verzog ein wenig das Gesicht, als er zugab: »Und zeitweise war ich auch ihr Liebhaber, aber da arbeitete sie schon längst als selbstständige Journalistin. Es wurde nie mehr daraus, vermutlich weil wir beide bereits mit unserem Beruf verheiratet waren.«

»Sie galt als erfolgreich«, warf Heerse harmlos ein.

»Sie war ein Star, hat uns alle überholt, das stimmt.« Wenn er deshalb Neid empfunden hatte, dann merkte man ihm das jedenfalls nicht an.

»Hat Frau Trochner jemals mit dem Fall Dieter Marbus zu tun gehabt? Die Presse nannte den Mann den ...«

»Den Engelshenker«, fiel ihm Scheller ins Wort. »Wie könnte ich das vergessen? Gewissermaßen verhalf er Angelika zu ihrem Durchbruch.«

Als der Mann die ungläubigen Gesichter der Beamten bemerkte, erklärte er bereitwillig: »Nicht dass sie dadurch berühmt geworden wäre, das kam erst später. Aber die Branche, die wurde auf sie aufmerksam.«

»Wie das?«, hakte Heerse nach.

»Angelika schrieb eine kleine Serie. Das Thema war, kurz gesagt, Gefängnisstrafe versus psychiatrische Betreuung. Sie hat hinterfragt, ob Gewaltverbrecher wie Dieter Marbus in einer Strafanstalt wirklich am richtigen Platz wären oder ob der Gesellschaft eine psychiatrische Betreuung solcher Menschen nicht mehr dienen würde.«

In Schellers Gesicht blitzte für einen Moment ein spitzbübisches Grinsen auf. »Ich sehe schon«, wandte er sich an Oberkommissar Müller, »dass auch Sie damit nicht ganz einverstanden sind. Wir bekamen damals jede Menge kritische Briefe, bis hin zu Drohungen. Man warf Angelika vor, keine Gedanken an die Opfer und deren Hinterbliebenen zu verschwenden und dass sie den Mörder in Schutz nehmen und seine Taten entschuldigen würde.«

Müller war versucht, das durch einen entsprechenden Kommentar zu bestätigen, hielt sich jedoch zurück.

»Wie dem auch sei«, fuhr Scheller fort. »Das Thema hat die Gemüter erhitzt und Angelikas einzigartiger Schreibstil sowie ihre gründliche Recherche brachten ihr das erste interessante Jobangebot. Wir machten beide Karriere.«

»Standen Sie regelmäßig in Kontakt?«, stellte Heerse seine nächste Frage.

»Nein. Aber als mein Sender jemanden für die Moderation einer neuen Gesprächsrunde suchte, dachte ich an Angelika. Wir hatten einen Termin und als sie nicht kam ... Das war untypisch für sie. Ich versuchte es auf ihrem Handy und schließlich bin ich zu ihrer Wohnung gefahren.«

Er brach ab und atmete durch.

»Was für eine Art von Moderation wäre das gewesen?«

»Ein politisches Magazin. Angelika machte nur noch solche Sachen. Wirtschaft, Politik, große Themen. Sie kannte sich in der deutschen Innen- und Außenpolitik aus und galt als kompetente Expertin, wenn es um die EU ging.«

»Hatte Frau Trochner Familie?«

»Nicht mehr, die Eltern sind schon vor einigen Jahren gestorben, ansonsten gab es niemanden.«

»Was ist mit Feinden? Sie sagten, damals hätte es Drohungen gegeben.«

»Ja, aber das liegt doch schon so viele Jahre zurück, wir haben das nicht ernst genommen. Bei heiklen Themen gibt es immer heftige Reaktionen.«

»Und in letzter Zeit?«, ließ der Hauptkommissar nicht locker.

Schellers Miene wurde ernst. »Angelika war vielleicht ehrgeizig, aber auch ehrlich und fair, das war allgemein bekannt. Von Feinden weiß ich jedenfalls nichts.«

Das Gespräch war beendet und die Männer schüttelten sich zum Abschied die Hand.

Heerse bedankte sich bei dem Zeugen, kam aber nicht umhin, zu sagen: »Ich hätte mir gewünscht, Sie wären mit der Veröffentlichung von Frau Trochners Ermordung zurückhaltender gewesen. Unsere Ermittlungen wird das nicht einfacher machen.«

Schellers Erröten und das Ausbleiben einer Antwort signalisierten Heerse, dass er richtiglag. Hannes Scheller hatte zwar um seine Kollegin getrauert, ihren Tod aber trotzdem für die eigenen Zwecke ausgeschlachtet und eine Schlagzeile daraus gemacht. Deshalb hatte sich auch so schnell die Presse am Tatort versammelt. Der Hauptkommissar ärgerte sich nicht wirklich, sondern nahm das Verhalten des Mannes desillusioniert zur Kenntnis. Längst wusste er, dass einige Menschen dazu neigten, den eigenen Vorteil über alles andere zu stellen.

* * *

»Jetzt haben wir unseren Zusammenhang. Dieter Marbus hat Angelika Trochners Karriere angekurbelt«, sagte Heerse wenig später im Besprechungszimmer.

»Wie alt ist Marbus mittlerweile überhaupt? Sechzig, Fünfundsechzig?« Die Frage stellte Oberkommissar Müller.

»Dreiundsechzig, um genau zu sein, und er erfreut sich bester Gesundheit«, antwortete Schuster und als ihn die Kollegen verblüfft ansahen, ergänzte er: »Ich habe mir erlaubt, in der Justizvollzugsanstalt, in der er seine Haftstrafe absitzt, nachzufragen.« Der junge Kommissar wurde unsicher. »Hätte ich das nicht tun sollen?«

Heerse winkte ab. »Nein, im Gegenteil, das war gut mitgedacht. Wir werden womöglich nicht umhinkommen, mit Marbus zu sprechen.«

»Denkst du wirklich, er hat die Morde vom Gefängnis aus beauftragt? Jetzt nach all den Jahren. Und wie hätte er unbemerkt mit jemandem Kontakt aufnehmen sollen, der zudem auch noch bereit wäre, für ihn zu töten?«

»Vielleicht war es umgekehrt und ein Fan hat sich an Marbus gewandt«, warf Schuster ein.

»Und die Besucherlisten?«, hielt Müller dagegen. »Wir wüssten doch sofort, wer das wäre.«

Heerse mischte sich ein: »Ich denke nicht, dass derjenige in direktem Kontakt zu Marbus stehen müsste. Wenn wir es mit einem Bewunderer, einem Fan, zu tun haben, dann würde der sich auch ohne Rücksprache mit seinem Idol berufen fühlen zu töten. Interessanter ist doch die Frage, warum ausgerechnet diese beiden Frauen? Doktor Calliditas hat empfohlen, Marbus medizinische Hilfe zukommen zu lassen, und Angelika Trochner hat den Strafvollzug hinterfragt. Keine hat Marbus angeprangert.«

»Vielleicht ist das nur der Anfang und unser Mörder hat

es auf alle abgesehen, die damals mit dem Fall zu tun hatten. Richter, Rechts- und Staatsanwälte, Zeugen, Polizisten, egal was sie getan oder gesagt haben«, schlug Müller vor.

»Das müssen wir einkalkulieren, deshalb werden wir ein Team darauf ansetzen. Die sollen anhand der alten Akten eine Liste zusammenstellen und entsprechende Warnungen rausgeben.«

»Womöglich ist aber auch der Umstand, dass sich beide Opfer für Marbus engagiert haben, der Grund dafür, dass man sie ermordet hat. Bestimmt existieren Personen, die ihm eher den elektrischen Stuhl oder die Gaskammer wünschen würden als einen Klinikaufenthalt. Damals, nach Angelika Trochners Artikel, gab es ja anscheinend auch einige heftige Reaktionen«, schlug Schuster vor, der sich jedoch nicht sicher war, ob man es ihm übel nehmen würde, zu widersprechen.

»Du denkst an die Hinterbliebenen der Opfer?«, hakte Müller nach und war ganz automatisch zum Du übergegangen, wie es in Heerses Team üblich war.

»Leonhard hat recht«, sagte nun auch Heerse und fügte noch in Richtung des jungen Kommissars an: »Wir sind hier nicht so förmlich.«

Schuster nickte und seine Miene signalisierte, dass er das gut fand und nun endgültig das Gefühl hatte dazuzugehören.

Heerse fuhr fort: »Das wäre dann die zweite Liste: die Angehörigen von Dieter Marbus' Opfern.«

»Allerdings frage ich mich«, warf Müller nun ein, »wie jemand, der einen Menschen auf so brutale Weise verloren hat, selbst so etwas tun könnte.«

»Rache«, antwortete Heerse tonlos. »Rache geht mit viel Wut einher, Wut, die ein Ventil sucht, was meistens dazu führt, dass die Taten, die aus Rache begangen werden, ausarten. Womit sich auch erklärt, warum man die Leichen der Frauen nicht versteckt hat. Die Morde waren geplant, davon bin ich überzeugt. Er hat gewusst, wann Clara Calliditas im Schlosspark ihre Runden dreht und wo Angelika Trochner wohnt. Wir haben beim letzten Opfer keine Einbruchsspuren entdeckt, sie hat ihn also hineingelassen. Was wiederum bedeutet, er hat sich etwas überlegt, um ihr Vertrauen zu gewinnen. Der, der das getan hat, ist gezielt vorgegangen und wollte, dass wir am Ende sehen, zu was er fähig ist.«

»Aber warum so grausam?«, ließ Müller nicht locker.

»Die Sepsis des Geistes«, antwortete Heerse ernst. Sein Oberkommissar seufzte, er kannte die Theorie bereits, allerdings blickte Schuster nun fragend in die Runde.

»Unser Boss glaubt, dass ein Geist, genauso wie ein Körper, eine Art Sepsis, also eine Blutvergiftung, erleiden kann. Was langsam beginnt, kann ohne Behandlung bis zum Tod führen.«

»Verstehe«, erwiderte der Kommissar und murmelte: »Auf die Trauer folgt die Enttäuschung, dann die Wut und am Ende das Bedürfnis zu töten.«

* * *

Justizvollzugsanstalt

Dieter Marbus saß im Schneidersitz auf dem Boden des Sportraums, abgewandt von den anderen, und widmete sich seiner täglichen Meditation. Sein Oberkörper war nackt und jeder konnte daher die überdimensionale Tätowierung auf dem Rücken des Mannes sehen.

Gewaltige schwarze Schwingen hatte man mit unzähligen Stichen auf seine Haut tätowiert. Eine Vielzahl einzelner Federn ergab das Bild gewaltiger Engelsflügel, die vom Steißbein bis hinauf zum Nacken und weiter über die Rückseite der Oberarme reichten. Von dort setzte sich das Körperbild fort bis zu den Handgelenken und endete schließlich an der Außenseite seiner Hand. Der Tätowierer hatte ganze Arbeit geleistet. Wenn Marbus ein langärmliges Oberteil trug, dann schien es so, als hätte er sich nur eine einzelne schwarze Feder auf die Hand tätowieren lassen. Eine, die sich um die Handkante schmiegte und bis zur Fingerkuppe des kleinen Fingers reichte. Aber wenn wie jetzt das ganze Bild sichtbar wurde und man das großzügige Tattoo aus einiger Entfernung betrachtete, dann wirkte es majestätisch und Furcht einflößend zugleich. Unterstrichen wurde dieser Eindruck noch, wenn Marbus die Muskeln anspannte. In diesem Augenblick erwartete man fast, dass er seine aufgemalten Schwingen aufplustern und damit davonfliegen würde.

»He, du? Was soll das sein?«, rief ihm einer der Mithäftlinge zu, ein Neuzugang; groß und muskulös. Ein junger Mann, der sich nicht gescheut hatte, brutale Gewalt anzuwenden, ansonsten wäre er nicht in diesem Trakt gelandet.

Marbus blieb unbeweglich. Er musste den anderen nicht sehen, um zu wissen, mit wem er es zu tun hatte. Immer wieder schwemmte der Herr neuen Abschaum in die Gefängniszellen. Marbus hatte nichts mit ihnen gemein, sie waren niemals seine Freunde, höchstens kurzfristige Gesprächspartner, aber fast immer seine Feinde. Trotzdem hielten sie sich von ihm fern. Er wusste, dass er unter Gottes Schutz stand und dass die anderen erkannten, wie mächtig er dadurch war.

Die Justizvollzugsbeamten hingegen, die über die Jahre die Gefangenen beobachteten, hätten das anders interpretiert. Natürlich war in erster Linie das wachsame Auge des Gefängnispersonals dafür verantwortlich, dass körperliche

Auseinandersetzungen verhindert wurden, allerdings gab es im Fall Dieter Marbus noch eine andere Komponente. Denn der besaß das Talent, Menschen sehr gut beurteilen zu können. Gleichzeitig war es jedoch schwierig, ihn einzuschätzen, und daher galt er als unberechenbar. Jeder, der noch einen Rest gesunden Menschenverstand besaß, hielt sich von ihm fern. Mit den Jahren hatte sich herumgesprochen, dass man den Marbus besser in Ruhe ließ. Wer neu dazukam, wurde für gewöhnlich entsprechend aufgeklärt.

»Mit dem Engelshenker ist nicht gut Kirschen essen. Der Kerl ist wahnsinnig, schreckt vor nichts zurück.« Andere behaupteten außerdem: »Dem sein Wahnsinn ist ansteckend, besser, man geht ihm aus dem Weg.«

Auch der, der sich gerade hinter Marbus aufbaute, war gewarnt worden. Aber manchmal waren die Menschen dumm genug, Warnungen zu ignorieren.

»He, du, ich habe dich gefragt, was das für eine Tätowierung sein soll. Bist du etwa ein Schwan? Ich hab mal so einen beknackten Film mit Tänzern gesehen, die waren auch Schwäne.«

Er verstummte, als Marbus langsam aufstand, sich umdrehte und sein Gegenüber musterte.

Der Neue war jung, höchstens Mitte zwanzig, und hatte ein abstoßend hässliches Gesicht. Schmale stechende Augen, umgeben von Aknehaut, und eine schlecht verheilte Narbe auf der rechten Wange, vermutlich von einer Glasscherbe, ließen ihn geradezu dämonisch aussehen.

Marbus überragte den Jüngeren um einen Kopf. Mit den Jahren teilte er die Gefangenen in drei Kategorien ein. Zu der ersten gehörten die, die sich zusammenrissen, ihre Strafe absaßen, ehrlich bereuten und zumindest gewillt waren, noch einmal neu anzufangen. Dann diejenigen, die mit nichts kamen und mit nichts wieder gingen, keine Vorsätze, keine Pläne, keine Zukunft. Und dann gab es noch die dritte Kategorie, der auch Marbus' Gesprächspartner anzugehören schien. Das waren die Menschen, die es schafften, immer alles noch schlimmer zu machen, die es nie gut sein lassen konnten und die deshalb noch vor ihrem vierzigsten Geburtstag tot in irgendeinem Straßengraben lagen.

»Bist du etwa so ein bescheuerter Tänzer?«, stichelte der Jüngere weiter.

Die anderen Insassen beobachteten mit unbeweglichen Mienen, was sich da gerade abspielte, während die anwesenden Beamten bereits damit rechneten, eingreifen zu müssen.

Marbus hatte bis jetzt geschwiegen, aber plötzlich machte er einen schnellen Schritt auf den anderen zu. Der reagierte automatisch, wich zurück, kam jedoch nicht weit, weil ihm ein Sportgerät den Weg versperrte.

So in die Enge gedrängt, fühlte sich der Jüngere unwohl, trotzdem riskierte er noch einmal eine große Klappe. »Warum kommst du mir so nahe? Willst du mich etwa zum Tanzen auffordern?« Er lachte und es klang schrill und gekünstelt.

Marbus beugte daraufhin leicht den Kopf nach vorne und begann zu sprechen. Niemand außer seinem Gegenüber verstand, was gesagt wurde, dafür war es zu leise, aber von Weitem sah Marbus aus wie eine Schlange, die von einem Ast herunter züngelte.

Noch bevor die Justizvollzugsbeamten im Raum die beiden Männer erreichten, trat Marbus wieder zurück, wandte sich um und marschierte zu der Stelle zurück, an der er gesessen hatte.

Der andere, immer noch gegen das Sportgerät lehnend, blökte die Beamten an: »Alles locker, alles easy«, und trottete davon.

Sein hervorgepresstes, trotziges »Bescheuerte Tänzer,

das fuckt mich ab« wurde von niemandem mehr ernst genommen.

Der Neue hatte seine Lektion gelernt, das wussten alle, sie sahen es und konnten die Angst, die er ab jetzt vor dem Engelshenker hatte, förmlich riechen.

Einer der Beamten trat an Marbus heran: »Was haben Sie dem denn gesagt?«, fragte er neugierig.

Dieter Marbus, der nichts gegen den Mann hatte, der ihn stets höflich behandelte, antwortete bereitwillig: »Die Wahrheit. Die Wahrheit über ihn, seine hurende Mutter, das Bettnässen und den sexuellen Missbrauch durch einen Onkel oder Nachbarn. Ich habe ihm geraten, sich damit zu befassen und nicht mit Tanzfilmen. Ich denke, er hat es verstanden.«

Der Beamte lachte kurz auf und entfernte sich wieder kopfschüttelnd. Er selbst kannte die Akte des neuen Insassen und musste zugeben, dass es der Engelshenker ziemlich gut getroffen hatte.

* * *

Am nächsten Tag

Heerses Team lagen mittlerweile weitere Berichte vor. Daraus ging hervor, dass Angelika Trochner mit Chloroform betäubt worden war. Hämatome im Gesicht und an der Schläfe deuteten darauf hin, dass man sie geschlagen hatte, alle anderen Verletzungen stammten von einem großen Fleischermesser. Der Gerichtsmediziner beschrieb Klingenform, Größe und vermutliches Aussehen der Waffe.

Es war zu keinen sexuellen Übergriffen gekommen, allerdings wurde im Bericht auf die Tatortfotos hingewiesen, auf denen der nach oben gerutschte Rock des Opfers zu erkennen war, etwas, das aber auch durch die Gegenwehr der gefesselten Frau hätte passieren können. Beide Augäpfel und die Gesichtshaut hatte man ihr mit Salzsäure verätzt.

Von einer Organentnahme im eigentlichen Sinne konnte man zwar nicht sprechen, allerdings fehlte ein Stück der Leber, das laut den Laboruntersuchungen zusammen mit etwas Haut der Toten verbrannt worden war. Nach der Autopsie blieb der Gerichtsmediziner davon überzeugt, dass der Mörder die Leber und das Herz der Frau hatte entnehmen wollen, aber weder wusste, wie noch wo genau er danach suchen sollte. Zumindest deutete das dilettantische Herumschneiden an der Leiche darauf hin.

Die Kriminaltechnik brachte ihnen leider keine neuen Erkenntnisse. Der Mörder hatte gründlich aufgeräumt. Ein Teil der Couch war mit einem Desinfektionsmittel übergossen worden, vermutlich um DNA zu verwischen. Der Mörder trug aller Wahrscheinlichkeit nach Handschuhe, zudem waren einige Gegenstände, zum Beispiel der Türgriff, abgewischt worden. Auf dem Couchtisch der Toten standen eine geöffnete Weinflasche und ein benutztes Weinglas. Den Mitarbeitern der Kriminaltechnik war aufgefallen, dass das Opfer großen Wert darauf gelegt hatte, alles, sowohl Teller, Kaffeetassen oder Gläser, im Dutzend anzuschaffen. Rotweingläser gab es insgesamt jedoch nur noch elf. Womöglich hatte das nichts zu bedeuten, vielleicht war in letzter Zeit eines kaputt gegangen, ansonsten konnte man auch annehmen, sie habe mit ihrem Mörder zusammen getrunken und der sei schlau genug gewesen, sein Glas mitzunehmen. Sowohl das Chloroform, mit dem man das Opfer betäubt hatte, wie auch die verwendete Salzsäure waren über Internethändler zu bekommen. Wenn nicht im Inland, dann über dubiose Kanäle im Ausland. Trotzdem wurde auch in dieser Richtung ermittelt und Anfragen bezüglich möglicher Käufe oder Diebstähle bei

Apotheken, Laboren und entsprechenden Einrichtungen gestartet.

»Die Engelkarte, die man bei Angelika Trochner fand, stammt aus einem Set mit sechzig Karten. Diese Art wird heute nicht mehr hergestellt. Wie Leonhard schon das letzte Mal so treffend bemerkt hat, wirken die Sprüche in diesem Set beinahe wie Drohungen«, informierte Heerse seine Mitarbeiter über die neusten Fakten.

»Und was heißt das?«, hakte Müller nach und drehte sich automatisch in Leonhards Richtung.

Der antwortete bereitwillig: »Die alten Sets hatten immer eine mahnende Note, mehr nach dem Motto: Wenn du versagst, folgt Strafe. Die heutigen Engelkarten sind da ganz anders.«

Auf dem Tisch lagen mehrere Kartensets. »Hier«, sagte Schuster, »das sind die neuen, die man heute überall kaufen kann.« Er reichte Müller einen Stapel und der betrachtete neugierig die in zarten Pastelltönen gehaltenen Karten, auf deren Rückseiten sanft dreinblickende Engel abgebildet waren. Dann las er einen der Sprüche auf der Vorderseite: *Du wirst geliebt und beschützt,* stand da. Er kramte nach der nächsten Karte: *Sei mutig, man steht dir bei.*

»Ist ja eigentlich ganz nett«, sagte er schließlich.

»Ja, viele Menschen glauben an Engel als schützende, freundliche Wesen, die uns täglich helfen. Manche ziehen jeden Tag eine Engelkarte, die ihnen dann Kraft spenden soll. Sozusagen ein positives Feedback.«

»Aber die Karte bei Angelika Trochner stammte nicht aus solch einem Set.«

Schuster deutete auf einen anderen Stapel. »Das sind alte Ausgaben, die bekommt man nur noch gebraucht im Internet oder auf Flohmärkten. Der Verlag, der die hergestellt hat, existiert schon lange nicht mehr.«

Müller nahm auch von dem alten Set eine Karte und las:

»Wer nicht Buße tut, der wird vom Engel ins Feuer geführt!« Er verzog das Gesicht. »Na, das wäre jetzt nicht gerade das Erste, was ich morgens orakelt bekommen wollte.«

Schuster grinste. »Da geht es dir vermutlich wie den Millionen anderen Menschen, die an Engel glauben.«

»Was ich nicht verstehe«, fuhr Müller fort, »ist, dass wir bei Clara Calliditas keine Engelkarte gefunden haben. Wenn unser Täter Dieter Marbus nachahmen will, dann passt das doch nicht, oder?«

»Marbus hat seinen Opfern immer eine Engelkarte in den Mund gesteckt«, bestätigte Leonhard Schuster.

Heerse ließ nachdenklich seinen Blick über die alten Tatortfotos gleiten. »Marbus, der sich selbst für den Erzengel Michael hielt, hat nie seinen Namen hinterlassen, unser Täter macht das jedoch. Das ist eine weitere Abweichung. Außerdem wurden den jüngsten Opfern nicht die Arme amputiert. Vermutlich hat er die Engelkarten ins Spiel gebracht, weil er befürchten musste, wir würden ansonsten die Verbindung zu Marbus nicht erkennen. Was wir ja auch nicht haben. Ich denke daher nicht, dass wir es mit einem einfachen Kopisten zu tun haben, sondern mit jemandem, der seinen eigenen Ritualen folgt. Er führt uns zu Marbus, zeigt uns aber auch, dass er kein simpler Nachahmer ist, sondern eigene Wege geht. Vergessen wir nicht, dass er sich nicht Michael, sondern Raphael nennt.«

KAPITEL FÜNF

Ninas Welt

Nina Richter saß unbeweglich in ihrem Rollstuhl vor dem Fenster. Ihr Bruder schob sie immer an diese Stelle, weil er annahm, hier würde sie besonders viel vom bunten Treiben unten auf der Straße mitbekommen. Aber Nina nahm weder den kleinen Dackel wahr, der sich eben so wichtigtuerisch an einem Autoreifen erleichterte, noch das Klingeln der Fahrräder oder den Paketboten, der im Haus gegenüber etwas ablieferte.

Seit jenen schlimmen Ereignissen vor dreiundzwanzig Jahren war Nina in ihren Erinnerungen gefangen. Für sie war das Dasein ein runder Raum ohne Türen. Dort saß sie fest und konnte nicht ins Leben zurückkehren. Gerade glaubte sie sich in ihrem alten Wohnzimmer in der schäbigen Zweizimmerwohnung, die sie sich mit ihrem Sohn Jason geteilt hatte.

Der Name war die Idee des Vaters gewesen. Ein kanadischer Soldat, der in Söllingen, nicht weit von Baden-Baden, stationiert gewesen war. Wie alt war sie noch gleich gewesen? Achtzehn, als sie Charly kennenlernte, mit neunzehn brachte sie das Baby auf die Welt. Alles schien perfekt, aber dann war Charly immer öfter ohne sie ausgegangen, sie fühlte sich einsam, es gab Streit, viel Streit, und dann ging Charly zurück nach Kanada. Sie war allein und mit dem Jungen überfordert. In Gedanken reiste sie weiter. Sie erkannte den Spielplatz. Es war ein sonniger Tag. Jason spielte, so wie er es immer tat, für sich allein in der Sandgrube. Nina sprach mit dem netten Eisverkäufer. Ohne es zu bemerken, erzählte sie ihm alles über sich. An jenem Tag war sie besonders frustriert. Charlys Unterhaltsscheck kam nicht und der Junge zerriss sich auf dem Spielplatz auch noch die Hose. Ihr rutschte die Hand aus und sie schrie Jason an. Er hatte nicht einmal geweint, sondern sie nur angestarrt. Diesen Blick würde sie nie vergessen.

Am Abend klingelte es an der Haustür. Der Eisverkäufer stand davor. Es war schon spät, warum ließ sie ihn überhaupt herein? Sie konnte sich nicht mehr erinnern.

Hansjörg, der am Küchentisch saß und einen Stapel Rechnungen durchging, hörte Ninas Stöhnen und eilte zu ihr. Vorsichtig berührte er sie an der Schulter. Die Ärzte hatten ihm geraten, zu reagieren, wenn seine Schwester Anstalten machte, sich auf irgendeine Weise mitzuteilen. Aber wie gewöhnlich bemerkte sie seine Anwesenheit nicht.

»Ich hoffe, du bist glücklich in deinen Tagträumen«, sagte er dennoch liebevoll, drückte ihr einen flüchtigen Kuss aufs Haar und ließ sie wieder allein.

Nina hingegen bemerkte nichts von seiner Gegenwart. Sie durchlebte gerade zum tausendsten Mal das Grauen jener Nacht. Spürte den Schmerz, als das Chloroform seine betäubende Wirkung verlor. Ihr war schwindelig, sie konnte sich nicht bewegen, roch das eigene Blut, das unaufhaltsam aus den Stümpfen floss, sah die eigenen Arme, die weit abseits ihres Körpers auf dem Boden lagen, und versuchte vergeblich um Hilfe zu rufen. Es folgte eine weitere Erinnerung: Sie erwachte im Krankenhaus, die Schmerzen waren verschwunden, sie fühlte sich benommen, aber auch in Sicherheit. Was war geschehen? Ein Unfall? Sie wollte sich aufrichten, versuchte die Hände aufzustützen, aber das gelang ihr nicht. Sie waren nicht mehr da, nichts war mehr da, weder die Hände noch ihre Arme. Sie sah die blutgetränkten Mullbinden, die um die Stümpfe direkt unter ihren Schultern gewickelt waren, und schrie. Aber sie brachte keinen Laut heraus. Menschen umringten sie plötzlich, Hansjörg berichtete ihr vom Prozess, sie hörte den Namen der Gutachterin, die Marbus als Opfer bezeichnete, und irgendjemand las ihr die Zeitung vor. Auch dort machte man aus dem Monster, das ihr Leben ruiniert hatte, einen kranken, verwirrten Mann. Sie hatte es nicht mehr ausgehalten, wollte sich das Leben nehmen, aber selbst dazu war sie unfähig. Nina konnte kein Fenster öffnen, um zu springen, sich nicht mit einem Messer die Pulsadern aufschneiden oder das Röhrchen mit den Schlaftabletten aufdrehen. Ärzte redeten auf sie ein, wollten ihr Mut machen, Hoffnung geben, aber Nina wählte einen anderen Weg. Sie gab ihren entstellten Körper einfach auf und zog sich zurück in die Tiefen ihres verletzten Geistes und dort war sie nun schon seit dreiundzwanzig Jahren.

Hansjörg sah erneut auf, als seine Schwester dieses Mal einen jämmerlichen Ton von sich gab. Noch bevor er jedoch reagieren konnte, beruhigte sie sich wieder und blickte ausdruckslos aus dem Fenster.

* * *

Die Nachtluft war schneidend kalt, der Winter hatte begonnen und für die nächsten Tage kündigte der Wetterbericht sogar Schnee an.

Leila schien gegen die Kälte immun. Sie stand schon zu lange auf der Straße, als dass sie nicht abgehärtet gewesen wäre. Natürlich half auch das Heroin, die Temperaturen und die Freier zu ertragen. Sie war immer noch hübsch, obwohl sie schon einige Zeit an der Nadel hing. Noch wirkte ihr Körper anziehend und die Männer bezahlten sie für sexuelle Gefälligkeiten, so wie auch ihr aktueller Kunde. Schnelles Geld für den nächsten Schuss, sagte sie sich jedes Mal, wenn sie in ein Auto stieg, und heute Abend hatte sie richtig Glück. Der Kerl, der sie aufgelesen hatte, schien über ausreichend Kohle zu verfügen, jedenfalls wedelte er mit einem dicken Geldbündel, was es ihr leicht machte, seinen Wünschen zuzustimmen.

»Schöner Wagen«, sagte sie bewundernd, als sie losfuhren, auch weil sie wusste, dass die Typen gerne über ihre Autos sprachen.

Ihr heutiger Freier war offensichtlich anders, er ging nicht darauf ein. Leila entdeckte am Armaturenbrett den Aufkleber einer Leihwagenfirma und vermutete, dass es ihm vielleicht peinlich war zuzugeben, dass er sich so einen Wagen eigentlich gar nicht leisten konnte.

»Bist du geschäftlich unterwegs?«, ging sie deshalb in eine andere Richtung. Einen so großzügigen Kunden musste man schließlich bei Laune halten. Vielleicht wollte er ihr eine Lügengeschichte über seine Karriere erzählen.

Aber Leilas Begleiter hatte keine Lust zu reden. »Ich lege einen Hunderter drauf, wenn du die Klappe hältst, bis wir da sind«, erhielt sie als Antwort.

Die unfreundliche Art war es nicht, die Leila störte. Sie war es gewohnt, dass man ruppig mit ihr umging. Aber sie glaubte, etwas Grausames aus seiner Stimme herauszuhören, und das ließ die junge Frau frösteln. Sie erinnerte sich an die Worte einer Kollegin: »Wenn das Angebot zu gut ist, dann lass die Finger davon. Da draußen laufen 'ne Menge Spinner herum und wir sind leichte Opfer.«

Leila verdrängte diese Gedanken. Jetzt war es ohnehin zu spät und überhaupt, so gut war das Angebot auch wieder nicht. Also saß sie schweigend neben ihm und blickte hinaus in die Nacht.

Bald darauf erreichten sie ihr Ziel. Leila war schon einmal hier gewesen, aber das lag Jahre zurück. Irgendein beknackter Schulausflug, kurz darauf hatte sie dann aufgehört den Unterricht zu besuchen und wegen eines Typen, dessen Namen sie fast schon vergessen hatte, den Kontakt zu ihrer Familie abgebrochen. Schließlich war sie auf der Straße gelandet. Leila spürte Unruhe in sich aufkommen, allmählich war es Zeit für den nächsten Schuss.

»Wir sind da«, sagte er und parkte den Wagen.

Der Mond beleuchtete das Schloss und ließ die vergoldete Spitze auf der Kuppel glänzen.

»Gut, wo willst du es machen?«, antwortete Leila und zog ein verpacktes Kondom aus der Tasche.

»Zuerst werden wir ein Stück gehen, ich will dir den Schlosspark zeigen.«

Seine Worte klangen wie ein Befehl. Aber er war der Kunde, der bezahlte, also hütete sich Leila zu widersprechen.

Sie stiegen aus und er nahm einen großen Rucksack aus dem Kofferraum. Wieder fielen Leila die Worte ihrer Kollegin ein.

Sie konnte wenig sehen, der Mond am Himmel wurde gerade von Wolken verdeckt, und dort, wo der Baumbestand sehr dicht war, hatte man ohnehin das Gefühl, einen dunklen Tunnel zu betreten.

Er schaltete eine Taschenlampe an und führte sie zielsicher zu einem großen Ententeich.

»Willst du es hier machen?«, fragte Leila, die die Situation immer unheimlicher fand.

Kurz erhellte der Mond die Nacht und sie sah sein ausdrucksloses Gesicht. Gleich darauf verdeckte erneut eine Wolke den Himmelskörper und nur der dünne Strahl der Taschenlampe spendete etwas Licht.

»Sag doch etwas«, bat sie nun verunsichert, erhielt aber keine Antwort.

Dafür spürte sie, wie er seine Hände auf ihre Schultern legte und sie zwang, auf die Knie zu gehen.

Endlich, dachte die junge Frau, *ein Blowjob und ich bin den Kerl wieder los.*

Aber noch bevor sie die Zeit hatte, einen Gedanken an das Geld, das sie von ihm bekommen würde, zu verschwenden, umschlossen seine Hände ihre Kehle. Er stand plötzlich hinter ihr und drückte unbarmherzig zu. Leila schlug um sich und ruderte mit den Armen. Als es ihr auf diese Weise nicht gelang freizukommen, versuchte sie mit ihren Händen, seine Finger zu lösen, aber er war zu stark und bald wurde Leilas Gegenwehr schwächer. Er wollte sie noch nicht töten, zuerst sollte sie für die Reise vorbereitet werden. Deshalb ließ er sie auf den Boden sinken. Sie keuchte, war jedoch zu schwach, um aufzustehen oder zu kämpfen.

Er riss ihr das Oberteil vom Leib und griff nach dem Messer. Als sich die Klinge das erste Mal durch die Haut der jungen Frau bohrte, schrie diese auf. Sie spürte einen brennenden Schmerz im Nacken. Leila hatte keine Vorstellung davon, was er gerade tat, da war nur dieser nicht mehr enden wollende Schmerz.

Während er die Klinge über ihren Rücken führte, lauschte er voller Hingabe dem schabenden Geräusch, das entstand, wenn das Messer ihre Wirbel streifte. Leila hielt tapfer durch, dafür zollte er ihr Respekt.

Als er dann jedoch erneut ansetzte, die Klinge entlang

der Schultern führte und den Schnitt nutzte, um mit den Fingern hineinzufahren und ihr Fleisch anzuheben, da endete nach einem heftigen, krampfartigen Zittern ihr Leben. Sie war bereit für die letzte Reise und es fühlte sich gut für ihn an.

* * *

Am nächsten Tag

»Wir bekamen Anrufe von der Presse.« Mit diesen Worten betrat der Kommissariatsleiter wütend das Büro des Hauptkommissars.

Er war etwas jünger als Heerse, trotzdem kamen die beiden für gewöhnlich gut miteinander aus. Heute jedoch schien der Mann sichtlich gereizt, vermutlich hatte er selbst Druck bekommen. Wie zur Bestätigung fügte er an: »Die machen mir die Hölle heiß, behaupten, bei uns gäbe es ein Leck. Reporter rufen an und wollen wissen, ob der Engelshenker zurückgekehrt ist. Denen ist bekannt, dass man in Angelika Trochners Mund eine Engelkarte gefunden hat und dass der Mörder sich selbst Raphael nennt, also«, fuhr er zornig fort, »was machen wir jetzt?«

Heerse beneidete den Mann nicht und sah sich wieder einmal darin bestätigt, dass seine Entscheidung, Hauptkommissar zu bleiben, die richtige gewesen war. Er wollte weder Strategien im Umgang mit der Presse entwickeln noch politische Entscheidungen treffen. Seine Berufung war es, Verbrechen aufzuklären. Trotzdem versuchte er zu helfen.

»Ich bin mir sicher, dass diese Informationen nicht von uns kommen«, sagte er deshalb ruhig.

»Und woher dann?«, reagierte der andere ungeduldig.

Er hatte bisher weder Müller noch Schuster, die ebenfalls anwesend waren, eines Blickes gewürdigt, sah die beiden jetzt jedoch misstrauisch an.

»Von außerhalb«, stellte Heerse daher energisch klar. »Ich bin davon überzeugt, dass unser Täter selbst diese Details an die Presse gegeben hat. Wir haben sie bisher zurückgehalten und das hat ihn geärgert. Er will, dass die Menschen wissen, dass es ihn gibt. Also ruft er anonym bei Zeitungen, Radio- und Fernsehsendern an und verteilt Informationen. Ich vermute, wenn wir da nachhaken, wird sich herausstellen, dass ich recht habe.«

Sein Vorgesetzter schien nicht begeistert. »Ein Täter, der die Presse informiert, das fehlt uns gerade noch. Ich werde jemanden anweisen, dem nachzugehen.« Er sah Heerse beinahe flehentlich an, als er jetzt fragte: »Und Sie sind sicher, dass die Morde an Clara Calliditas und Angelika Trochner mit dem Fall des Engelshenkers zusammenhängen?«

Der Hauptkommissar zuckte entschuldigend mit den Schultern. »Die Fakten sprechen für sich.«

»Aber Dieter Marbus glaubte doch, er wäre der Erzengel Michael, wir haben es aber mit einem Raphael zu tun.«

»Ebenfalls ein Erzengel«, klärte ihn Heerse auf. »Ein Beschützer der Reisenden, aber auch der Apotheker. Außerdem gibt es da die biblische Geschichte von Tobit und dessen Sohn. Der Engel Raphael hilft, den blinden Tobit zu heilen und die Schwiegertochter von der Besessenheit zu befreien. Dafür rät er Tobits Sohn, die Innereien eines Fisches zu sammeln. Herz und Leber, um genau zu sein, und diese dann zu verbrennen, um den Dämon der jungen Frau auszutreiben.«

»Grundgütiger«, kommentierte der Kommissariatsleiter, »Herz und Leber, die wollte der Täter doch auch bei Angelika Trochner entnehmen. Ein Stück der Leber hat er neben ihr verbrannt.«

»Genau. In der Geschichte geht es auch noch darum, dass der Sohn den Vater von der Blindheit befreit, indem er ihm die Galle des Fisches auf die Augen reibt. Bei Angelika Trochner hat er stattdessen Säure verwendet. Wir können davon ausgehen, dass auch das eine Anspielung ist. Galle ist bitter, Säure ätzend. Das lässt Raum für Spekulationen. Womöglich bestraft er sie mit Blindheit, weil sie seiner Meinung nach eine falsche Sicht von Dieter Marbus hatte.«

»Sie scheinen sich ja auszukennen, Heerse«, zollte ihm sein Vorgesetzter Respekt.

»Dieser Lohn gebührt unserem neuen Kollegen, Kommissar Schuster. Der hat mir da ausgeholfen«, sah sich Heerse genötigt, die Lorbeeren weiterzureichen, etwas, das Leonhard überraschte und freute.

Es folgten ein Nicken des Kommissariatsleiters in Richtung des neuen Teammitglieds und die Frage:

»Und warum tut der Mörder das alles?«

»Das wissen wir noch nicht genau«, gab Heerse offen zu. »Entweder geht es um Rache an denen, die Marbus nicht als das Monster verurteilt haben, das er in den Augen unseres Täters ist. Oder aber wir haben es mit einem Fan des Engelshenkers zu tun.«

Der Kommissariatsleiter fluchte erneut.

»Deshalb auch die Warnungen an alle, die damals bei den Ermittlungen aktiv waren«, fuhr Heerse fort.

»Wie sieht es mit den Angehörigen der Opfer aus?«, hakte der Vorgesetzte weiter nach. »Kommt da jemand infrage?«

»Wir überprüfen das noch. Marbus' erstes Opfer, die Frau, die 1989 in Frankfurt getötet wurde, hat keine Familie mehr. Ihr Sohn, der damals neun Jahre alt war, ist zwischenzeitlich verstorben. Bleiben noch vier Familien. Das Kind von Opfer Nummer zwei lebt heute in Hannover, ein Junge, damals elf Jahre, heute sechsunddreißig. Die Mutter wurde

1994 in Stuttgart getötet. Wir haben mit den Kollegen vor Ort gesprochen, die übernehmen die erste Befragung.«

»Aber hoffentlich mit Fingerspitzengefühl«, gab der Kommissariatsleiter zu bedenken.

Heerse wusste, was der Vorgesetzte meinte. Es war nicht einfach, jemanden nach einem Alibi zu fragen, der ein solches Trauma hinter sich hatte.

»Bleiben noch die Tochter von Opfer Nummer drei, 1995, sie wohnt heute in Ettlingen, und der Sohn von Opfer Nummer vier, 1996, ein Dozent der Wirtschaftswissenschaften. Er lebt ebenfalls nicht weit entfernt in Rastatt.«

»Was ist mit der einzigen Überlebenden?«

»Nina Richter, Opfer Nummer fünf, ebenfalls 1996«, erwiderte Heerse. »Da fangen wir an. Heute Mittag haben wir einen Termin mit dem Bruder, danach sehen wir weiter. Die beiden leben in Hügelsheim.«

»Denken Sie, einer von denen könnte das getan haben? Nach all der Zeit?«

Heerse antwortete nicht sofort, wählte seine Worte mit Bedacht. Es war stets besser, Vorgesetzten nicht zu viele Hoffnungen zu machen, deshalb sagte er schließlich: »Es ist nur ein Anfang. Auch wenn wir unseren Täter dort nicht finden, besteht immer noch die Möglichkeit, etwas zu erfahren.«

»Warum glauben Sie, dass diese Menschen sich nach dreiundzwanzig Jahren an Dinge erinnern, die uns bei dem aktuellen Fall helfen werden?«

»Weil erstens mit Abstand betrachtet die Vergangenheit in einem anderen Licht erscheint und zweitens ich mir vorstellen könnte, dass, falls wir es mit einem Fan von Marbus zu tun haben, der wiederum Interesse daran hat, die Opfer des Engelshenkers beziehungsweise deren Angehörige kennenzulernen. Wer sagt denn, dass unser Mann sich nicht bereits im Umfeld dieser unglücklichen Familien bewegt oder bewegt hat?«

* * *

Etwa zur gleichen Zeit

»Melanie, Schatz, das musst du dir ansehen!«

Melanie Winter stand im Bad und kämmte sich die blonden Haare. Sie hatte keine Lust, irgendetwas anzusehen, und schon gar nicht auf Zurufen ihres Freundes Bernd.

»Melanie, komm, das wird dich interessieren.«

Die Siebenundzwanzigjährige im Badezimmer zog eine Grimasse. Wenn er so redete, dann war es bestimmt etwas, das sie ganz und gar nicht interessierte. Trotzdem betrat sie folgsam das Wohnzimmer und versuchte nicht gereizt zu klingen, als sie fragte: »Was ist denn?«

»Ein weiterer Mord«, rief er, für ihren Geschmack mit zu viel Begeisterung.

»Wer?«, fragte sie tonlos, bereits ahnend, dass es wieder mit dem Engelshenker zu tun haben würde.

»Die Reporterin, du erinnerst dich doch noch, oder?« Er sah sie an.

Automatisch dachte Melanie an die Tiere im Zoo, die man durch Zäune und Glasscheiben beobachten konnte. Nicht das erste Mal hatte sie das Gefühl, sie wäre Bernds Experiment, seine Laborratte. Natürlich gelang ihr auch heute nicht, einfach gelangweilt mit den Schultern zu zucken, sich umzudrehen und zu gehen. Sie spürte Hitze in sich aufsteigen, Schweiß brach ihr aus und ihre Hände begannen zu zittern.

»Ihr Name war Angelika Trochner«, sagte er und hatte

dabei Ähnlichkeit mit einem Kind, das den Löwen hinter dem Gitter mit einem Stöckchen triezte.

»Du erinnerst dich? Sie hat diese Reportage über Strafgefangene gemacht. Marbus kam bei ihr gut weg …«

Melanie ließ ihn nicht weitersprechen. »Ich weiß, wer sie war, aber ich kann mich wohl kaum an sie erinnern. Ich war erst drei Jahre, als es passiert ist, und vier bei der Verhandlung. Wie oft muss ich dir das noch erklären? Ich bin keine Zeugin.«

»Aber, Schatz, sei doch nicht so empfindlich«, ging er über ihre Bemerkung hinweg. »Natürlich bist du eine Zeugin, vielleicht müsstest du dir nur mehr Mühe geben.«

Sie wollte aufbegehren, ihm deutlich machen, dass es keine Erinnerung gab, aber er hob gebieterisch die Hand, um sie am Sprechen zu hindern. »Wir hatten das doch schon«, sagte er ungeduldig, so als würde er einem kleinen Kind zum x-ten Mal erklären, dass es nach dem Zähneputzen kein Eis mehr bekam.

Melanie schwieg, wie sie es meistens tat.

»Wir beide haben doch einen Plan«, fuhr er einschmeichelnd fort. Er stand auf, kam auf sie zu und strich ihr eine blonde Strähne hinter das Ohr. »Du und ich bauen uns eine gemeinsame Zukunft auf, werden eine Familie gründen. Allerdings brauchen wir dafür ein Startkapital, für das ich sorgen werde. Dieser erneute Mord ist das Beste, was uns passieren kann. Das verstehst du doch, oder?«

Melanie fasste sich ein Herz und widersprach: »Wenn wir unsere Ansprüche herunterschrauben würden, dann bekämen wir das auch so hin. Ich muss kein Haus besitzen, diese Wohnung ist doch groß genug und die Miete vernünftig.«

Bernd zeigte sich genervt: »Du liebe Güte, das ist eine bessere Studentenbude, wie willst du hier Kinder aufziehen? Und was, wenn der Vermieter beschließt, die Miete zu erhöhen? Wo ist der Garten, der Pool?«

»Eine Straße weiter gibt es eine Kita, und die nächste Schule ist auch nicht weit. Abgesehen davon liegt mein Laden gleich um die Ecke. Ich brauche keinen Luxus«, fuhr sie nun flehentlich fort und wollte sich an ihn schmiegen.

Aber er wich ihr aus und sagte verärgert: »Du traust mir nicht zu, für dich zu sorgen. Ist es nicht so?«

»Nein«, beeilte sich Melanie, ihm zu versichern, dass das nicht der Fall war.

»Denkst du etwa, ich will, dass meine zukünftige Frau in so einem muffigen Kosmetiksalon arbeitet? Dass meine Kinder in staatliche Schulen gehen müssen, in denen es von der Decke tropft, oder dass wir uns auf siebzig Quadratmetern bis an unser Lebensende jeden Cent vom Mund absparen müssen?« Er sah sie wütend an. »Dann sage doch gleich, dass du mich nicht mehr liebst. Soll ich gehen?«

Melanie sah ihn geschockt an. Sofort stiegen ihr Tränen in die Augen, wieder ein Schweißausbruch, wieder das Zittern. »Nein«, rief sie entsetzt. »Nein, wie kannst du mich das fragen?« Sie stürmte zu ihm, wollte ihn umarmen, aber noch sträubte er sich.

»Wenn ich dir nicht genug bin ...«, fuhr er hinterhältig fort, wusste er doch genau, wie leicht sie zu manipulieren war. Ihm war auch klar, dass sie an dem Kosmetiksalon, den er als muffig beschrieben hatte, hing. Sie hatte sich die Selbstständigkeit hart erkämpft und war erfolgreich. Immerhin fütterte sie ihn mit durch, aber das war schließlich auch nur recht und billig. Dafür ertrug er ihre weinerliche Natur und stellte ihr sein fabelhaftes Aussehen und sein Charisma zur Verfügung. Sollte sie ihn anbetteln, das käme ihm zugute, wenn er sie für den nächsten Schritt benötigte.

»Es tut mir leid, es tut mir wirklich leid«, versuchte sie,

sich zu entschuldigen. »Lass uns nicht streiten, wir machen es so, wie du sagst.«

Er stieß geräuschvoll die Luft aus. »Ich muss wissen, ob ich mich auf dich verlassen kann, ob du mir vertraust. Ohne dein Vertrauen kann ich nicht bleiben.«

»Ich vertraue dir«, antwortete sie ihm voller Überzeugung. »Ich werde tun, was immer nötig ist.«

Gönnerhaft gestattete er ihr daraufhin, ihre Arme um ihn zu legen. Sie weinte leise und er strich ihr über den Rücken, während er theatralisch seufzte. »Du hast mich verletzt, bitte tue das nie wieder.«

* * *

Hauptkommissar Heerse hatte zu der ersten Befragung sowohl Oberkommissar Müller als auch Leonhard Schuster mitgenommen. Man hatte Hansjörg Richter über den Besuch der Beamten informiert, deshalb war es nicht verwunderlich, dass ihnen auf ihr Klingeln hin prompt geöffnet wurde.

Heerse hätte nicht sagen können, was er erwartet hatte, aber die Feindseligkeit, die ihm entgegenschlug, überraschte ihn dann doch.

Richter ließ sie in die Wohnung, bat sie aber nicht vom Flur ins Wohnzimmer. Somit standen sie zu viert auf wenigen Quadratmetern, aufgereiht wie ein Trupp Soldaten.

Heerse versuchte es freundlich. »Wir stören immer nur ungern ...«

»Warum tun Sie es dann?«, ließ ihn Hansjörg Richter nicht ausreden.

»Sie haben von den jüngsten Morden gehört?«, sprach Heerse weiter, ohne auf die Anfeindung zu reagieren.

»Wir haben Fernsehen, Radio und Zeitung, auch wenn

damit schon fast mein ganzes Einkommen aufgebraucht ist«, antwortete er schnippisch.

»Herr Richter«, wurde der Hauptkommissar nun eindringlich, »wäre es nicht einfacher, wir würden uns an einen Tisch setzen und dieses Gespräch höflich und zügig hinter uns bringen?«

»Ich muss nicht mit Ihnen sprechen, ich kenne meine Rechte«, blieb Richter zunächst stur, schüttelte dann jedoch resigniert den Kopf und machte eine Handbewegung, als wollte er eine Mücke verscheuchen.

»Meinetwegen, gehen Sie durch«, sagte er unfreundlich und ließ die Beamten eintreten. Sie hörten ihn hinter sich brummen: »Gleich zu dritt, da sieht man ja, wie unsere Steuergelder verschwendet werden.«

Auch diese Bemerkung überging Heerse geflissentlich, dafür erregte die Gestalt im Rollstuhl seine Aufmerksamkeit. Er versuchte, sich nicht anmerken zu lassen, wie sehr ihn der Anblick schockierte. Nina Richter sah ihn zwar an, wirkte dabei jedoch geistesabwesend. Aus ihrem Mundwinkel tropfte etwas Speichel. Automatisch sagte der Hauptkommissar: »Guten Tag, mein Name ist Heerse.«

»Sie wird sie nicht hören«, schnauzte Richter hinter ihm.

Müller, der seitlich stand, sah schnell weg und bemerkte dabei, wie sein neuer Kollege Nina Richter anstarrte. Er räusperte sich und Leonhard reagierte, indem auch er den Kopf senkte, allerdings hatte sich das Bild der Frau bereits in sein Gedächtnis gebrannt: ausdruckslose Augen, der magere Körper in der Jogginghose und der bunten Bluse, deren Ärmel unter den Schultern verknotet waren und so unerbittlich jeden die Wahrheit sehen ließen.

»Seit wann ist Ihre Schwester nicht mehr ansprechbar?«, fragte Heerse. Er wusste genau, dass er von Richter nur dann irgendetwas erfahren würde, wenn er bereit war, sich auch die unangenehmen Dinge von ihm sagen zu lassen.

»Seit wann? Ist das Ihr Ernst?«, stieg Ninas Bruder sofort darauf ein. »Seit damals natürlich, seit dem Tag, an dem ihr dieser Irre das angetan hat. Dieser Irre, den die Bullen nicht aufgehalten haben«, fuhr er wütend fort und benutzte mit voller Absicht diese abfällige Bezeichnung.

»Das tut mir leid«, meinte Heerse mitfühlend. »Was sagen die Ärzte?«

»Die Ärzte, die Ärzte, die ...« Richter verlor die Fassung. Er wollte streiten, wütend sein, den Frust hinausschreien, aber nach all den Jahren schien ihm dafür mit einem Mal die Kraft zu fehlen. Stattdessen schlug er die Hände vors Gesicht und weinte. Heerse gab Müller ein Zeichen. Der Oberkommissar stand auf und verschwand in der angrenzenden Küche. Wenig später kam er mit einem Glas Wasser zurück.

»Scheiße«, stöhnte Richter, während er sich umständlich ein zerknülltes Taschentuch aus dem Hosenbund zog und sich geräuschvoll schnäuzte.

»Bekommen Sie Hilfe?«, überging Heerse die Tränen, um den Mann nicht noch mehr in Verlegenheit zu bringen.

Sein heiseres Auflachen war dem Beamten eigentlich Antwort genug. Hansjörg Richter erklärte dennoch: »Die zahlen mir eine Heimunterbringung für Nina, aber ich will sie zu Hause behalten. Das wurde mir aber nicht genehmigt, angeblich zu teuer und nicht im Sinne der Patientin. Als wüssten die, was meine Nina braucht. Ich bezahle eine Pflegekraft, damit ich an der Tankstelle arbeiten oder einkaufen gehen kann.« Er schwieg, nippte an dem Wasser und fragte plötzlich völlig unvermittelt: »Haben Sie schon einmal den falschen Zeitpunkt erwischt?«

Er wartete nicht auf eine Antwort, sondern sprach weiter: »Ich habe das, und zwar in jener Nacht. Wäre ich eine halbe Stunde früher bei ihr gewesen, dann hätte ich den Kerl aufhalten und Nina retten können.« Er lachte erneut heiser auf. »Wäre ich eine halbe Stunde später dort gewesen, dann hätte Nina nicht mehr gelebt, das sagen die Ärzte. Das ist doch ein perfekter falscher Zeitpunkt. Ich war zu spät und gleichzeitig zu früh dort.«

»Ihre Schwester lebt«, sah sich Heerse genötigt, zu sagen.

»Ja, anfangs glaubte ich das auch. Ich dachte, wir bekommen das hin. Die Ärzte redeten mir gut zu, Psychologen gaben kluge Ratschläge, ich wollte es so unbedingt schaffen. Aber wem habe ich etwas vorgemacht? Die ganze Wohnung roch nach ihrem Blut, als ich sie fand. Ich sah sie in dieser roten Pfütze liegen, während ihre abgetrennten Arme ...«

Es folgte eine lange Pause, bevor er weitersprach: »Es ging nicht lange, bis sie sich völlig in sich zurückgezogen hat. Man gab ihr Medikamente, aber die helfen nicht, wenn der Lebenswille fehlt. Als ich ihr gesagt habe, dass man dieses Monster verhaftet hat, dass das ihr Verdienst war, da hat sie geweint und mich angefleht, sie zu töten.«

»Was war mit dem Kind Ihrer Schwester?«, lenkte Heerse langsam das Gespräch in eine andere Richtung.

»Mein Neffe?«, rief Hansjörg erstaunt. »Ihr Zustand verschlechterte sich und ich hätte mich nicht auch noch um das Kind kümmern können. Das Jugendamt hat dafür gesorgt, dass ihn der Vater mitnimmt. Ich denke, so war es das Beste.«

»Und wo ist der Junge jetzt?«

»Vermutlich immer noch in Kanada bei seinem Vater. Der war Soldat und hier stationiert. Ninas Sohn Jason kam in Deutschland zur Welt, die beiden trennten sich und das Kind blieb erst einmal bei ihr. Sie war jung und als alleinerziehende Frau hatte sie es sicher nicht leicht, trotzdem war Nina eine gute Mutter.«

»Wie alt ist der Junge heute?«

Richter überlegte, sagte dann: »Neunundzwanzig oder dreißig, damals war er sechs Jahre.«

»Hat er denn seine Mutter nie besucht?«

Hansjörg seufzte. »Irgendwann meinte Charly, es wäre am besten, Jason zu sagen, Nina sei tot, dann könnte er abschließen. Wir hatten noch ein paarmal telefonischen Kontakt, dann endete auch das. Der Junge ist sicher besser dran, wenn ihm die Wahrheit erspart bleibt.«

»Und in der Nacht, als Marbus Ihre Schwester angegriffen hat, wo war das Kind da?«

»In seinem Zimmer, hat geschlafen, die Ärzte sagten mir, man hätte ihn mit Chloroform betäubt.«

»Kannten Sie Clara Calliditas?«, wechselte Heerse abrupt erneut das Thema.

Hansjörg Richter verzog das Gesicht. »Natürlich kannte ich sie und ihr Gutachten. Das war eine Unverschämtheit, ein Schlag ins Gesicht, genauso wie die Artikel dieser Journalistin. Wenn Sie glauben, ich heuchle Bedauern darüber, dass jemand diese verlogenen, herzlosen Weiber kaltgemacht hat, dann können Sie lange warten.«

»Ich erwarte kein Mitgefühl, nur Antworten, auch darüber, wo Sie sich zum Zeitpunkt der Morde aufgehalten haben.« Er nannte die Daten.

Richter lachte erneut auf, dieses Mal jedoch amüsiert. »Ich wünschte, ich hätte die Energie für Rache. Ich kann Ihnen keine Alibis geben. Ich war hier, mit meiner Schwester, so wie in den letzten dreiundzwanzig Jahren.«

Die Beamten hatten ihre Fragen gestellt, auch wenn die Antworten nicht so umfänglich gewesen waren, wie sie es sich gewünscht hätten. Sie sprachen die Warnung aus, vorsichtig zu sein und wachsam vor allem Fremden gegenüber. Richter reagierte daraufhin mit einem verächtlichen Laut und dem Kommentar: »Sollten nicht Sie dafür sorgen, dass wir uns sicher fühlen können?«

* * *

»Furchtbares Schicksal«, wiederholte Müller, was er bereits auf der Rückfahrt zum Revier gesagt hatte.

Sie saßen in Heerses Büro und gingen das Gespräch mit Hansjörg Richter durch.

»Der Mann ist am Ende, denkst du wirklich, so einer schmiedet Rachepläne?«

Heerse betrachtete die Notizen, die er sich gemacht hatte. »So einer«, sagte er nun mahnend, »hat vielleicht aber auch nichts mehr zu verlieren. Es wäre leichtsinnig, ihn zum jetzigen Zeitpunkt bereits auszuschließen. Du sagst selbst, er und seine Schwester erleben ein furchtbares Schicksal, das ist oftmals die Voraussetzung für ein Verbrechen. Glückliche Menschen morden nicht.«

»Mag ja sein, aber warum hat er dann so lange gewartet?«, ließ Müller nicht locker.

Der Hauptkommissar ging darauf ein. »Womöglich hat er erst durch Zufall entdeckt, dass beide Frauen direkt in seiner Nähe wohnen.«

»Angelika Trochner ist vor drei Jahren nach Baden-Baden gezogen. Sie lebte davor in Berlin, Bremen und Hamburg. Die Reportage über Marbus war ein Sprungbrett, machte sie aber nicht berühmt. Sie schrieb danach nur noch über politische und wirtschaftliche Themen«, warf Kommissar Schuster ein.

Sie hatten das Leben der Journalistin durchleuchtet, dabei jedoch nichts gefunden, was ihnen weiterhelfen konnte.

Müller schien nicht überzeugt. »Er hätte die Trochner überall aufspüren können, die Frau stand in der Öffentlichkeit, das ist kein Argument.«

»Ich denke schon«, hielt Heerse dagegen, »vor allem, wenn man die pflegebedürftige Schwester zu Hause berücksichtigt. Ein Ausflug nach Hamburg oder Berlin lässt sich nicht in zwei Stunden erledigen. Außerdem gehe ich davon aus, dass unser Mörder die Frauen zuvor ausspioniert hat, das wäre für Hansjörg Richter nur möglich, wenn sie in seiner Umgebung leben.«

»Du glaubst wirklich, er könnte es sein?«, bohrte Müller weiter.

»Es spielt keine Rolle, was ich glaube«, erwiderte Heerse, »wir müssen dieser Spur nachgehen. Deshalb lassen wir jemanden mit den Nachbarn sprechen. Natürlich unauffällig«, fügte er noch an. »Mich interessiert vor allem, ob der Mann seine Schwester alleine lässt. Redet mit der Pflegekraft, die Richter erwähnt hat.«

Als Nächstes folgte eine Videokonferenz mit Leonhards Vater. Immerhin hatte der damals die Verhaftung vorgenommen. Heerse bevorzugte eigentlich das persönliche Gespräch, aber da der Mann seit heute Morgen an einem Kongress in Heilbronn teilnahm, war die modernere Methode in diesem Fall auch die praktischere.

Heerse hatte sofort einen Widerwillen gegen den Vater von Kommissar Schuster und das lag nicht an der verzerrten Übertragung und der fehlenden Lippensynchronität der Unterhaltung, sondern an dem großkotzigen Auftreten des Sechzigjährigen.

»Heerse«, sagte er in die Kamera, »hab schon gehört, dass ihr euch mit einem meiner alten Fälle herumärgern müsst. Danke für die Warnung, aber ich denke, ich bin auf einem Kongress mit lauter Staatsdienern gut geschützt.« Er lachte Beifall heischend.

»Ja«, blieb der Hauptkommissar höflich, der sich mit dem Headset auf dem Kopf wie ein Telefonverkäufer vorkam. »Können Sie sich noch an Marbus erinnern?«

»Gott«, winkte der andere ab, »ich habe so viele verhaftet, hatte eine fantastische Quote«, sprach er weiter und schien genüsslich in seinen Erinnerungen zu schwelgen.

»Mich interessiert, ob es damals jemanden gab, der mit Marbus befreundet war. Hat er bei der Verhaftung, auf der Fahrt zum Revier oder später irgendwen erwähnt? Jemanden, den er sprechen wollte, der informiert werden sollte? Oder hatten Sie zu irgendeinem Zeitpunkt den Verdacht, dass Marbus etwas verheimlicht? Vielleicht war es auch nur ein Gefühl. Und Sie dachten, das ist aber merkwürdig ... In der Ermittlungsakte steht nichts, allerdings kann man sein Bauchgefühl manchmal schwer in Worte fassen.«

»Guter Mann, Sie haben doch Ihre Antwort bereits. Wenn nichts in der Akte steht, dann gab es da nichts, auch keine merkwürdigen Gefühle.« Er machte, während er redete, eine ungeduldige Miene.

Heerse erinnerte das Telefonat plötzlich an Verhöre, die er in der Vergangenheit geführt hatte. Gegenüber saßen ihm dann für gewöhnlich besonders windige Betrüger und der Hauptkommissar wusste stets, dass er angelogen wurde.

»Ich muss jetzt Schluss machen, mein lieber Heerse. Wir haben hier nämlich ...« Er verkniff sich zu sagen, dass er Wichtigeres zu tun hatte, und wählte stattdessen die höflichere Formulierung: »Wir haben hier nämlich noch dringende Termine.«

Daraufhin wurde der Bildschirm schwarz und nur Leonhards Anwesenheit war der Grund dafür, dass Müller das eben Gehörte lediglich mit einem Räuspern anstatt einer derben Beschimpfung kommentierte.

Die angespannte Stimmung hielt jedoch nicht lange an, denn einer der Kollegen betrat den Raum und reichte Heerse einige Computerausdrucke. »Du wolltest doch, dass ich ein wenig über die Angehörigen der Opfer recherchiere. Dachte, das könnte vielleicht interessant sein.«

Heerse besah sich die Texte und Fotografien. »Melanie Winter«, murmelte er nachdenklich, »sieht auf den ersten Blick gar nicht so aus.«

»Ja«, gab ihm der Kollege recht, »wirkt eher wie ein harmloses Mädchen.« Damit verabschiedete sich der Mann wieder und Heerse reichte die Unterlagen an seine beiden Mitarbeiter weiter.

»Haben wir mit der Frau bereits einen Termin ausgemacht?«, fragte der Hauptkommissar nachdenklich.

»Nein«, gab ihm Müller Antwort, »noch nicht, willst du sie als Nächstes aufsuchen?«

»Ja, aber dieses Mal kommen wir unangekündigt, scheint mir in ihrem Fall besser.«

* * *

Leonhard Schuster nutzte die erste Gelegenheit, die sich ihm bot, die Toilette aufzusuchen. Er fühlte sich schlecht, hatte wieder geschwitzt und jetzt fröstelte es ihn. Zum Glück hatte er stets ein Ersatzhemd in seinem Wagen und so konnte er sich umziehen. Wenigstens musste er sich nicht übergeben. Der Anblick von Nina Richter geisterte noch durch seinen Kopf und natürlich belastete ihn das Gespräch zwischen seinem Vater und Heerse. Wäre er bloß nicht dabei gewesen, dann hätte er sich nicht für seinen alten Herrn entschuldigen müssen.

Er hatte den Hauptkommissar zur Seite genommen und verlegen gemurmelt: »Das war nichts Persönliches.« Heerse hatte ihm einen verblüfften Blick zugeworfen und Leonhard damit zu einer Erklärung gezwungen. »Ich spreche von meinem Vater, er ist immer so, auch zu Hause.«

Der Vorgesetzte hatte verständnisvoll reagiert. »Mach dir darüber keine Gedanken, ich habe ein dickes Fell und eines Tages hast du das auch.«

Nun war das Gespräch in eine Richtung abgedriftet, die Leonhard nicht gefiel. Offensichtlich hatte man seine Schwächen bemerkt.

»Glaubst du etwa, einer von uns ist beim Morddezernat hereinspaziert und kam sofort damit klar? Allen ist beim Anblick einer Leiche zuerst einmal schlecht, jedem widerstreben die Keller der Gerichtsmedizin, und keiner spricht gerne mit den Angehörigen von Mordopfern. Wir entwickeln Strategien, damit das leichter wird, aber das dauert seine Zeit.«

Leonhard hatte genickt und sich mit einem »Ja, sicher!« zurückgezogen.

Jetzt fragte er sich, ob der Hauptkommissar jedem so eine Ansprache hielt oder nur den Versagern. Der junge Kommissar war unsicher und dachte zurück an seine Kindheit. Er hatte dem Engelshenker immer die Schuld an allem gegeben. Nach dessen Verhaftung war sein Vater so geworden. Zumindest glaubte er das, weil er als Kind einige der elterlichen Streitereien gehört hatte.

»Seit diesem Fall hast du dich verändert, du bist kalt und rücksichtslos geworden«, hatte die Mutter ihrem Ehemann vorgeworfen.

»Es war ein schwerer Fall« war die Antwort des Vaters gewesen. »Wenn man nicht kalt und rücksichtslos ist, überlebt man nicht.«

»Und warum die Überstunden, die vielen Fortbildungen? Du bist doch kaum noch zu Hause«, hatte sie ihn angeklagt.

»Ich tue das für uns, damit es meiner Familie gut geht. Ich habe Pläne ...«

Leonhards Mutter hatte noch einige Male versucht, ihren Ehemann daran zu erinnern, dass zu Hause Familie auf ihn wartete, gab die Bemühungen jedoch irgendwann auf. Sie war immer schon eine gläubige Frau gewesen, hatte ihm zum Einschlafen Bibelgeschichten erzählt, die teilweise äußerst brutal waren und ihn deshalb auch fasziniert hatten. Sie war eine gute Erzählerin gewesen und die Fluten, die Noahs Arche beinahe zum Kentern gebracht hätten, oder die brennenden Städte Sodom und Gomorra waren von ihr bildhaft beschrieben worden. Als sich ihr Ehemann der Familie immer mehr entzog, entdeckte sie den Glauben neu für sich, begann Engel zu verehren und war offen für alles Mystische und Esoterische.

»Wieso kennst du dich mit diesen Dingen so gut aus?«, hatte ihn Müller nach dem Fund von Angelika Trochners Leiche neugierig gefragt.

»Meine Mutter ist ziemlich gläubig und verehrt Engel, da schnappt man als Kind einiges auf«, hatte er lässig geantwortet und versucht, die Obsession seiner Mutter möglichst harmlos darzustellen.

Müller hatte freundlich und ohne Ironie entgegnet: »Dann geht unser Dank wohl an deine Mutter.«

Sie hatten gelacht und Leonhard vergaß für einige Minuten, dass seine Mutter so tief in die Welt des Übernatürlichen und Göttlichen eingetaucht war, dass man ihr an manchen Tagen den klaren Verstand absprechen musste. So bestand die Ehe der Eltern nur noch auf dem Papier.

Es klopfte an der Toilettentür und der Kommissar schreckte auf. Sein blasses Gesicht, immer noch von Schweißperlen bedeckt, mahnte ihn, sich zu beeilen. Schnell schaufelte er sich kaltes Wasser ins Gesicht, trocknete sich ab, zog das Jackett über das saubere Hemd und stopfte das verschwitzte in seinen Rucksack. Es klopfte erneut und Leonhard schloss die Tür auf.

»Mann, Kollege«, sagte der Fremde in Uniform, »hast du da drin die Schüssel observiert?«

»Sorry«, entschuldigte sich Leonhard und eilte davon.

KAPITEL SECHS

Der Mörder, der sich Raphael nannte, betrachtete hingebungsvoll die Frau, die er als Nächstes auf die Reise schicken würde. Sie bemerkte ihn nicht, wie auch? Er stand in dem Einkaufszentrum an einer Espressobar und tat so, als würde er die wechselnde Reklame auf den großen elektronischen Plakatwänden verfolgen.

Die Luft war stickig. Für diese Jahreszeit nicht ungewöhnlich. Die Temperaturen waren unter null gefallen, Gewässer froren ein und die ersten zarten Schneeflocken lieferten einen Vorgeschmack auf das, was noch kommen sollte. Die in dicke Jacken gehüllten Menschen begannen in der Hitze des Einkaufszentrums zu schwitzen und in kürzester Zeit mischte sich ihr Körpergeruch mit der stickigen Heizungsluft.

Sie hatte ihren Trenchcoat ausgezogen, vermutlich nicht, weil ihr warm war. Sie trug nämlich nur einen kurzen Rock, ein enges Oberteil und Stiefel, die zwar schick, aber sicher nicht gefüttert waren. Sie sah wie immer umwerfend aus. Die blonden Haare glänzten und ihre vollen, rosigen Lippen wirkten verlockend. Wie alt mochte sie sein, zwanzig, einundzwanzig? Sie war ihm zufällig aufgefallen, das lag schon ein paar Wochen zurück. Da hatten sich ihre Wege das erste Mal im Einkaufscenter gekreuzt. Offensichtlich kam sie regelmäßig hierher. Heute war sie umringt von einer Schar Freundinnen. Es würde nicht einfach werden. Jemand wie sie hatte immer Menschen um sich herum. Noch gab es keinen Plan, aber trotzdem war er fest entschlossen, sie zu retten. Jemand so Schönes sollte nicht in die Fänge des Bösen geraten. Ihr Schicksal war vorgezeichnet, er hatte sie beobachtet. Die Männer lechzten ihr hinterher und sie gab ihnen das Gefühl, willig zu sein. Natürlich war sie nicht wie die Prostituierte, noch nicht. Und er würde dafür sorgen, dass es auch so bliebe.

Er betrachtete die Frau verstohlen und dachte, wie leicht sie doch zu durchschauen war. Sie benahm sich wie ein Kind, das versuchte andere zu manipulieren. Ein junger Mann hatte ihr gegenüber Platz genommen. Natürlich tat sie so, als wäre er ihr nicht aufgefallen. Er hingegen glotzte sie an, konnte seine Geilheit kaum verbergen. Sie lachte begeisterter auf, als es der Kommentar, den die farblose Freundin neben ihr gerade abgesondert hatte, vermutlich verdiente. Dabei warf sie den Kopf etwas in den Nacken und streifte mit ihrem Blick den Fremden gegenüber. Der würde sie eines Tages verderben; etwas, das Raphael nicht zulassen konnte. Die Gruppe um die junge Frau setzte sich in Bewegung. Er würde ihnen folgen, obwohl es eigentlich gar nicht mehr notwendig war. Er wusste längst, wo sie arbeitete und auch wo sie wohnte. Nur ihren Namen, den kannte er noch nicht. An der Haustür standen viele Namen. Einfach jemanden nach ihr zu fragen, wäre leichtsinnig gewesen und hätte ihm später die Polizei auf den Hals gehetzt. Was er tat, erforderte Geduld. Er würde warten, auch darauf, dass sie die Leiche der Prostituierten entdeckten. Noch gab es keine Meldung in den Nachrichten, aber das würde sich bald ändern.

* * *

Melanie Winter hatte nach dem Streit mit ihrem Freund Bernd keinen guten Tag. Eine Kundin beklagte sich über die Gesichtsbehandlung, dann erreichte sie noch die Ankündigung eines Lieferanten bezüglich einer Preiserhöhung und zu allem Überfluss fiel die Heizung aus. Die Nachmittagstermine musste sie daher absagen, weil die Monteure ihr nicht versprechen konnten, rechtzeitig einzutreffen.

Nun saß sie in eine dicke Jacke gehüllt neben dem Heizlüfter für Notfälle, versuchte die Bestellungen zu erledigen und Bernd auf dem Handy zu erreichen. Wie gewöhnlich meldete sich nur die Mailbox. Weil er es hasste, wenn sie keine Nachricht hinterließ, fasste sie, bemüht, dabei nicht weinerlich zu klingen, ihren katastrophalen Tag zusammen und schloss mit den Worten: »Falls du in der Nähe bist, könntest du vorbeikommen. Ich muss auf die Handwerker warten und würde mich über ein bisschen Unterhaltung freuen.«

Es war nicht so, dass ihr ohne seinen Beistand die Decke auf den Kopf gefallen wäre, aber der Streit und seine Drohung, zu gehen, saßen ihr noch in den Knochen. Würde er vorbeikommen, wäre das ein gutes Zeichen. Melanie presste die Lippen aufeinander. Sie fühlte sich einsam ohne Bernd, obwohl sie vor wenigen Monaten noch gut allein zurechtgekommen war. Männer hatten in ihrer Vergangenheit kaum eine Rolle gespielt. Zum einen, weil Melanie ein zurückhaltender Typ war und den meisten wohl relativ langweilig erschien, zum anderen, weil es ihr schwerfiel, sich zu öffnen. Aber mit Bernd lief das anders. Er hatte Geduld gehabt und schließlich war sie gerne bereit gewesen, ihm die Führung zu überlassen. Aufgrund ihrer wenigen Erfahrungen in solchen Dingen hielt sie es deshalb auch für normal, dass es letzten Endes vor allem darum ging, für sein Wohl zu sorgen und seine Wünsche zu erfüllen. Automatisch waren Bernds Träume auch die ihren geworden.

»Frau Winter?«, riss sie eine Stimme aus ihren Grübeleien.

Sie schreckte auf und schenkte dem Mann ein Lächeln. Er sah nicht aus wie ein Monteur, aber auch nicht wie jemand, der sich einer Schönheitsbehandlung unterziehen wollte. Eher wie ein Ehemann auf der Suche nach einem Geschenk zum Hochzeitstag. Vermutlich wollte er einen Gutschein für seine Frau kaufen. Erst jetzt trat noch ein zweiter Mann ein. Er war jünger als der erste, etwa in Melanies Alter. Seine Kleidung saß tadellos, er selbst wirkte jedoch ein wenig nervös.

Vielleicht der Sohn, dachte Melanie und begrüßte die beiden.

Hauptkommissar Heerse betrachtete sein Gegenüber und hatte sofort das Gefühl, dass etwas nicht stimmte. Das sollte die Frau sein, die reißerische Beiträge über ihre Vergangenheit als Tochter eines Mordopfers postete, die einen Blog führte und sich auf geradezu exhibitionistische Weise in Szene setzte?

»Frau Melanie Winter?«, hakte er deshalb noch einmal nach.

»Ja, die bin ich«, antwortete sie. Obwohl sie bereits eine erwachsene Frau war, wirkte sie mehr wie ein Mädchen.

Heerse stellte sich und Kommissar Schuster vor und nannte ihr den Grund seines Hierseins.

Sie wurde blass und fing an, nervös ihre Finger zu kneten. »Ich habe von den Morden im Fernsehen gehört und dass es einen Zusammenhang mit dem alten Fall gäbe, dachte aber, das sei nur ein Hirngespinst der Presse. Damals war ich zu jung, erst drei Jahre alt, um zu verstehen, was eigentlich passiert war. Mittlerweile kenne ich natürlich die schlimmen Einzelheiten, allerdings hätte ich nie erwartet, deshalb von der Polizei vernommen zu werden.«

Sie seufzte, besann sich ihrer Gastgeberpflichten und bat die Beamten, im Wartebereich Platz zu nehmen. Dann setzte auch sie sich zu den beiden Männern auf die blassrosa Sessel und zog die überdimensionale Strickjacke fester um sich. »Die Heizung ist ausgefallen«, erklärte sie schnell.

»Wir suchen die Hinterbliebenen der Opfer auf, um zu erfahren, ob sich in den letzten Wochen oder Monaten irgendetwas ereignet hat, das ungewöhnlich war. Ist zum Beispiel jemand aufgetaucht, hat Fragen gestellt über Ihre Mutter, den Mord?«

»Nein. Denken Sie etwa, man lauert mir auf?«, rief Melanie ängstlich. »Warum sollte das jemand tun?«

»Vielleicht, weil Sie sehr offen mit Ihrer Vergangenheit umgehen«, kam Heerse nicht umhin, nun deutlicher zu werden. »Sie berichten in den sozialen Netzwerken über das, was Ihrer Mutter passiert ist, und schreiben ausführlich über Ihre Empfindungen. Da fragen wir uns natürlich, warum Sie das tun. Zumal Ihre massive Internetpräsenz nur wenige Monate vor dem Mord an zwei Frauen begann, die damals mit dem Prozess zu tun hatten.«

»Was?« Sie war außer sich und der Hauptkommissar versucht, ihr das abzunehmen.

»Ich habe nie irgendetwas über den Fall meiner Mutter gepostet. Warum auch?«

»Man kann heutzutage viel Geld verdienen, wenn man es schafft, das öffentliche Interesse zu wecken«, entgegnete Heerse direkt. Auch wenn ihm die junge Frau sympathisch war, musste er auf Antworten bestehen.

Ihre Augen weiteten sich und ließen sie noch kindlicher wirken. Aber jetzt schien sie plötzlich nicht mehr überrascht, sondern eher wie jemand, dem gerade ein Einfall gekommen war. Sie zögerte.

Leonhard Schuster beobachtete die junge Frau interessiert. Sie hatte etwas an sich, das ihn verunsicherte. Sie war hübsch und wie viele Männer bemerkte er so etwas natürlich. Aber da war noch mehr, etwas, das ihn berührte, das ihn dazu verleitete, Heerse für seine groben Fragen und die Anschuldigungen, die darin steckten, zu verfluchen. Ja, er hatte das Gefühl, er müsste die junge Frau beschützen.

»Ich habe das nicht gemacht«, antwortete sie schüchtern.

»Meinen Sie damit, dass jemand Ihre Identität gestohlen hat?«, hakte Heerse nach.

»Nein, dass ...« In diesem Moment öffnete sich die Tür und ein Mann trat ein. Er sah zu Melanie, dann zu den beiden Fremden, taxierte sie und schien sofort eine Ahnung zu haben, wen er da vor sich hatte.

Schuster fand den Neuankömmling vom ersten Augenblick an unsympathisch. Als dieser sich dann auch noch als Melanies Freund entpuppte, da hätte ihn der Beamte am liebsten direkt verprügelt. Nicht das erste Mal fragte er sich, was Frauen an solchen Typen fanden. Denen stand das Wort »Arschloch« doch auf die Stirn geschrieben. Offensichtlich aber mit unsichtbarer Tinte, was das weibliche Geschlecht anging.

»Bernd Lauer«, stellte sich der Mann vor und reichte Heerse die Hand. Schuster streifte er nur mit einem desinteressierten Blick. Offensichtlich, weil ihm sofort klar war, wer hier das Sagen hatte.

Auch Heerse hatte eine Meinung über Bernd Lauer und auch die fiel nicht gerade positiv aus. Vor allem, da sich innerhalb kürzester Zeit herausstellte, dass er derjenige war, der in Melanies Namen im Internet aktiv geworden war.

»Sehen Sie«, fuhr er jovial fort, »ich bin so etwas wie Melanies Manager und ihr Schutzengel. Sie hat viel durchgemacht und wurde dafür nie entschädigt.«

»Verstehe«, reagierte Heerse reserviert. »Sie versuchen

an Sponsoren zu kommen, Geld mit dem Schicksal Ihrer Freundin zu verdienen.«

»Ach«, winkte Lauer ab und grinste breit. »Wie Sie das sagen, klingt es ja geradezu ruchlos. Aber so ist der Lauf der Zeit. Die Menschen lechzen nach Informationen jeglicher Art. Wer Informationen hat, kann diese verkaufen wie jede andere Ware auch. Haben Sie eine Apfelplantage, dann werden Sie die Früchte doch auch auf den Markt bringen.« Er lehnte sich zurück, legte besitzergreifend seinen Arm um Melanie und schenkte dem Hauptkommissar ein Grinsen.

Heerse fasste zusammen: »Sie schreiben über das, was der Mutter Ihrer Freundin passiert ist, ohne dass Ihre Freundin davon weiß?«

»Das hast du der Polizei erzählt?«, wandte sich Bernd nun an Melanie. Seine Stimme klang sanft und freundlich, jedoch war der Vorwurf, den er ihr machte, herauszuhören.

Vermutlich beeilte sie sich deshalb zu sagen: »Nein, ich war nur überrascht, das ist alles, ich wusste nichts …« Sie verbesserte sich: »Ich habe vergessen, dass du das getan hast.«

»Aber, Schätzchen«, gab er sich verständnisvoll, »du weißt doch, dass wir jetzt schon Promotion für das Buch machen müssen.«

»Welches Buch?«, fragte Heerse sofort.

»Ich stehe in Verhandlungen mit einem Verlag, der an Melanies Geschichte interessiert ist. Ein bisschen Werbung im Voraus schadet da nicht. Und wenn die sehen, dass Melanie bereits interessierte Fans hat …«

»Können Sie uns den Namen des Verlages nennen?«, unterbrach ihn der Hauptkommissar.

Jetzt kam Bernd Lauer ins Schleudern und dieses Mal war es Leonhard Schuster, der sich behaglich zurücklehnte und Heerse in Gedanken auf die Schultern klopfte.

»Nun, ehrlich gesagt, habe ich mich noch nicht entschieden, wem ich die Buchrechte anbieten will«, ergänzte er erklärend. »Das muss minutiös geplant werden«, fügte er wichtigtuerisch an.

Der Hauptkommissar hatte genug gehört und wechselte das Thema. Er befragte Melanie nach Doktor Callidita s und Angelika Trochner. Die junge Frau zuckte nur mit den Schultern, wohingegen ihr Freund erstaunlich viele Details vom damaligen Prozess gegen Marbus kannte.

»Ich habe natürlich recherchiert«, erklärte er sein Wissen. »Alles für Melanies Buch.«

Während Bernd sprach, fing Melanie den Blick des jungen Kommissars auf. Plötzlich fühlte sie sich unwohl. Es störte sie, dass Bernd seinen Arm um sie gelegt hatte. Verlegen sah sie auf ihre Hände. Sie wollte nicht, dass man sie für eine Frau hielt, die um jeden Preis die Aufmerksamkeit suchte. Wie hatte Bernd nur ohne ihr Wissen all diese Dinge ins Netz stellen können? Nicht einmal gefragt hatte er sie. Erneut dachte sie an den Streit von heute Morgen. Er behauptete, das alles für ihre Zukunft zu tun, dabei könnten sie doch jederzeit auch ohne Reichtümer heiraten und eine Familie gründen.

»Frau Winter«, sprach sie der ältere Polizist an und sie zuckte zusammen.

»Entschuldigung«, nuschelte sie.

Hauptkommissar Heerse hatte seine Meinung über die junge Frau etwas revidiert. Sie wirkte verletzlich und schüchtern und der ganze Kram, der unter ihrem Namen im Internet stand, war auf den Mist ihres Freundes gewachsen. Deshalb hatte sich sein Tonfall auch geändert und er sagte nun besorgt: »Ich möchte Sie nicht beunruhigen, aber da es eine Verbindung zum Fall des Engelshenkers gibt, empfehlen wir allen, die damals beteiligt waren, die nächste Zeit vorsichtig zu sein.«

Sie erschrak.

»Das ist nur eine Sicherheitsmaßnahme«, beruhigte sie der Hauptkommissar. »Seien Sie einfach etwas misstrauisch.« Er lächelte. »Und wenn Sie unsicher sind, rufen Sie uns sofort an.« Er reichte ihr seine Karte.

Bernd Lauer, der sich sichtlich darüber ärgerte, gerade wie Luft behandelt zu werden, drängte sich in das Gespräch. Eigentlich hatte Schuster erwartet, dass der Mann mit tiefster Inbrunst den Beamten versichern würde, dass er in der Lage wäre, auf seine Freundin aufzupassen, aber stattdessen wollte er nur seine Neugier befriedigen. »Hat man Marbus denn bereits dazu vernommen?«

Heerse, der Melanies Partner immer nervtötender fand, hob die Augenbrauen, aber es war Schuster, der sich hinreißen ließ, zu antworten: »Denken Sie wirklich, dass wir Ihnen Auskunft über die Ermittlungen geben?« Es tat gut, diesen selbstherrlichen Idioten zurechtzuweisen.

»Von Ihnen erwarte ich das auch nicht, Sie sind ja nur der Laufbursche, nehme ich an.« Seine Stimme klang belustigt, aber man konnte ihm ansehen, dass er sich über Schusters Kommentar geärgert hatte.

Melanie lief vor Scham rot an und Schusters Finger formten ganz instinktiv eine Faust.

»Herr Lauer!«, sagte Heerse knapp und in mahnendem Tonfall. Mehr war nicht nötig, um den anderen in seine Schranken zu weisen.

»Sorry, ich bin eben ein neugieriger Typ«, lenkte Lauer flapsig ein.

»Ich auch«, erwiderte Heerse gelassen, »deshalb würde mich interessieren, wo Sie beide zum Zeitpunkt der Morde waren.«

Emotionslos ratterte der Hauptkommissar die entsprechenden Daten herunter und ignorierte die verblüfften Gesichter seiner Gesprächspartner.

Lauer, bemüht, den Coolen zu spielen, lachte auf. »Was habe ich denn damit zu tun?«

Für Heerse war es interessant, dass die Frage des Mannes nicht lautete: »Was haben wir denn damit zu tun?« Das sagte einiges über dessen Charakter aus.

Schuster empfand Lauers Formulierung als Frechheit und Melanie fühlte sich betrogen.

Sie war es dann auch, die sofort Auskunft gab. Sie sei während beider Morde zu Hause gewesen und wie gewöhnlich früh zu Bett gegangen. Am Tag, als Clara Callitas getötet worden war, hatte sie den Salon nämlich geschlossen. Das wusste sie deshalb noch so genau, weil sie an diesem Tag die Buchhaltungsunterlagen für den Steuerberater sortiert hatte, etwas, das sie ausgesprochen ungern tat.

»Und ich war bei dir, nicht wahr, Schatz?«, fügte Lauer triumphierend an.

Sie zögerte einen kurzen Augenblick, lenkte dann jedoch ein und bestätigte die Aussage ihres Freundes.

* * *

Kaum saßen die beiden Beamten in ihrem Dienstwagen, erreichte sie ein Anruf von Müller. »Ich bin im Haus von Felix Schwarz, das ist der Sohn von Marbus' Opfer Nummer vier. Die Kriminaltechnik ist schon vor Ort.« Müller fasste zusammen, was sich bisher ereignet hatte.

»Wann hat er sie gefunden?«, fragte Heerse nach.

»Vor ungefähr einer halben Stunde. Der Mann rief uns direkt an, da er aus der Presse wusste, wer den Fall bearbeitet. Ich habe alles veranlasst.«

»Gute Arbeit, wir sind sofort da!«

Heerse fuhr selbst, da sich der neue Kollege noch nicht so gut in Baden-Baden und Umgebung auskannte.

»Was ist passiert?«, fragte Schuster überrascht.

»Unser Mörder hat Kontakt aufgenommen« Heerse, der für gewöhnlich ein ruhiger Fahrer war, fluchte, als ihn ein großer SUV an einer unübersichtlichen Kurve überholte, und brummte etwas von mangelndem Gehirn.

»Ob er weiß, dass wir mit den Hinterbliebenen sprechen?«, überlegte Schuster laut.

»Zumindest kann man ab jetzt davon ausgehen, dass er das möchte, sonst hätte er nicht Felix Schwarz ins Spiel gebracht.«

»Den hätten wir doch heute sowieso noch aufgesucht, oder?«

»Ja, aber das wusste weder Schwarz noch unser Täter ...« Heerse hielt mitten im Satz inne.

»Setz dich sofort mit Müller in Verbindung, die sollen unauffällig die Umgebung von Felix Schwarz' Haus durchkämmen, womöglich will er uns zusehen«, gab er Anweisung.

Nachdem er Müller informiert hatte, was zu tun war, äußerte Schuster Zweifel: »Glaubst du wirklich, dass er uns dort hinlockt, um uns zu beobachten? Ist das nicht unglaublich riskant?«

»Alles, was er tut, ist riskant und das weiß er auch. Aber erstens hält sich der Typ für einen Engel und zweitens liebt er große Auftritte. Er könnte seine Spuren viel besser verwischen, wenn er die Leichen verschwinden ließe, aber das tut er nicht. Er will, dass wir ihm nahe kommen, solche Menschen riskieren bewusst, gefasst zu werden. Jedes Mal jedoch, wenn sie davonkommen, ist das wie eine Bestätigung weiterzumachen.«

»Und sie werden noch offensiver«, entgegnete Schuster nachdenklich, »so wie der Engelshenker, der als Eisverkäufer nicht gerade unauffällig gewesen war. Der erste Mord in Frankfurt, dann einer in Stuttgart, aber die letzten drei alle im Badener Raum.«

»So ist es, er wurde unvorsichtig und doch hat man ihn nur erwischt, weil es eine Zeugin gab, ansonsten hätte er womöglich noch mehr Frauen getötet.«

Sie erreichten ihr Ziel. Eine Siedlung mit Einfamilienhäusern und Bungalows aus den Achtzigern. Alles wirkte sehr gepflegt und friedlich. Bis auf die Fahrzeuge der Polizei und der Kriminaltechnik am Ende einer Sackgasse. Das quadratische Gebäude, in dem Schwarz wohnte, glich mit seinen mausgrauen Außenwänden einem Bunker. Heerse mochte diesen Baustil nicht, aber wie seine Frau immer zu sagen pflegte: »Du lebst ja nicht vor, sondern im Haus. Wie überall kommt es also auch da auf die inneren Werte an.«

Was das anging, gab es nichts zu kritisieren. Die Innenräume waren dank der großen Terrassentüren lichtdurchflutet und die Möblierung einladend. Bequeme Couch, davor ein flauschiger Teppich, es existierte sogar ein offener Kamin und die vollgestopften Bücherregale sorgten zudem für eine gemütliche Atmosphäre.

Heerse entdeckte den Eigentümer, der in einem Sessel saß und auf ein Glas stierte.

»Herr Schwarz?«, sprach ihn Heerse höflich an.

Der Mann hob den Kopf. Aus den Akten wusste der Hauptkommissar bereits, dass sein Gegenüber dreiunddreißig Jahre alt war, ledig und als Dozent arbeitete.

»Ich bin Hauptkommissar Heerse, der leitende Ermittler«, fügte der Beamte noch an.

Schwarz sprang auf und reichte dem Neuankömmling die Hand, anschließend nickte er Schuster höflich zu. »›Freut mich‹ ist vermutlich der falsche Ausdruck, aber erleichtert sein darf ich, dass Sie jetzt da sind. Wenn ich frage, was das alles zu bedeuten hat, dann heißt es nur, Sie wären derjenige, der mit mir spricht. So gesehen bin ich dann doch froh, Sie zu sehen.« Er grinste jungenhaft. »Tut mir leid, ich quassle, wenn ich nervös werde, meine Ex-Freundin fand das zwar süß, aber außerhalb einer Beziehung wirkt das doch recht unmännlich.«

Heerse musste nun auch lächeln. »Polizisten stören sich nicht an quasselnden Zeugen«, erwiderte der Hauptkommissar und bat den Mann, wieder Platz zu nehmen.

Zwischenzeitlich betrat auch Oberkommissar Müller den Raum, in der Hand eine Beweismitteltüte.

»Die Kriminaltechnik ist fertig, ich dachte, du wolltest sie noch sehen.«

Heerse betrachtete die Engelkarte, die Felix Schwarz in seinem Briefkasten gefunden hatte. »Dein Engel erkennt deine Fehler, erkenne sie auch und der Weg führt in den Himmel, ansonsten bist du verloren«, las Heerse laut vor.

Hinter ihnen sagte Felix Schwarz: »Bin ich das? Ist das eine Drohung gegen mich?«

»Zum jetzigen Zeitpunkt wissen wir noch nicht, was das bedeutet, vielleicht nur ein schlechter Scherz«, antwortete ihm Müller, der mittlerweile das Gefühl hatte, er wäre eine hängende Schallplatte. Leise wandte er sich deshalb an Heerse. »Der Typ schiebt Panik, ich kann es ja verstehen, aber was soll ich sonst sagen?«

Der Hauptkommissar drehte die Tüte mit der Engelkarte hin und her. Sie sah aus wie die, die man bei der Journalistin Angelika Trochner gefunden hatte. Allerdings stand noch etwas auf der Rückseite. »Gehe den Weg zurück, sonst begehst Du einen Fehler.« Es gab sogar eine Unterschrift. Unter dem Text stand »Raphael«. Alles war mit einer Schreibmaschine geschrieben worden.

Außerdem fanden sich zahlreiche Blutspuren auf der Karte.

»Eine Ahnung, wessen Blut das ist?«, fragte Heerse in die Runde.

»Das Labor hat bereits Proben genommen, die ersten Tests schließen aus, dass es von Angelika Trochner oder Clara Calliditas stammt. Womöglich ein weiteres Opfer«, antwortete der Oberkommissar.

Heerse las noch einmal den Text, dann drehte er sich zu Felix Schwarz. »Auch wenn ich glaube, dass die Nachricht für uns bestimmt ist, wird es nötig sein, gewisse Vorsichtsmaßnahmen zu treffen. Zuvor sollten wir uns jedoch unterhalten. Ich bitte Sie, in Ihrem ureigenen Interesse bei der Beantwortung meiner Fragen aufrichtig zu sein, damit wir ausschließen können, dass Sie sich in Gefahr befinden.«

»Warum schickt man mir so etwas? Warum ich?«, fragte Schwarz. »Warum werde ich da mit hineingezogen?«

»Ich denke, Sie wissen warum«, antwortete ihm Heerse ruhig und setzte sich dem Mann gegenüber.

»Ja«, sagte der nun bitter. »So etwas lässt dich offenbar nie los. Man rät dir, die Vergangenheit hinter dir zu lassen, aber ständig holt sie dich wieder ein. Diese Ratschläge taugen nichts.«

»Wohl wahr«, stimmte ihm Heerse zu. »Aber mehr als gute Ratschläge haben wir meistens nicht.«

Schwarz lachte auf. »Sie versuchen mir wenigstens nichts vorzumachen.« Er trank einen Schluck und sagte entschuldigend: »Ich greife normalerweise nicht zum Alkohol, wenn es Probleme gibt, aber ich gestehe, dass ich Angst habe. Natürlich dachte ich mir schon, dass vielleicht irgendwer bei mir auftaucht, Polizei oder Reporter, jetzt, wo plötzlich jeder über den Engelshenker spricht.« Er besah sich den Inhalt seines Glases, bewegte es hin und her und verfolgte mit den Augen die Schlieren, die der Gin zog. »Komisch, damals empfand ich den Presserummel als gar nicht so schlimm, aber heute geht er mir auf die Nerven. Als Kind wurde ich natürlich abgeschirmt. Das Jugendamt hat mich bei einer Pflegefamilie untergebracht, dann kam ich in ein Heim.«

Heerse machte ein bedauerndes Gesicht, was Schwarz nicht entging.

»Es war eine gute Zeit, ich habe mich dort wohlgefühlt. Die Lehrer waren nett, haben mich gefördert. Immerhin habe ich studiert und meinen Abschluss mit guten Noten gemacht. Ich denke nicht, dass mir das bei meiner leiblichen Mutter gelungen wäre«, erklärte er dem Polizisten und seufzte. »Sehen Sie und schon ist die Vergangenheit wieder da.«

»Sie hatten eine schwierige Kindheit?«, fragte Heerse vorsichtig.

»Eigentlich nicht, oder sagen wir besser: Solange niemand das Gegenteil behauptet hat, fand ich mein Leben normal. Ich kannte ja gar nichts anderes. Meine Mutter war meine Mutter, auch wenn später behauptet wurde, sie wäre nicht gut zu mir gewesen.« Nachdenklich senkte er den Kopf. »Er hat nur solche ausgesucht, nicht wahr?«, fuhr er fort und sah den Hauptkommissar ernst an. »Solche, die nicht gut zu ihren Kindern waren«, wurde Schwarz nun konkreter.

Heerse ließ sich darauf ein, fand, er wäre dem Mann eine ehrliche Antwort schuldig. »Dieter Marbus hat das in seinem Geständnis so dargestellt, das heißt allerdings nicht, dass er die familiäre Situation seiner Opfer richtig hat beurteilen können. Die Frauen, die er getötet hat, waren Mütter, die trotz schwieriger Lebensumstände ihr Bestes versucht haben. Letzten Endes hat Marbus nur eine Rechtfertigung für seine Gewalttaten gesucht.«

Schwarz nickte bedächtig, dann sagte er: »Sie haben vermutlich recht, also stellen Sie mir Ihre Fragen.«

* * *

Etwa zur gleichen Zeit

Melanie Winter sah verstohlen zu Bernd, der sofort nach dem Gespräch mit den Polizisten den Salon verlassen und sich ans Telefon gehängt hatte. Sie verstand nicht, was gesprochen wurde, befürchtete aber, dass es wieder um dieses verfluchte Buch ging. Die Erkenntnis, dass sie eigentlich nicht das Gleiche wollte wie Bernd, traf sie ganz unvermittelt.

Seine Alleingänge, das Bloßstellen ihrer Person im Internet ohne ihr Einverständnis und sein ganzes Auftreten nervten sie mit einem Mal. Plötzlich bröckelte die Fassade des smarten Machers. Wenn sie darüber nachdachte, dann war es doch merkwürdig, dass ausgerechnet ein Typ wie er sich für jemanden wie Melanie interessierte. Er liebte Publikum, hatte Spaß an teuren Restaurants, Klubs und Reisen in exotische Länder. Sie bevorzugte die Ruhe, zog sich gerne in die gemütliche Wohnung zurück und hasste Flugzeuge. Er war anfangs so verständnisvoll gewesen. Gleich zu Beginn ihrer Beziehung hatte er ihr alle Geheimnisse entlockt. Sie erzählte normalerweise niemandem, dass ihre Mutter vom Engelshenker ermordet worden war. Aber bei Bernd war es fast so gewesen, als hätte er es bereits gewusst. Melanie legte die Stirn in Falten, verwarf den Gedanken dann aber wieder. Vielleicht war sie zu streng, zu kritisch. Was, wenn Bernd wirklich nur an ihrer gemeinsamen Zukunft arbeitete? Er hatte es ihr oft genug versichert. Wenn das der Fall war, dann musste er sicherlich forsch vorgehen und die Werbetrommel rühren. Er kannte sich besser aus als Melanie, sie sollte ihm daher vertrauen.

Vor ihrem geistigen Auge tauchte das Gesicht des jungen

Kommissars auf, Leonhard Schuster. Er hatte sie auf eine merkwürdige Weise angesehen und dadurch verunsichert. Im Nachhinein empfand sie seine Blicke als bedauernd, fast mitleidsvoll. Wirkte sie so auf die Menschen? Bemitleidenswert? Zorn stieg in ihr auf. Das war genau der Grund, warum sie normalerweise niemandem von ihrer Mutter erzählte. Sie hasste Mitleid.

In diesem Moment betrat Bernd wieder den Salon. Er strahlte, platzte fast vor Stolz, als er sagte: »Ich habe für dich dein erstes Interview ausgehandelt, ist das nicht fantastisch?«

* * *

Felix Schwarz schien sichtlich bemüht, der Polizei Auskunft zu geben. »Erinnern kann ich mich an die beiden Frauen nicht«, sagte er nach Doktor Calliditas und Angelika Trochner befragt. »Aber natürlich habe ich, als ich alt genug war, die Berichte und Akten gelesen.«

Heerse fragte, wie es seine Pflicht war, auch Schwarz nach dessen Alibis für die Morde. Der wirkte belustigt. »Sie denken, ich töte wehrlose Frauen?«

Der Hauptkommissar blieb unnachgiebig und Schwarz antwortete: »Na schön, ich habe keine Alibis.« Er nannte dem Beamten einige ungefähre Daten. »Zum Zeitpunkt des Mordes an Doktor Calliditas steckte ich auf der A5 fest. Leider hielt ich mich an die Verkehrsregeln und werde daher auf keiner Verkehrskamera auftauchen. Wenn ich allerdings gewusst hätte, dass mir das heute helfen würde ...« Er räusperte sich und sagte: »Tut mir leid, ich bin nur nervös, ich wollte nicht respektlos sein«, entschuldigte er sich für sein Abschweifen und erklärte, an den fraglichen Abenden zu Hause gewesen zu sein, und zwar allein.

»Hat es Sie denn geärgert, dass beide dafür plädierten,

Marbus in einer psychiatrischen Einrichtung anstatt in einem Gefängnis unterzubringen?«

Schwarz versuchte, nicht amüsiert zu klingen, als er antwortete: »Warum hätte es das? Der Mann bekam trotzdem die Höchststrafe. Ich kann mich nicht erinnern, dass sich mein Vater darüber je aufgeregt hat. Er ist damals für mich als Nebenkläger aufgetreten.«

Heerse, der sich besann, dass Schwarz davon gesprochen hatte, im Heim aufgewachsen zu sein, fragte nach: »Ihr Vater? Sie haben aber nicht bei ihm gelebt, oder?«

»Nein.« Felix schüttelte den Kopf. »Das hätte nicht hingehauen.« Er grinste müde. »Als Kind habe ich mehr als einmal vergebens darauf gewartet, dass er von seinem Besuchsrecht Gebrauch macht.« Schwarz seufzte. »Er war kein schlechter Kerl, er ist vor zwei Jahren gestorben«, fügte er an. »Allerdings hätte er eine Frau an seiner Seite benötigt, um das Vatersein hinzubekommen. Das Jugendamt hielt ihn jedenfalls nicht für geeignet und er sich wohl auch nicht. Ich denke, beide hatten recht. Es hieß, ich bräuchte Stabilität. Wenn sich meine Eltern nicht getrennt hätten, ich glaube, dann wären wir alle drei glücklich geworden.« Er warf Heerse einen resignierten Blick zu. »Vermutlich ist das der unrealistische Traum aller Scheidungskinder.«

»Vermutlich ist das der Traum aller Kinder«, hielt Heerse dagegen und fragte sich, warum der Mann nicht schon längst selbst eine Familie gegründet hatte.

Als könnte der seine Gedanken erraten, fuhr Schwarz fort: »Ich habe mir immer geschworen, mit meinen Kindern alles anders zu machen. Aber bis jetzt habe ich keine. Vermutlich tauge ich ebenfalls nicht zum Familienvater, zumindest die Worte meiner Ex-Freundin, als sie mich mit einer anderen im Bett erwischt hat.« Er lachte heiser auf. »Ist wohl nicht besonders clever, der Polizei zu erzählen, dass man wenig vertrauenswürdig ist. Aber vermutlich wird Sie mein verkorkstes Sexleben kaum interessieren«, sagte er schmunzelnd, und Leonhard Schuster wünschte sich, er wäre mehr wie dieser Mann. Er bewunderte Felix Schwarz dafür, dass er von Angst sprechen konnte, ohne unmännlich zu wirken, oder von seinen Affären, ohne den Eindruck zu hinterlassen, er wäre ein Schwein. Zudem sah Schwarz gut aus und sicher hatte er keine Probleme, eine neue Freundin zu finden, schüchtern wirkte er jedenfalls nicht.

»An was erinnern Sie sich noch?«, hörte Schuster Heerses Frage und konzentrierte sich wieder auf das Gespräch.

»Ich war zehn Jahre, als es passiert ist. 1996, meine Mutter war sein viertes Opfer. Zum Glück habe ich sie nicht gefunden. Eine Freundin, die nebenan wohnte und einen Schlüssel hatte, kam morgens vorbei und hat die Leiche entdeckt. Es muss entsetzlich gewesen sein, all das viele Blut. Manchmal glaube ich, dass ich es gerochen habe, aber das ist natürlich Unsinn. Ich lag schließlich völlig benommen in meinem Bett. Laut den Ärzten hatte er mich mit Chloroform betäubt. Sie haben mich aus dem Haus direkt in die Klinik gebracht. Die Ärzte haben mir schonend erklärt, dass meine Mutter tot sei. Erst mit der Zeit wurde mir klar, was wirklich passiert war.« Er stockte, bevor er leise anfügte: »Und was er ihr angetan hat.«

»Wer kennt Ihre Vergangenheit?«, fasste Heerse nach.

»Niemand«, antwortete Schwarz prompt, »nicht einmal meine Ex-Freundin.«

»Wirklich niemand? Vielleicht gibt es einen langjährigen Freund, Kontakte von früher?«

»Nein, als ich angefangen habe zu studieren, entschied ich, diesen Teil meines Lebens hinter mir zu lassen, und tatsächlich wurde dadurch vieles leichter. Deshalb ist es mir auch ein Rätsel, wie derjenige auf mich kommen konnte.

Ich hausiere wirklich nicht mit meiner Kindheit, aber vermutlich ist das auch nicht notwendig.«

»Wie meinen Sie das?«, fragte Heerse.

Felix Schwarz zuckte mit den Schultern. »Ist doch denkbar, dass sich jemand im Netz schlaugemacht hat. Irgendeine Seite, auf der sich ein ehemaliger Mitschüler über einen Jungen äußert, dessen Mutter ermordet worden ist, oder ein alter Zeitungsartikel. Wer weiß, vielleicht hat der Engelshenker selbst meinen Namen weitergegeben?«

Der Hauptkommissar wurde hellhörig. »Wie kommen Sie darauf?«

»Sie sind überrascht? Ich habe erst neulich eine Reportage gesehen, da wurde berichtet, dass Strafgefangene Smartphones in ihre Zelle schmuggeln.«

Er bemerkte Heerses skeptisches Gesicht.

»Sie denken, ich übertreibe?«

»Ich bin überzeugt, dass man einen Gefangenen wie Dieter Marbus im Auge behält. Ein illegales Handy schließe ich aus.«

»Womöglich hat ihn jemand besucht oder er schickt verschlüsselte Briefe an seinen Komplizen?«

»Wir gehen dem bereits nach«, versicherte ihm Heerse.

»Haben die anderen auch so eine Engelkarte erhalten?«, wollte Felix plötzlich wissen.

»Die anderen?«

»Die Kinder der anderen Opfer«, ergänzte der Mann.

Heerse zögerte, sagte dann jedoch: »Nein, bisher wurde niemand sonst kontaktiert. Ich sage Ihnen das nur, weil ich verhindern möchte, dass Sie in irgendeiner Weise selbst anfangen nachzuforschen, denn das würde unsere Arbeit nur erschweren.«

Schwarz hob beschwichtigend die Hände, der Alkohol zeigte Wirkung und er schien entspannter. »Keine Sorge, ich halte mich an Ihre Anweisungen. Ich bin nicht der Trottel aus dem Fernsehkrimi, der genau das Gegenteil von dem macht, was ihm die Polizei rät, und am Ende draufgeht.«

»Das freut mich zu hören«, erwiderte Heerse zufrieden und fuhr mit der Befragung fort. »Haben Sie eine Idee, wann man diese Karte bei Ihnen eingeworfen hat?«

»Nicht die geringste. Ich hatte heute frei und länger geschlafen. Einmal hat der Nachbarshund gebellt, das war so gegen acht Uhr heute Morgen, vielleicht hat er etwas gehört, aber die Nervensäge bellt wegen jedem Blatt, das vom Baum fällt. Ich glaube auch nicht, dass der sich seit Neustem verpflichtet fühlt, mein Grundstück zu bewachen, auch wenn er es regelmäßig markiert. Später war ich noch ein paar Besorgungen machen. Als ich zurückkam, öffnete ich den Briefkasten und fand die Karte.«

»Erhielten Sie heute Post?«

»Nein. Der Briefträger war nicht da.«

»Wir werden mit den Nachbarn sprechen«, erwiderte Heerse und fragte vorsichtig: »Aber Sie hatten nicht das Gefühl, dass während Ihrer Abwesenheit heute jemand unbefugt im Haus war? Sie haben keine Alarmanlage, oder?«

Schwarz schüttelte den Kopf. »Hielt ich bisher nicht für nötig, aber ich glaube, ich werde nachrüsten müssen. Wenn ich eine Kamera gehabt hätte ...«

»Schließen Sie auf jeden Fall sorgfältig ab. Vorerst bleibt einer der Beamten bei Ihnen, bis wir mehr herausgefunden haben.«

Schwarz nickte. »Danke, das beruhigt mich. Jetzt bin ich froh, dass ich single bin, sonst müsste ich auch noch Angst um meine Familie haben.«

KAPITEL SIEBEN

Kommissar Leonhard Schuster hatte auf Heerses Geheiß hin im Büro sofort die Überprüfung von Bernd Lauer übernommen. Der schien reichlich Spaß an der Selbstdarstellung zu haben: eigene Website, Profile in den sozialen Netzwerken und so weiter. Sich selbst bezeichnete er als Coach und Manager, aber für was und für wen wurde aus den Weisheiten, die er über Selbstbewusstsein und sicheres Auftreten veröffentlichte, nicht klar. Heerse hatte den Begriff »Schaumschläger« verwendet, einen Ausdruck, den Schuster zwar altmodisch, aber auch irgendwie witzig fand.

Bestätigt wurde das noch durch Lauers Werdegang: abgebrochenes Jurastudium, einige Kurse im Fach Psychologie und diverse Versuche, im Bereich der Vermögensberatung Fuß zu fassen. Es gab keine Vorstrafen, aber eine Ermittlungsakte, in der man ihn mit dubiosen Schneeballsystemen in Zusammenhang brachte, aber am Ende nichts beweisen konnte.

Schuster saß in seiner neuen Wohnung. Er hatte Glück gehabt, dass der Eigentümer von der Idee angetan gewesen war, einen Polizisten im Haus zu haben. Nur deshalb erhielt Leonhard den Zuschlag vor zehn anderen Bewerbern.

Wenn Schuster aus dem Fenster sah, dann konnte er

sogar die Lichtentaler Allee sehen, und einen Parkplatz in einer nahen Tiefgarage hatte er auch ergattert. Trotzdem war er noch nicht wirklich angekommen. Natürlich hatte er gelogen, als er Müller bei ihrem ersten Treffen erzählt hatte, der Umzug wäre längst abgeschlossen. Er hatte sich so unbedingt in die Arbeit stürzen wollen, dass er dafür in Kauf nahm, noch immer zwischen gefüllten Umzugskartons zu sitzen. Aber das störte ihn nicht. Im Moment interessierte ihn Melanie Winter wesentlich mehr. Er las noch einmal die Beiträge, die Bernd Lauer unter ihrem Namen veröffentlicht hatte, und wünschte sich, er könnte den Mann verhaften. Dabei ging seine Fantasie mit ihm durch. In Gedanken warf er Lauer zu Boden, drehte ihm den Arm auf den Rücken und hielt ihm die Pistole an die Schläfe.

»Nicht gerade sehr erwachsen«, kommentierte er laut die eigenen Überlegungen und wollte den Computer schon ausschalten, als er einen weiteren Beitrag von Melanie Winter entdeckte. Mit Schrecken erkannte er, dass der ganz neu sein musste.

Nervös klickte der Kommissar auf den Link. Wie sich herausstellte, handelte es sich um ein Interview, das Melanie mit einem Blogger geführt hatte, der dafür bekannt war, andere mit seinen Beiträgen zu schockieren.

Schuster atmete tief durch und startete das Video.

Schon als er die junge Frau sah, wusste er, dass Bernd Lauer dabei die Finger im Spiel gehabt hatte. Melanie hatte nichts mehr gemein mit der Person vom Nachmittag. Sie war gestylt wie ein Rockstar, trug körperbetonte Kleidung und passte zu der hippen Kulisse aus Graffitiwänden und alten Weinkisten, auf die man flauschige Kissen in knalligen Farben gelegt hatte. Der Blogger, der das Interview führte, war jung, vermutlich jünger als Melanie, höchstens Anfang zwanzig. Sein Haar wirkte, als hätte der Friseur eine Rundbürste darin vergessen, und die vielen Armreifen an den Handgelenken klimperten unaufhörlich, auch weil es ihm scheinbar unmöglich war, ruhig zu sitzen. Mit ausladenden Bewegungen stellte er Melanie vor, rollte dabei übertrieben die Augen und verstellte seine Stimme so, als wollte er eine Horrorgeschichte erzählen. »Hier ist Melanie, ihre Mutter wurde ermordet!«

Es war lächerlich und geschmacklos und die Fragen waren allesamt viel zu persönlich, als dass man sie in so einem Rahmen hätte stellen können. Melanie war offensichtlich selbst überrascht, auf welche Weise man sie bedrängte, Details über das Sexleben ihrer Mutter preiszugeben. »Als Kind einer Prostituierten, einer ermordeten Prostituierten, welchen Berufswunsch hat man da selbst?«, fragte der junge Kerl jetzt unverschämt.

Für einen Augenblick sah es so aus, als würde Melanie aufstehen und gehen. Sie sah nach links, vermutlich stand Bernd dort, außerhalb des Kamerasichtfelds, und forderte sie auf weiterzumachen.

»Meine Mutter war keine Prostituierte«, fuhr sie ihr Gegenüber an.

Schuster atmete durch und flüsterte: »Lass dir das nicht gefallen.«

»Sie war das Opfer eines grausamen Monsters und das hatte nichts mit ihrem Liebesleben zu tun oder mit wie vielen Männern sie Kontakt gehabt hat. Sie war eine gute Mutter und irgendein Wahnsinniger hat sie mir genommen.«

Unbeeindruckt stellte der Moderator die nächste Frage: »Hatte Ihre Mutter ein Verhältnis mit Ihrem Mörder?«

»Nein«, rief Melanie entsetzt. »Das ist alles Unsinn!«

»Haben Sie Kontakt zu dem Engelshenker?«

»Was, wieso sollte ich?«

»Nun, manchmal fühlt man sich doch zu seinem Peiniger hingezogen«, gingen die Fragen, die alle sexuelle Anspielungen beinhalteten, weiter.

Melanie wirkte wie jemand, der von allen Seiten mit Dreck beworfen wurde und sich vergebens versuchte zu ducken.

»Die Polizei war heute bei Ihnen. Sie vermutet einen Zusammenhang, nicht wahr?«, nötigte man die junge Frau als Nächstes. Schuster wusste, dass er seinen Vorgesetzten über das Interview informieren musste, etwas, das er sehr ungern tat.

Melanie vermied zwar, Informationen zu geben, indem sie antwortete: »Darüber spreche ich nicht.« Aber das spielte keine Rolle.

Bernd hatte dem Moderator das Gespräch offensichtlich sehr ausführlich geschildert, denn der lieferte seinen Zuschauern eine umfängliche Zusammenfassung, bevor er seinen Gast mit den Worten: »Wir bedanken uns bei Melanie, unserem Opfer der Woche!«, verabschiedete.

Schusters einziger Trost war, dass dieser Blogger nur wenige Follower hatte. In seiner nächsten Fantasie über die Festnahme von Bernd Lauer sah er sich allerdings genötigt, mit der Waffe auf sein Gegenüber zu zielen und abzudrücken.

* * *

Am nächsten Morgen

Ihr Gesicht erinnerte an das einer Marmorstatue. Die Augen geschlossen, die Lippen gleichmäßig und leicht geöffnet, hohe Wangenknochen und eine schmale, gerade

Nase. Die Haut schimmerte weiß und die Sonne, die trotz der niedrigen Temperaturen vom Himmel schien, übertraf jeden Beleuchtungsexperten, so exakt arbeitete ihr Licht die Vorzüge dieses Gesichts heraus.

Die feinen Eiskristalle auf der Haut glitzerten wie Diamanten, und wären die Umstände ihres Todes anders gewesen, dann hätte man glauben können, hier an der letzten Ruhestätte einer von liebevollen Händen zu Grabe getragenen Prinzessin zu stehen. Hauptkommissar Heerse warf sich vor, sie nicht eher entdeckt zu haben. Langsam hegte er Zweifel an seinen Fähigkeiten, auch wenn Oberkommissar Müller neben ihm sagte: »Gratuliere, du lagst mal wieder richtig.«

»Ja, hat aber leider gedauert.«

Schweigend sahen die Männer zum Teich. Die Wasseroberfläche war von einer dünnen Eisschicht überzogen.

»Ein Wunder, dass man sie nicht früher gefunden hat«, fuhr Müller fort.

»Der Teich liegt etwas abseits«, warf Schuster ein, der fasziniert auf den Körper im gefrorenen Wasser starrte. Die Tote lag auf dem Rücken, nur ihr Gesicht und eine Hand ragten aus der Eisfläche hervor, und da man bisher keine Verletzungen sehen konnte, wirkte sie wie eine friedlich Schlafende. Damit war noch unklar, ob hier überhaupt ein weiterer Mord geschehen war.

Hauptkommissar Heerse hatte sein Team zu nachtschlafender Zeit zusammengetrommelt. Sie waren im Park des Schlosses Favorite angekommen, als gerade der Tag anbrach. Es hatte ein wenig gedauert, bis sie auf die Leiche gestoßen waren. Vermutlich wäre die Tote dennoch in den nächsten Tagen von Spaziergängern oder Gärtnern entdeckt worden. Das Wasser war nicht besonders tief.

»Wir werden das Eis aufbrechen«, sagte der Gerichtsmediziner neben Heerse. »Kommt auch nicht jeden Tag vor, dass die Ermittler ihre Leichen selber finden«, fügte er noch mit einem müden Lächeln an.

Die Bergung dauerte ihre Zeit und die Beamten gingen das Gelände ab, vor allem, um nicht völlig auszukühlen. Irgendwer hatte Kaffee besorgt, aber die Becher hielten die Wärme nicht und Heerse bereute bereits, das Angebot seiner Frau, eine Thermoskanne mit heißem Tee mitzunehmen, ausgeschlagen zu haben.

»Der Hinweis auf der Engelkarte, die in Felix Schwarz' Briefkasten lag, hat dich darauf gebracht?«, fragte Schuster, der im Gegensatz zu seinen Kollegen frisch und munter wirkte, als käme er gerade aus dem Urlaub.

Müller nahm an, dass der junge Kommissar noch nicht oft aus dem Bett geklingelt wurde, sonst würde er vermutlich keine so gute Figur machen.

»*Gehe den Weg zurück, sonst begehst Du einen Fehler. Raphael*«, erinnerte sich Schuster laut an den Text auf der Karte.

»Ja«, antwortete Heerse, »meistens sind solche Hinweise gar nicht so kompliziert. Das Du war großgeschrieben, ein weiterer Anhaltspunkt, dass es eine gezielte Botschaft war. Felix Schwarz hätte damit nichts anfangen können.«

»Offensichtlich war die Nachricht also tatsächlich für die Polizei bestimmt«, spekulierte Schuster.

»Ja, und ich bin mir sicher, dass das Blut auf der Karte von unserer Toten hier stammt«, erwiderte Heerse.

Ein Krachen ließ die drei Männer zusammenzucken. Das Eis war aufgebrochen, die Leiche konnte geborgen werden.

Sie kamen am Teich an, als die Tote gerade auf eine

ausgebreitete Plane gelegt wurde. Das Gesicht immer noch weiß und rein, während der nasse, geschundene Körper, den verdreckte Kleidungsfetzen bedeckten, einen harten Kontrast dazu bildete. Der Gerichtsmediziner machte Aufnahmen, drehte ihren linken Arm ein wenig und alle sahen die Einstiche in der Beuge.

Eine tote Schönheit mit sündigem Leib, dachte Schuster in jenem Augenblick, hütete sich aber, den schwülstig klingenden Gedanken tatsächlich auszusprechen. Seine Faszination von eben verschwand. Auch wenn die Leiche noch gut erhalten war und Fäulnis und Tierfraß sie bisher verschont hatten, handelte es sich eben dennoch um eine Leiche.

»Wir drehen sie um«, gab der Gerichtsmediziner Anweisung und automatisch wichen alle ein Stück zurück.

Dieses Mal war Schuster nicht der Einzige, der schnell den Kopf in eine andere Richtung bewegte, als der Rücken der Frau sichtbar wurde.

»Was hat er dir nur angetan?«, murmelte Müller, der beim Anblick der Toten sofort an seine Töchter dachte und dass er sie heute noch unbedingt anrufen musste. Auch wenn die ihn meistens nur mit einem genervten »Papa, ich muss zum Sport« oder »Papa, ich bin gerade bei einer Freundin, wir sehen uns doch am Wochenende« abwimmelten. Was waren das noch für Zeiten gewesen, als sein Auftauchen den Mädchen Begeisterung entlocken konnte.

»Er hat ihr den Rücken zerschnitten«, unterbrach die nüchterne Feststellung des Arztes seine Erinnerungen.

»Sieht aus, als hätte er ihr die Haut abziehen wollen«, ergänzte einer der Assistenten, woraufhin der Gerichtsmediziner einen der Einschnitte genauer betrachtete. Sein Kollege reichte ihm entsprechende Instrumente und schließlich fuhr er mit einer langen Pinzette in eine der

Wunden. Als er die kleine Greifzange kurz darauf sehr vorsichtig zurückzog, förderte er damit eine blutverschmierte weiße Vogelfeder zutage.

* * *

»Er hat wieder den Schlosspark gewählt, wie bei Doktor Calliditas, das hat doch etwas zu bedeuten«, begann Schuster das Gespräch, als die Beamten zurück im Büro waren.

»Ich denke, er führt uns an der Nase herum«, warf Müller ein.

Der Hauptkommissar nickte. »Das zeigt, für wie unantastbar er sich hält. Er wählt zwei Mal den gleichen Tatort, schickt uns eine Nachricht und geht damit ein Risiko ein.«

Jemand klopfte am Türrahmen, trat ein und reichte Heerse einen Ausdruck. »Wir haben die Bestätigung, dass das Blut auf der Engelkarte von der Toten ist«, erklärte der Kollege und verschwand wieder.

Heerse sah dem Mann mit zusammengekniffenen Augenbrauen hinterher. »Man vergisst immer, wie viele Menschen an der Bearbeitung eines Falles beteiligt sind und wer alles Zugang zu Informationen hat.«

»Du denkst, dieser Raphael könnte damals beteiligt gewesen sein? Als Zeuge?«, fragte Müller ungläubig.

»Es gibt ja nicht nur Zeugen, sondern auch die Kriminaltechnik, die Gerichtsmedizin, die Verwaltung, die Justiz und uns, die Polizei. Ein paar Gesichter an vorderster Front, aber keiner denkt an die vielen Mitarbeiter hinter den Kulissen, die wiederum Familien und Freunde haben. Vermutlich kamen mit dem Fall des Engelshenkers mehr Personen in Berührung, als wir uns bisher klargemacht haben.«

»Zumindest hat unser neues Opfer nichts damit zu tun gehabt. Eine Prostituierte aus Karlsruhe namens Xenia

Klein, nannte sich selbst Leila, wir haben ihre Fingerabdrücke. Sie war erst zweiundzwanzig, wurde aber schon mehrmals wegen Ladendiebstahl und Drogenbesitz angezeigt. Strafe im Jugendarrest und so weiter. Ihre Fingerabdrücke waren im System.«

»Wir müssen mit ihren Kolleginnen sprechen, vielleicht hat jemand gesehen, bei wem sie in den Wagen gestiegen ist.«

»Das übernehme ich«, bot sich Müller an, »ich habe ein paar Kontakte, die ich diesbezüglich anzapfen kann.«

»Gut, dann wird es Zeit«, erwiderte Heerse mit einem Blick auf die Uhr und machte sich, Müller und Schuster im Schlepptau, auf den Weg zum Besprechungszimmer.

Der Hauptkommissar begrüßte die Kollegen im Raum mit einem knappen »Morgen« und brachte die Männer und Frauen auf den neusten Stand. Danach berichteten ihm die Beamten, was ihre bisherigen Ermittlungen ergeben hatten.

Es stellte sich heraus, dass Hansjörg Richter seine Schwester Nina gelegentlich allein ließ. Das vermutete zumindest die Pflegekraft Frau Tietze, die behauptete, ihr Arbeitgeber würde lügen.

»›Der Mann hat mir weismachen wollen, er wäre nur bei den Mülleimern gewesen, dabei war der Sack in der Küche noch randvoll. Der war wo auch immer, aber nicht bei den Mülleimern. Ich bin sicher, er hat geschwindelt. Fragt sich nur, warum, wenn er nichts zu verbergen hat‹«, zitierte der Kollege. »Allerdings hat diese Frau Tietze ihn auch als gutmütigen Kerl beschrieben, ebenso wie die Hausbewohner, die ich befragt habe. Abgesehen davon würde ich der auch nicht alles erzählen.« Der Mann zuckte mit den Schultern. »Keine Ahnung, ob dir das weiterhilft.«

Heerse schürzte die Lippen und sagte schließlich:

»Doch, bleib da dran, ich möchte noch ein bisschen mehr über Hansjörg Richter erfahren.« Er drehte den Kopf und sprach eine junge Kommissarin an: »Was macht unsere Anfrage bei den kanadischen Behörden?«

»Die Kollegen dort haben bestätigt, dass ein Jason Warren existiert. Vater Charly Warren, verheiratet mit einer Kate Warren. Jason ist heute dreißig, es liegt nichts gegen ihn vor. Sollen wir Kontakt aufnehmen? Ich habe die Adresse und die Telefonnummer der Familie.«

»Vorerst nicht. Versuche herauszufinden, ob die beiden in Kanada sind oder ob sich einer zufällig in Deutschland aufhält.«

Sie nickte, wusste, dass solche Auskünfte nicht so leicht zu bekommen waren und ihr ein Formularkampf bevorstand. Allerdings lag ihr diese Arbeit, zudem war sie hartnäckig. Etwas, auch das wusste sie, wofür sie der Hauptkommissar schätzte.

»Was noch?«, fragte Heerse in die Runde.

»Wir haben einige der Medienvertreter abgeklappert. Natürlich bekamen wir keine offiziellen Aussagen, aber unter der Hand wurde uns bestätigt, dass es anonyme Tipps gegeben hat. Das legt also nahe, dass sich unser Mörder an die Presse wendet.«

Heerse fluchte. Er hatte es zwar geahnt, aber trotzdem gehofft, es wäre anders. »Das bedeutet, wir müssen ständig damit rechnen, dass er Informationen weitergibt, was uns die Ermittlungen erschwert.«

»Bei den Nachbarn von Felix Schwarz hatten wir keinen Erfolg, denen ist nichts aufgefallen«, fuhr ein anderer Beamter fort.

»Und der bellende Hund am Morgen?«, fasste Heerse nach, obwohl er die Antwort kannte.

»Wie der Zeuge gesagt hat, der bellt öfter. Der Besitzer

meinte, dass vermutlich nur ein Eichhörnchen durch den Garten gejagt sei. Gesehen hat er jedenfalls niemand.«

Jemand hatte mit der Leitung der Justizvollzugsanstalt gesprochen, um Dieter Marbus' Besucherlisten zu überprüfen. Der Mann hatte seit seiner Inhaftierung jeden Besuch abgelehnt und an ihn adressierte Briefe zurückschicken oder vernichten lassen. Offensichtlich bestand keine Verbindung nach draußen.

»Schließt das einen Fan jetzt aus?«, fragte einer der Kollegen.

»Ein Verehrer muss nicht zwangsläufig mit Marbus in Kontakt stehen«, antwortete Heerse. »Ich schließe momentan noch nichts aus.«

Danach wurde die Aussage des Sohnes von Marbus' zweitem Opfer vorgetragen. Der Mann lebte heute in Hannover mit Frau und Kindern und hatte wasserdichte Alibis für beide Morde, das hatte die Polizei vor Ort sorgfältig überprüft. »Ein Verdächtiger weniger«, murmelte Heerse dankbar.

Abschließend berichtete Kommissar Schuster schweren Herzens von dem Interview, das Melanie Winter gegeben hatte. Die anderen würden es sich ansehen, davor konnte er die junge Frau nicht beschützen.

* * *

Vor über zwanzig Jahren

Die Kraft seiner Finger reichte aus, ihr den Kehlkopf zu zerquetschen. Den Kuss, den sie erwartet hatte, würde er ihr nicht geben können, das war nicht seine Aufgabe. Er war ein Krieger, einer, der das Böse bekämpfte, einer, der den Drachen vertrieben hatte.

Er wusste nicht, ob sie noch atmete oder ihr Herz bereits stillstand. Ihm war es gleichgültig. Er würde ihr nehmen, was sie nicht verdient hatte, und weiterziehen. Bei der ersten Frau hatte er gezögert, sogar gezweifelt, aber dann erhielt er die göttliche Eingebung, kam der Heilige Geist direkt über ihn und er erkannte, dass es keinen anderen Weg gab.

Heute haderte er weder mit sich noch mit seinem Gott. Er wusste genau, was zu tun war: Er, Michael, würde die Abtrünnigen bestrafen.

Langsam zog Dieter Marbus sein Oberteil aus. Das war der Moment, der ihn über die Menschen erhob. Die Muskulatur seines nackten Rückens spannte sich an. Obgleich die Tätowierung bereits verheilt war und er sie nicht mehr spüren konnte, hatte er dennoch das Gefühl, jede einzelne feine Linie der in die Haut gestochenen Engelsflügel würde sich bewegen wie die Finger seiner Hand. Er sprach ein Gebet, stand mit geschlossenen Augen vor dem leblosen Frauenkörper und streckte die Arme von sich, als wären sie gewaltige Schwingen ... Er ließ sich Zeit, da war er kompromisslos. Gott würde ihn beschützen, solange es nötig war.

Sie stöhnte, ein Zeichen, dass der Himmel die letzte Entscheidung noch nicht gefällt hatte. Wie Abraham das Messer nehmen musste, um es auf Gottes Geheiß hin gegen seinen Sohn Isaak zu führen, würde auch er die Waffe erheben und sie niedersausen lassen, falls ihn niemand aufhielt.

Marbus entledigte sich jedoch zuvor des Rests seiner Kleidung, bis auf die enge beige Latexhose, die sowohl Glied als auch Hoden zwischen die Schenkel drückte und sein Geschlecht verbarg. So konnte er ehren, was er war. Kein Mensch, nicht Mann, nicht Frau, sondern ein göttliches Wesen.

Dieter Marbus spürte weder den Schmerz zwischen seinen Beinen, als sich jetzt, da er dem Höhepunkt des Rituals immer näher kam, sein Glied regte, von der Gummihose jedoch am Aufrichten gehindert wurde, noch empfand er Mitleid mit seinem Opfer. Immerhin hatte sie ein wunderbares Geschenk erhalten und es nicht gewürdigt, dafür gab es keine Entschuldigung. Ein abtrünniger Engel konnte nicht toleriert werden.

Ohne Eile legte er das Werkzeug bereit. Auch heute bevorzugte er die Axt. Ein schnelles, unkompliziertes Gerät, das, richtig geschliffen, mühelos Haut, Sehnen und Knochen durchtrennen konnte. Er war geübt darin, sie zu führen, benötigte erschreckend wenig Schläge, um ihr den rechten Arm unterhalb der Schulter vom Körper abzutrennen. Sie schrie auf, gerade als sich im Fernsehen eine Horde Straßengangster eine wilde Schießerei lieferte. Ihre Schreie gingen darin unter. Für einen Moment öffnete sie die Augen und sah ihn ungläubig an. Er kniete neben ihr, bedeckt vom Blut der Frau; selbst im Gesicht hatte er Spritzer abbekommen.

Sanft streichelte er ihr über das Haar. »Keine Angst«, säuselte er leise, um sie zu beruhigen, »es ist bald vorbei.«

Sie sah zu ihrer rechten Schulter, verzog das Gesicht vor Grauen, als sie dort den blutenden Stumpf sah, die abgetrennten Sehnen und Muskeln und das zerschnittene Gewebe. Erst jetzt begann sie wirklich zu begreifen, schluchzte, flehte um Hilfe und verlor am Ende das Bewusstsein.

Er weinte um sie. »Du hast seine Gnade verspielt«, flüsterte er und die Träne, die sich mit den Blutspritzern in seinem Gesicht vermischt hatte, lief ihm hellrot über die Wange.

Dann stand er auf, griff die Axt erneut und nahm ihr auch den anderen Flügel. So wie es von ihm verlangt wurde, wie es eben üblich war, wenn ein abtrünniger Engel gerichtet werden musste.

* * *

Gegenwart, in Heerses Büro

Das Interview mit Melanie Winter ärgerte Heerse. »Hat diese Frau denn nicht verstanden, was ich ihr gesagt habe? Mit solchen Aktionen provoziert sie den Mörder vielleicht, und dann? Wir versuchen, möglichst diskret vorzugehen, und diese Närrin gibt Interviews.«

»Sicher die Idee ihres Freundes«, warf Schuster ein, der sich genötigt sah, Melanie zu verteidigen.

»Lieber Gott«, entfuhr es Heerse, »die Winter ist doch kein Kind mehr. Sie ist selbstständig, führt ein Geschäft und einen eigenen Haushalt. Da kann man doch ein bisschen gesunden Menschenverstand erwarten. Selbst wenn ihr Freund dahintersteckt, sollte sie in der Lage sein, dem einen Riegel vorzuschieben. Wenn ich so eine Nummer mit meiner Frau abziehen wollte, du liebe Güte ...« Es gelang ihm nicht, in Worte zu fassen, wie ihm Petra die Hölle heiß machen würde, und Müller grinste verstohlen bei der Vorstellung einer in Rage geratenen Frau Heerse.

»Manche Menschen sind eben gutmütig und andere nutzen das aus«, entgegnete Schuster trotzig.

Heerse sah den jüngeren Kollegen durchdringend an. »Du bist noch keine paar Wochen hier und schon muss ich dir den Vortrag über angemessenes Verhalten zwischen Zeugen und Ermittlern halten?«

Der Kommissar lief rot an und kam ins Stottern. »Was?«

»Die Frau ist eine Zeugin, womöglich sogar eine Verdächtige, also wahre den nötigen Abstand.«

»Das tue ich, aber ich halte Melanie Winter nicht für eine Verdächtige, sie wäre körperlich doch gar nicht in der Lage ...«

Heerse unterbrach ihn. Er reagierte heftiger, als er es gewöhnlich tat, auch weil er sich ärgerte, bei dem Fall auf der Stelle zu treten. »Du hast es doch eben selbst gesagt: ›Sie ist gutmütig und wird ausgenutzt.‹ Vielleicht auch als Gehilfin bei einem Mord.«

»Das bedeutet aber, dass Bernd Lauer ein Motiv hat, welches sollte das sein?«, mischte sich jetzt Oberkommissar Müller ein, der Schuster aus der Schusslinie bringen wollte.

»Na, der will Geld verdienen, die Geschichte der Winter verkaufen.«

»Mord als Werbemaßnahme, das ist aber schon drastisch.«

»Womöglich gibt es ein weiteres Motiv, das wir bisher noch nicht kennen, und außerdem, wer sagt uns denn, dass wir hier nichts vorgespielt bekommen? Melanie Winter ist eventuell nicht so unschuldig und gutmütig, wie wir bisher annahmen.«

»Wenn das so ist«, erwiderte Müller, »warum dann der Mord an der Prostituierten? Calliditas und Trochner aus Rache, weil die den Mörder ihrer Mutter nicht ins Gefängnis bringen wollten, das verstehe ich. Aber Xenia Klein? Was hätte das für einen Sinn?«

»Vielleicht ein Ablenkungsmanöver, um Spuren zu verwischen. Immerhin haben die beiden kein echtes Alibi, sondern decken sich gegenseitig, und davon abgesehen kennt sie aus den Akten den Namen von Felix Schwarz. Dass man ihm die Engelkarte mit Leilas Blut in den Briefkasten gesteckt hat, bedeutet, es war jemand, der über dessen Vergangenheit Bescheid weiß.«

»Ja, aber das trifft auch alles auf Hansjörg Richter zu«, warf Schuster ein, »und bei dem scheint mir die Wut doch viel größer.« Er reckte ein wenig das Kinn und fügte an: »Und das sage ich jetzt nicht, weil ich Frau Winter sympathisch finde, sondern weil es offensichtlich war.«

Heerse klopfte ihm kameradschaftlich auf die Schulter. »Schon gut, aber es ist wichtig, dass du auf Abstand bleibst, zumindest bis der Fall abgeschlossen ist.«

Schuster nickte. »Selbstverständlich!«

KAPITEL ACHT

Melanie quälte sich durch den Tag. Das gestrige Interview nagte noch an ihr.

Frau Schirmer, der sie gerade eine Gesichtsmaske auftrug, schnarchte leise, wofür Melanie dankbar war, denn sie hatte momentan nicht die geringste Lust, über Enkelkinder, Weihnachtsvorbereitungen oder das Wetter zu sprechen.

Das Interview war eine Katastrophe gewesen, allerdings empfand Bernd das anders.

Sie hatte ihm vorgeworfen, sie blamiert zu haben, er hatte gelacht und gesagt: »Sich zu blamieren, ist heutzutage wie eine Lizenz zum Gelddrucken.«

»Warum bist du mit mir zusammen?«, hatte sie ihn dann unvermittelt gefragt.

»Weil du und ich zusammengehören, das weißt du doch«, antwortete er mit einem genervten Unterton.

»Du könntest jede haben«, warf sie ihm an den Kopf, was er ihr nicht übel nahm. Es schien ihm zu schmeicheln.

»Ich wollte aber dich«, entgegnete er zuckersüß und küsste sie auf die Stirn. Damit war das Thema für ihn erledigt.

Aber sie ließ nicht locker. »Wolltest du mich oder jemanden, dessen Mutter vom Engelshenker ermordet wurde?« Melanie war nervös, hatte keine Ahnung, wie er auf die

Anschuldigung reagieren würde, und bereute bereits, etwas gesagt zu haben. Eigentlich rechnete sie fest mit einer scharfen Antwort, jedoch überraschte sie ihr Freund.

Besorgt sagte er nämlich: »Wie kannst du das annehmen? Zweifelst du etwa an meiner Liebe zu dir? Du bist mein Leben.« Er ging sogar noch weiter. »Hör zu, wenn dir meine Pläne so zuwider sind, dann lassen wir das. Vermutlich hast du recht, die Sache ist es nicht wert zu streiten. Wir haben Zeit, sparen ein bisschen und in ein paar Jahren erfüllen wir uns dann unsere Träume. Es gibt viele Wege zum Ziel. Ich dachte nur, dass mein Weg der vielversprechendste wäre. Aber du und dein Glück seid mir das Wichtigste, also wenn du nicht mehr willst, hören wir auf.«

Er blickte sie traurig an und plötzlich hatte Melanie das Gefühl, eine Egoistin zu sein. Bernd gab sich so viel Mühe und sie beklagte sich nur die ganze Zeit.

»Nein«, hatte sie deshalb mit schlechtem Gewissen geantwortet. »Wir halten uns an deinen Plan.«

Daraufhin hatte er sie in die Arme geschlossen, erneut geküsst und dann wie nebenbei gefragt: »Hast du der Polizei gegenüber etwa auch deine Bedenken geäußert?«

»Nein, natürlich nicht, das ist doch unsere Privatangelegenheit« war ihre Antwort gewesen, aber jetzt fragte sie sich, ob es vielleicht nicht besser wäre, genau das zu tun.

Frau Schirmer grunzte und wachte auf. »Ach, meine Liebe, haben Sie auch schon angefangen, Weihnachtsgeschenke zu besorgen? Ich versuche ja immer frühzeitig, alles zusammenzutragen«, sprach die Kundin, während ihr Gesicht von einer dicken Schicht Creme bedeckt war.

Melanie stimmte ihr gelegentlich mit einem brummenden Laut zu, hing aber weiter den eigenen Gedanken nach, in denen auch immer öfter das Gesicht von Leonhard Schuster auftauchte.

* * *

In der Dienststelle der Kriminalpolizei Baden-Baden

Mittlerweile hatten die Beamten den Obduktionsbericht erhalten. Leila alias Xenia Klein hatte am Hals Würgemale. Allerdings war sie nicht erdrosselt worden, sondern an den Folgen der zahlreichen Schnittverletzungen gestorben. Der Gerichtsmediziner nahm an, dass sie, als man ihr den Rücken zerschnitt, bewusstlos gewesen war, da es keinerlei Abwehrverletzungen gab. Er konnte die ungefähre Todeszeit bestimmen, die sich mit dem deckte, was Müller von seinen Kontakten erfahren hatte.

Niemand wusste, mit wem Xenia an diesem Abend unterwegs gewesen war. Sie hatte offenbar mehrere Freier gehabt, aber keine der anderen Frauen erinnerte sich an das Fahrzeug des letzten Kunden. Zwei Kolleginnen tippten auf eine schwarze Limousine, eine andere war sicher, dass Xenia in einen blauen SUV gestiegen sei. Zu Einzelheiten über den Fahrer oder etwa Teile des Kennzeichens konnten die Zeuginnen keine Aussage machen.

»Es gibt einen gemeinnützigen Verein, der sich um die Frauen kümmert. Dort kannte man Xenia. Sie ist einmal mit einem blauen Auge und einmal mit einer ausgekugelten Schulter aufgetaucht. Die Verletzungen stammten von irgendwelchen Freiern, sie wollte dazu aber keine Angaben machen. Sie ließ sich behandeln, hatte jedoch kein Interesse an den Ausstiegsprogrammen. An der Nadel hing sie seit einigen Monaten.«

»Warum hat er sich diese Frau ausgesucht?«, überlegte Schuster laut.

»Er weicht erheblich von Marbus' Vorgehen ab. Nicht nur, dass das Opferprofil anders ist, auch die Vorgehensweise ist geradezu gegensätzlich. Die Gerichtsmedizin fand unter der zerschnittenen Rückenhaut der Toten eine Handvoll Vogelfedern, genauer gesagt Taubenfedern. Wie es aussieht, hat er seinem Opfer nicht die Flügel genommen, sondern wollte Xenia Klein welche geben«, antwortete Heerse.

Müller war etwas eingefallen und er überflog die alten Akten, vor allem die Stelle, in der es um Melanie Winters Mutter ging, dann hob er den Kopf und sagte: »Was, wenn der Mörder sie retten wollte?«

Seine Kollegen sahen ihn überrascht an und der Oberkommissar wurde präziser. »Das Interview hat mich darauf gebracht.« Er warf einen entschuldigenden Seitenblick zu Leonhard Schuster. »Dieser hibbelige Moderator, um genauer zu sein. Er bezeichnete Melanie Winters Mutter doch als Prostituierte. Die Fallakten bestätigen das zwar nicht, schließen es aber auch nicht aus. In der Geburtsurkunde von Melanie steht: ›Vater unbekannt.‹ Die Verteidiger von Marbus verfolgten die Strategie, die Opfer ihres Mandanten als möglichst schlechte Mütter darzustellen. Das Leben der Frauen wurde durchleuchtet. Die Kollegen fanden zwar keine eindeutigen Beweise dafür, dass Melanies Mutter angeschafft hat, aber vieles sprach dafür.«

Heerse blickte seinen Kollegen fragend an und Müller fuhr fort: »Du hast selbst gesagt, wir haben es nicht mit einem simplen Kopisten zu tun. Wir suchen einen Mörder, der seinen eigenen Ritualen und Beweggründen folgt. Dieter Marbus hat die Frauen als abtrünnige Engel gesehen und ihnen ihre Flügel genommen. Lassen wir die ersten beiden Morde einmal außen vor und behandeln die als Akt der Rache, könnte man jedoch bei Leila alias Xenia Klein annehmen, er wollte, dass ihr Flügel wachsen, dass sie zum Engel wird, dass sie in den Himmel aufsteigt. Die Vogelfedern unter der Haut sind womöglich symbolisch gemeint, dienen quasi als Samen.«

Heerse stieß einen anerkennenden Laut aus. »Passt das zu dem Erzengel Raphael?« Die Frage ging an Schuster, der ganz automatisch zum Experten in allen religiösen Fragen ernannt worden war.

Leonhard überlegte. »Allgemein gilt Raphael als Helfer und Heiler.«

»Warum dann nicht auch als Retter gefallener Frauen, um beim Thema zu bleiben?«, schloss der Oberkommissar aus dem eben Gehörten.

»Ja, natürlich«, antwortete Leonhard, »aber wie hilft uns das weiter?«

Es war Heerse, der ihm die Antwort gab: »Wir haben ein Motiv. Allerdings steigt dadurch auch die Zahl unserer Verdächtigen.« Er seufzte. »Damit bleibt nämlich die Frage, ob der Mörder ein Fan von Marbus ist oder ein Gegner, weiter unbeantwortet. Beide hätten ihre Gründe, Clara Calliditas und Angelika Trochner umzubringen. Und mit der Interpretation, Raphael wollte Xenia retten, rutscht auch Melanie Winter zusammen mit Bernd Lauer auf die Verdächtigenliste. Vielleicht wollte sie Xenia tatsächlich retten, stellvertretend für ihre Mutter, die man zumindest der Prostitution verdächtigt hat. Womöglich eine Kampfansage an Marbus nach dem Motto: ›Du hast sie verstoßen, aber ich, ich mache es besser.‹ Gleiches gilt für Hansjörg Richter. Ein Mann am Ende seiner Kraft, der mit sich und der Welt hadert, der das Gefühl hat, ihm und seiner Schwester Nina wäre keine Gerechtigkeit widerfahren, man hätte sie im Stich gelassen. Er rächt sich erst an Clara Calliditas und Angelika Trochner, glaubt dann aber, eine Mission erfüllen zu müssen. Und jetzt haben wir ein Problem. Will unser Mörder eine Mission erfüllen, dann wird er weiter morden, bis wir ihn aufhalten.«

»Demnach könnte jeder, der den Fall des Engelshenkers kennt und selbst glaubt, ein großes Unrecht erfahren zu haben, der Täter sein«, warf Schuster ein.

»So ist es. Allerdings vermute ich nach wie vor, dass es jemand ist, der auch irgendwie mit dem Fall zu tun hatte. Ich will, dass wir uns noch einmal die Liste vornehmen, auf der all diejenigen stehen, die an den Ermittlungen beteiligt waren. Überprüfen wir auch deren Alibis. Bei den Hinterbliebenen der Opfer gibt es jedenfalls reichlich Lücken. Bis auf den Sohn in Hannover haben weder Melanie Winter noch Hansjörg Richter, Felix Schwarz oder Jason Warren einwandfreie Alibis für die Morde«, entgegnete der Hauptkommissar.

Es klopfte und nach Heerses Aufforderung trat die junge Kommissarin ein, die unter anderem mit den kanadischen Behörden in Kontakt stand.

»Rolf«, sagte sie ein wenig verlegen, »ich glaube, ich habe etwas gefunden.« Sie legte ihm einen Ausdruck auf den Schreibtisch.

Der Hauptkommissar überflog die Zeilen und sagte schließlich: »Das ist interessant, gute Arbeit.«

Die Beamtin nickte und erklärte: »Ich muss auf die Rückmeldung der Kanadier warten, da hatte ich ein wenig Zeit …«

»Vielen Dank!«, lobte sie Heerse noch einmal und sie verschwand mit einem scheuen Lächeln.

»Bernd Lauer«, wandte sich der Hauptkommissar an sein Team.

»Was ist mit dem?«, fragte Schuster sofort, in der Hoffnung, es gäbe etwas, das dem Mann das Genick brechen würde.

»Eigentlich geht es um seine Mutter«, fuhr Heerse fort.

Schuster, den nun das Gefühl beschlich, etwas übersehen zu haben, sagte unsicher: »Ihr Mann, also Bernd Lauers Vater, ist verstorben, als das Kind zwei Jahre alt war.«

Heerse hielt ihm die Notizen hin. »Dann sieh dir das einmal an. Da fragt man sich doch, warum sich der Sohnemann bei Melanie Winter verkriecht und mit aller Kraft versucht, aus ihr Kapital zu schlagen.«

* * *

Bernd Lauer hasste es, seine Mutter zu besuchen. Allerdings mahnten ihn diese Begegnungen auch, durchzuhalten und seinen eigenen Visionen zu folgen.

Das große Anwesen war gesichert wie ein Palast. Er bewunderte das Gebäude stets aufs Neue und hoffte, er würde es eines Tages erben. Aber darauf konnte er nicht vertrauen. Seine Mutter war gemein und hinterhältig, etwas, das er früh in seinem Leben begriffen hatte.

Ein Angestellter nahm ihm den Mantel ab.

Wieder ein neues Gesicht, dachte Bernd und malte sich insgeheim aus, wie der vorherige Bedienstete seiner Mutter wüste Beschimpfungen an den Kopf geworfen hatte. Meistens blieb eine deftige verbale Auseinandersetzung auf Anraten erfahrener Anwälte des Arbeitsrechts jedoch aus. Im Normalfall trieb es nur seine Mutter zu weit. Gewöhnlich folgte dann eine außergerichtliche Einigung, bei der der von ihr gedemütigte Angestellte eine hohe Abfindung und ein ausgezeichnetes Zeugnis erhielt.

Bernd wunderte sich, dass überhaupt noch jemand für Frau Prauer, wie seine Mutter nach der Hochzeit mit ihrem zweiten Mann nun hieß, arbeitete.

Der neue Mitarbeiter führte ihn mit unbeweglicher Miene in den Salon, für Bernd eines der schrecklichsten Zimmer des Hauses, weil seine Mutter dort ihre überdimensionierte Porzellanpuppensammlung aufbewahrte. Sollte er eines Tages in den Genuss kommen, das alles zu erben, würde er jede einzelne dieser glotzäugigen Schrecklichkeiten aus dem obersten Fenster des Hauses werfen und das Geräusch genießen, wenn ihre Köpfe beim Aufschlag in tausend Stücke zersprangen.

»Du hast dich eingefunden, wie schön«, begrüßte ihn seine Mutter, die eben auf Krücken gestützt den Raum betrat.

Er wusste von ihrem Sturz, sie hatte sich die Hüfte geprellt und er fragte sich, warum nicht ihr Genick dabei hatte brechen können.

»Wie geht es dir?«, bemühte er sich, den mitfühlenden Sohn zu spielen, etwas, das ihm hervorragend gelang.

Trotzdem durchschaute sie ihn. »Heuchle kein Mitleid, wir wissen beide, dass du deshalb nicht hier bist.«

Bernd widersprach, wie es von ihm erwartet wurde. Er half ihr, im Sessel Platz zu nehmen, indem er eine der Porzellanpuppen zur Seite rückte, was sie wiederum mit einem »Bitte sei vorsichtig« kommentierte.

»Selbstverständlich bin ich das, ich weiß doch, wie viel dir diese Kinderspielzeuge bedeuten«, antwortete er zuckersüß, wohl wissend, dass er sie damit provozierte.

»Das sind keine Spielzeuge, sondern Sammlerstücke, die einen immensen Wert haben.«

»Sicher«, reagierte er gelangweilt.

Eine Angestellte brachte ein Tablett mit Kaffee und Weihnachtsgebäck. Seine Mutter schickte sie nach dem Servieren mit einer wedelnden Handbewegung fort. Bernd konnte sich durchaus mit dem Gedanken anfreunden, eines Tages ebenfalls von unterwürfigem Personal bedient zu werden.

»Was macht deine kleine Freundin, diese Stewardess?«, begann sie augenblicklich ihr Gift zu verspritzen.

Bernd hütete sich, ihr Einzelheiten über sein Privatleben zu erzählen. Für gewöhnlich erfand er irgendetwas, damit sie zufrieden darauf herumhacken konnte.

»Wir haben uns getrennt und sie war Reiseleiterin«, sagte er und mimte den Betrübten, das würde ihre Laune heben.

Tatsächlich stieß sie ein kaltes »Ha« aus, ein sicheres Zeichen dafür, dass sie anfing Spaß zu haben.

»Lass mich raten, sie hat Schluss gemacht, was? Warst ihr wohl nicht gewachsen.«

»Wir hatten einige Meinungsverschiedenheiten«, antwortete er kläglich.

»Ja, das glaube ich sofort. Das Flittchen scheint ja Verstand besessen zu haben.«

»Mutter«, sagte er mahnend, aber Frau Prauer ließ sich nicht mehr bremsen. Sie begann die übliche Litanei über Bernds Fehler und Unzulänglichkeiten herunterzubeten, und er starrte dabei auf ihren verkniffenen Mund, folgte den Bewegungen der Lippen und hörte dennoch nichts von dem, was sie sagte, so als würde er Ohrstöpsel tragen.

Seine Mutter war bereits fünfunddreißig Jahre alt gewesen, als er zur Welt gekommen war. Sein Vater starb zwei Jahre nach der Geburt, etwas, das sie ihm ausgesprochen übel genommen hatte. Verbittert darüber, ein Kind allein großziehen zu müssen, eines, das sie sowieso nicht gewollt, sondern nur dem Vater zuliebe geboren hatte, überschüttete sie Bernd nicht gerade mit mütterlicher Zuneigung. Ein Jahr nach Bernds neuntem Geburtstag hatte sie sich den Unternehmer Frank Prauer geangelt, der damals um einiges älter gewesen war. Sie hatte ihn beerbt und herrschte nun über das Vermächtnis, das sie als Entschädigung für die vielen Entbehrungen sah, die sie angeblich hatte ertragen müssen.

Ihre Ausführungen waren fast zu Ende. An Bernds

Ohren drang nun immer häufiger das Wort »Versager«, bevor sie endlich verstummte.

»Wie geht es deiner Hüfte?«, fragte ihr Sohn nun ungerührt der Beschimpfungen.

»Ich werde wieder gesund, noch ist nicht die Zeit, mich zu beerben, falls ich dir überhaupt etwas vermache, das werden wir noch sehen.«

Sie hatte ihr nächstes Lieblingsthema aufgegriffen und hielt ihrem Sohn nun einen Vortrag über die Möglichkeiten, eine Erbschaft, auch und vor allem den Pflichtteil, auf ein Minimum zu reduzieren.

Bernd hatte keine Ahnung, ob er je einen Cent von dem ganzen Vermögen sehen würde. Er traute seiner Mutter durchaus zu, ihn darum zu betrügen. Ein Grund mehr, warum die Sache mit Melanie klappen musste. Seiner Freundin hatte er nur erzählt, dass seine Mutter im Ausland lebe und der Kontakt schon lange abgebrochen sei.

Er sah beiläufig auf die Uhr, was sie natürlich bemerkte.

»Hast du es eilig? Auf dich werden ja kaum Geschäfte warten«, fügte sie bissig an. »Dein abgebrochenes Studium kann dir schließlich keine Klienten bringen«, setzte sie noch nach.

»Ich arbeite als Berater, das weißt du doch, Mutter«, gab er geduldig Auskunft.

»Dann brauchst du den ja diese Woche nicht, wenn die Beratungsgeschäfte so gut laufen.« Wie aus dem Nichts hatte sie einen blassgelben Umschlag hervorgezogen und wedelte nun lässig damit herum.

Nur diese wöchentlichen blassgelben Umschläge waren der Grund, warum Bernd jede Woche die Demütigungen über sich ergehen ließ. So verdiente er sein Geld: Er ließ sich für

Erniedrigungen bezahlen wie ein Stricher, um seinen aufwendigen Lebensstil zu finanzieren.

Daher schwieg er und nahm, als sie ihm endlich gönnerhaft das Kuvert reichte, es mit einem leisen »Dankeschön« entgegen.

Sie schüttelte den Kopf, schnalzte verächtlich mit der Zunge, gestattete ihm, sie zum Abschied auf die Wange zu küssen, und sagte schließlich: »Wenn du wieder eine Frau kennenlernst, dann solltest du dich geschickter anstellen.«

Er nickte, drehte sich um und wollte den Raum gerade verlassen, als sie ihm hinterherrief: »Du hast ja noch nie auf deine Sachen aufpassen können.«

Bernd Lauer fühlte für eine Sekunde die Enttäuschung eines kleinen Jungen, dem eine Kugel Schokoladeneis auf den Asphalt gefallen war, weil ihn jemand angerempelt hatte. Er hatte die gefühllosen Worte der Mutter gehört und sich verzweifelt umgewandt. Unerwarteterweise hatte sich sein Blick mit dem des Eisverkäufers gekreuzt, einem großen Riesen mit lustiger Mütze.

KAPITEL NEUN

In den nächsten Tagen recherchierte Rolf Heerses Team fieberhaft. Man sprach mit Personen, die damals mit dem Fall zu tun hatten.

Unzählige Telefonate wurden geführt, Alibis überprüft und Verbindungen hergestellt. Parallel dazu versuchten Kollegen mehr über die Prostituierte Leila alias Xenia Klein zu erfahren. Außerdem wurden die Hinterbliebenen der Opfer durchleuchtet. Jason Warren, der Sohn von Nina Richter, und dessen Vater konnten von der Verdächtigenliste gestrichen werden. Beide hatten Kanada schon seit Jahren nicht mehr verlassen. Melanie Winters Vergangenheit wurde genauso untersucht wie Bernd Lauers Verhältnis zu seiner vermögenden Mutter. Zur gegebenen Zeit wollte der Hauptkommissar ihn damit konfrontieren. Außerdem gingen die Recherchen über Hansjörg Richter weiter und natürlich auch über Felix Schwarz. Offenbar war der Dozent sehr beliebt und so gab es einige Gerüchte über ihn und ein ausschweifendes Liebesleben. »So harmlos, wie er auf den ersten Blick scheint, ist der also auch nicht«, kommentierte Heerse die neuen Erkenntnisse über den Mann und fügte an: »Seht zu, was ihr noch ausgraben könnt, auch über seine Kindheit.« Das wiederum gestaltete sich aufgrund der langen Zeit, die verstrichen war, äußerst schwierig.

Zudem machte der Kommissariatsleiter dem Team Druck. »Sie binden zu viele Ressourcen«, sagte er in einem Vieraugengespräch umständlich.

Heerse verstand, tat aber absichtlich so, als hätte er keine Ahnung, worüber der andere sprach.

»Mann, Sie wissen doch, wie das ist«, erklärte der sich schließlich, »wir haben noch mehr Fälle aufzuklären.«

Heerse war sehr wohl klar, was das bedeutete: Künftig musste er mit einer Rumpfmannschaft auskommen. Der Hauptkommissar verzichtete auf eine Diskussion. Er hätte um mehr Leute feilschen können, darauf hinweisen, dass er den Beamten vor Felix Schwarz' Haus längst wieder abgezogen hatte, selbst bei der Routinearbeit half und es nicht so genau nahm beim Erfassen seiner Überstunden. Aber wozu, wo er doch genau wusste, dass er damit ohnehin nichts erreichen würde? Die Entscheidung war längst getroffen worden, und zwar weiter oben.

Sowieso hatte Heerse das Gefühl, dass alle Recherchen, die in Richtung Marbus' Verhaftung und des damaligen Ermittlerteams gingen, boykottiert wurden. Der Hauptkommissar, der die Soko geleitet hatte, lebte nicht mehr, die damaligen Kollegen von Schuster senior ließen sich Zeit mit den Rückrufen, gaben nur knappe Auskünfte und verhielten sich unzugänglich. Heerse vermutete deshalb, dass Leonhards Vater dahintersteckte. Allerdings konnte er sich nicht erklären, warum. Weder gab es Zweifel an Marbus' Schuld noch an der ordnungsgemäßen Festnahme.

Als der Hauptkommissar sein Büro betrat, sah Müller sofort, dass etwas nicht stimmte. »Ich tippe mal auf Personalkürzung«, sagte er zu seinem Vorgesetzten, der daraufhin nickte.

»Wir sind fast durch mit der Liste. Ging schneller als gedacht, allerdings hatte ich mir mehr davon versprochen. Schwer zu sagen, ob irgendwer aus der Vergangenheit unser Raphael ist. Wie du vermutet hast, hingen in dem Fall zu viele Menschen mit drin. Die Polizisten sind da noch die wenigsten. Das Jugendamt, die Vormundschaftsgerichte, die Staatsanwaltschaft, alleine fünf Anwaltskanzleien waren in die Vertretung der Nebenkläger involviert. Ellenlange Zeugenlisten von Müttern, die für ihre Kinder Eis bei Marbus gekauft haben, abgesehen von all seinen anderen Kunden. Das ist keine Stecknadel im Heuhaufen, sondern ein Stecknadelkopf im Heuschober.«

Heerse hörte das Knurren seines Magens und blickte an sich herunter. Die Hose saß längst wieder stramm, sein Appetit war zurückgekehrt, aber leider nicht die Geistesblitze.

»Was machen wir jetzt?«, hörte er Müller fragen. »Warten, bis er wieder zuschlägt, und darauf hoffen, dass er einen Fehler begeht?«

»Das ist eine Option«, entgegnete Heerse nachdenklich.

»Und welches ist die andere?«, ließ Müller nicht locker.

»Mit dem zu sprechen, der vielleicht weiß, wer dieser Raphael in Wirklichkeit ist.«

* * *

Justizvollzugsanstalt

»Er lehnt, seit er hier ist, jeden Besuch ab«, empfing der Leiter der Justizvollzugsanstalt die Beamten besorgt. »Sie sind der Erste, den er sehen will. Meinen Sie, das bedeutet, er hat etwas mit den jüngsten Morden zu tun?«

Heerse konnte verstehen, dass dem Direktor bei der Vorstellung nicht wohl war. Immerhin würde man es ihm zur Last legen, wenn Marbus tatsächlich aus dem Gefängnis heraus Verbrechen veranlasst hätte.

Der Direktor seufzte und sagte kopfschüttelnd: »Ich hatte noch nie einen Gefangenen wie Dieter Marbus.«

»Wirklich?«, fragte Müller überrascht. »Der wird doch nicht der Einzige sein, der wegen Mordes hier ist.«

»Nein«, sagte der Mann müde. »So meine ich das nicht. Es sind nicht seine Taten, sondern sein ...« Er zögerte, sprach dann jedoch weiter und fuhr vage fort: »Es ist seine Art.«

In diesem Augenblick klopfte es und einer der Justizvollzugsbeamten trat in das kleine Besprechungszimmer des Direktors. Der Mann wurde als Kollege Seebacher vorgestellt und sollte die Beamten zu Marbus bringen.

Der Direktor wandte sich beim Verabschieden noch einmal an Heerse: »Sie werden gleich verstehen, was ich meine.«

Offenbar war dem Hauptkommissar anzusehen, dass er sich über das Gebaren des Direktors mehr als wunderte, weshalb sich Seebacher genötigt sah zu sagen: »Unser Chef ist stets bemüht, sich ein Bild von den Gefangenen zu machen. Das soll es uns ermöglichen, *vorausschauend deeskalierend* zu handeln.« Es war klar, dass er und seine Kollegen diesen Ausdruck in den letzten Jahren mehr als einmal vom Gefängnisleiter zu hören bekommen hatten. Mit einem halb bedauernden, halb belustigten Gesichtsausdruck erklärte er: »Aber bei Marbus funktioniert das nicht.«

Heerse blieb stehen. »Was haben Sie für einen Eindruck von Marbus?«

Nun stoppte auch Seebacher. »Ich kenne den Mann, seit

er vor dreiundzwanzig Jahren hier inhaftiert wurde, das ist kein gewöhnlicher Gefangener.«

Der Hauptkommissar hob die Augenbrauen und wollte schon darauf hinweisen, dass ein verurteilter Mörder keinerlei Verehrung verdiente, aber er hatte den Wärter falsch verstanden. Der sagte jetzt nämlich: »Marbus ist gefährlich, gefährlicher als alle anderen.«

Die verblüfften Gesichter der Kriminalbeamten ließen ihn grinsen. »Ich bin gut in meinem Job, deshalb gehe ich auch jeden Tag unversehrt nach Hause. Während meiner Schicht wird niemand verletzt oder getötet, darauf kommt es an, wenn man im Gefängnis arbeitet. Wir behandeln die Männer mit Respekt und erwarten dasselbe von ihnen. Nur so kann es funktionieren. Aber man muss auch wissen, mit was für Menschen man es zu tun hat. In dieser Anstalt gibt es einige, die ihre Zelle besser kennen als die Freiheit, manche verbringen den größten Teil ihres Lebens hier. Wir wissen, was die Männer getan haben, zu was sie fähig sind. Der eine ist leicht reizbar und flippt wegen jedem Mist aus, ein anderer ist lammfromm, reagiert aber wie ein Berserker, wenn jemand ein böses Wort über dessen Mutter fallen lässt. Man kann die meisten zumindest im Laufe der Zeit durchschauen.«

»Aber das gilt nicht für Marbus, den können Sie nicht durchschauen«, warf Müller ein.

Seebacher sah ihn fast mitleidsvoll an. »Oh, das wäre noch nicht einmal das Problem.«

»Was ist es dann?«, hakte der Oberkommissar nervös nach, der nun immer mehr den Eindruck hatte, es wäre besser gewesen, Leonhard Schuster den Vortritt zu lassen, an diesem Gespräch teilzunehmen.

»Sie können ihn nicht durchschauen, er Sie aber schon.«

»Wie bitte?«, brummte Heerse, der langsam genug davon

hatte, dass jeder, der ihm hier begegnete, so tat, als säße jemand mit übernatürlichen Gaben in Marbus' Zelle.

»Sie werden schon sehen. Die anderen Gefangenen haben Angst vor ihm, obwohl er noch nie gegen einen die Hand erhoben hat. Sie sagen, er sieht ihnen in die Köpfe und dass sein Wahnsinn ansteckend ist. Egal was Sie glauben, bisher erlebt zu haben, dieser Mann kann einem wirklich das Fürchten lehren.«

* * *

Etwa zur gleichen Zeit

Raphael hatte genau den Richtigen ausgewählt: einen alten Traditionalisten ohne Visionen und damit auch oft ohne Gesellschaft. Schon vor Monaten hatte er zufällig eine Predigt des Mannes gehört und war mit dem Inhalt zufrieden gewesen.

Er besuchte gelegentlich einen Gottesdienst. Nicht in unmittelbarer Nähe seines Wohnortes, das hätte Fragen aufgeworfen, aber schließlich gab es genug Kirchen im Umland. Da er nicht auf eine bestimmte Konfession festgelegt war, boten sich ihm eine Vielzahl von Möglichkeiten. Für gewöhnlich wählte er die Feiertage wie Ostern, Weihnachten, Pfingsten für seine Kirchgänge. Dann waren die meist betagten Gemäuer voller Menschen. Zu anderen Zeiten verloren sich die wenigen regelmäßigen Kirchgänger in den Hallen des Glaubens und boten ihm keine Anonymität.

Raphael würde es nicht in der Kirche tun. Die Kapelle, die der, den er ausgewählt hatte, betreute, war sowieso stets verschlossen. Wichtiger waren die Rituale des alten Geistlichen, die dieser so umsichtig in seiner Predigt erwähnt hatte, nämlich dass er jeden Morgen in seinem Garten, hinter dem Pfarrhaus, eine kleine Andacht halten würde. Natürlich hatte Raphael damals noch nicht gewusst, dass ihm das eines Tages hilfreich sein würde. Es war einfach nur ein Hinweis, ein göttlicher Fingerzeig, gewesen. Erst vor Kurzem hatte er sich überhaupt wieder daran erinnert und schnell eine Überprüfung vorgenommen, die das bestätigte.

Heute verstand er die Bedeutung dieser Information und war dankbar dafür.

Das Wetter unterstützte sein Vorhaben. Die Temperaturen waren angestiegen und ein warmer Wind ließ Schnee und Eis tauen. Am frühen Morgen hatte ein Nieselregen eingesetzt und auf Straßen und Gehwegen mischte sich nun grauer Matsch mit dem Müll, der bisher unter der weißen Schneedecke begraben gewesen war. Auch ihm war klar, dass man unter diesen Bedingungen kaum verwertbare Spuren von ihm finden würde.

Ungesehen konnte er sich über ein kleines Wäldchen direkt an die Rückseite des Pfarrhauses heranschleichen. Niemand war sonst unterwegs. Geduckt hinter dem Stamm einer alten Tanne, den er nicht einmal mit den Armen hätte umfassen können, wartete er geduldig auf den Hirten dieser kleinen Gemeinde.

Auch heute betrat der Pfarrer pünktlich seinen Garten, hatte Gummistiefel an, die bis zu den Knien reichten, eine alte grobmaschige Jacke über seinem Ornat und einen Regenschirm. Zielsicher ging der Geistliche zu der von Wind und Wetter gezeichneten Marienfigur, die auf einem künstlichen Sockel stand, der Felsen imitieren sollte. Wenn sich der Mann hinter der Tanne richtig erinnerte, dann war das eine Gemeinschaftsproduktion der örtlichen Grundschüler gewesen. Im Sommer wurden bunte Blumen um die

Heiligenstatue gepflanzt. Im Winter hatte man lediglich Tannenreisig aufgestellt und ein flackerndes rotes Grablicht.

Es wurde Zeit. Bei dieser Witterung würde der Geistliche seine Zwiesprache mit der göttlichen Welt sicher auf ein Minimum reduzieren.

Raphaels Schritte, als er Richtung Garten eilte, ließen knirschende Geräusche entstehen, aber der Pfarrer sah nicht auf. Der Mann war also kein Heuchler, sondern ein hingebungsvoller Gläubiger, der noch ins Gebet vertieft sein konnte.

Erst als sein Peiniger direkt hinter ihm stand, spürte Pfarrer Ertach die Anwesenheit eines anderen Menschen.

* * *

Justizvollzugsanstalt

Während sie die Flure entlanggingen und die Sicherheitsschleusen passierten, dachte Müller an das, was er über Marbus in den Akten gelesen hatte.

Geboren 1956, heute dreiundsechzig Jahre alt, bei seiner Festnahme gerade vierzig. Marbus' Eltern hatten sich getrennt, als der vier Jahre alt gewesen war. Die Mutter schloss sich danach einer Studentengruppe an, die in den Sechzigern sehr aktiv gewesen war. Dieter Marbus hatte damals ausgesagt: »Meine Mutter trägt an allem die Schuld. Mein Vater verließ uns, weil sie ihn vertrieben hat. Sie war eine Hure und hat wie eine Hure gelebt.« Tatsächlich hatte der Vater nach der Trennung nichts mehr mit dem Kind zu tun haben wollen und sogar die Vaterschaft angezweifelt.

Die Mutter blieb nie lange an einem Ort. Mitte der Sechziger propagierte sie freie Liebe und reiste samt Kind durch ganz Deutschland. Marbus interpretierte das so: »Meine Mutter war ein abtrünniger Engel.«

Im Alter von elf Jahren kam der Junge zu seinen Großeltern, nachdem die Mutter an einer Überdosis gestorben war.

»Rechtschaffene Menschen«, hatte er über die beiden ausgesagt. Kurz darauf entdeckte er für sich den Glauben, überlegte sogar, das Priesterseminar zu besuchen, war dann aber davon überzeugt, seinem Gott auf andere Weise dienen zu können. Er machte eine Ausbildung als Konditor, zog nach der Gesellenprüfung nach Frankfurt und beging mit Anfang dreißig den ersten Mord. Danach folgten ein Umzug nach Baden-Württemberg und die Idee, sich mit dem Eiswagen selbstständig zu machen. So konnte er bequem nach potenziellen Opfern Ausschau halten.

»Er wartet bereits«, hörte Müller die Stimme des Justizvollzugsbeamten und schüttelte gedanklich alle Bedenken, die er wegen der Begegnung mit Marbus hatte, ab.

* * *

Etwa zur gleichen Zeit, auf dem Grundstück von Pfarrer Ertach

Raphael hatte keine Skrupel, den alten Mann niederzustrecken. Der Schlag auf den Kopf ließ den Geistlichen nach vorne fallen. Er klatschte unsanft auf die Erde, allerdings federten der Schneematsch und die darunter liegende Wiese den Sturz auf den Bauch ab.

»Gott steh mir bei«, murmelte der Pfarrer unter

Schmerzen und rief: »Es besteht kein Grund zur Gewalt, nimm dir, was du brauchst.«

»Ja, das werde ich, der Herr schickt mich zu dir«, antwortete ihm der Angreifer. Es klang heiser, was daran lag, dass er die Stimme verstellte.

Der Pfarrer spürte das Gewicht eines Körpers auf seinem Rücken.

»Wenn du still hältst, dann wird es schnell vorbei sein.«

»Gewalt ist keine Lösung«, versuchte es der Geistliche noch einmal in flehendem Tonfall.

»Der Herr hat uns als seine Soldaten erschaffen, wir Erzengel müssen gelegentlich zu den Waffen greifen.«

»Ich bin nicht dein Feind«, stammelte Pfarrer Ertach verzweifelt.

»Das weiß ich, und ich, Raphael, bin auch nicht der deine.«

Im nächsten Augenblick hörte man das Geräusch eines aufspringenden Messers. Es hatte eine lange, scharfe Klinge, fast wie ein Dolch, und würde mit der Unbarmherzigkeit eines Skalpells menschliches Fleisch durchtrennen.

Als es nun in die Höhe gerissen wurde, bereit, zuzustechen, schloss der Geistliche die Augen, gewappnet, jedes Schicksal hinzunehmen, das sein Gott für ihn vorgesehen hatte, und sprach ein leises Gebet.

* * *

Justizvollzugsanstalt, zur gleichen Zeit

Dieter Marbus saß an einem Tisch und trug Handschellen. Er blickte auf, als die Polizisten den Raum betraten. Der Beamte Seebacher stellte sich an die Tür, während sich

Heerse und Müller dem Gefangenen näherten. Auf den ersten Blick sah Marbus nicht gefährlich aus.

Wieder erinnerte sich Müller an einige der Aussagen von damals: »Er war ein netter Eisverkäufer und konnte gut mit den Kindern.« – »Sie haben ihn alle gemocht.« – »Der Mann ist lustig und trägt einen komischen Hut.« – »Der macht das beste Nane-Eis.«

Müller war entsetzt gewesen, als ihm bewusst geworden war, wie sehr die Kunden Marbus geschätzt hatten. Selbst nach seiner Verhaftung taten sich manche schwer, dem Eisverkäufer die Morde zuzutrauen.

»Ich bin Hauptkommissar Rolf Heerse und das ist Oberkommissar Müller.«

Marbus nickte Heerse kurz zu, wandte dann den Blick in Richtung Müller, legte den Kopf schräg und für einen winzigen Augenblick zeigte er ein verständnisvolles Lächeln, so als würde er alles über sein Gegenüber wissen. Ein kalter Schauer überkam den Oberkommissar. Allerdings ließ er sich nichts anmerken. Er war erfahren genug, solche Psychospiele zu ignorieren. Schließlich saß er nicht dem ersten Straftäter gegenüber, der so tat, als wäre er schlauer als die Polizei.

Auch Heerse war die Art und Weise nicht entgangen, wie Marbus seinen Kollegen taxiert hatte, und nahm sich vor, auf der Hut zu sein.

»Sie sind bereit, mit uns zu sprechen, dafür bedanke ich mich«, sagte der Hauptkommissar höflich und setzte sich.

Müller tat es ihm gleich.

»Angesichts der Tatsache, dass es selten im Leben Gespräche gibt, die sich lohnen, konnte ich die Gelegenheit kaum ausschlagen.«

»Nur um Missverständnisse zu vermeiden«, sah sich Heerse genötigt, Klarheit zu schaffen, »dieses Gespräch ändert nichts an Ihren Haftbedingungen.«

Ein Lächeln erschien auf Marbus' Gesicht. Der große Mann mit dem breiten Oberkörper reagierte gelassen. »Ich habe an meinen Haftbedingungen nichts auszusetzen, aber Sie sind offensichtlich sehr unglücklich, was die Morde da draußen angeht. Sie scheinen ja fast persönlich betroffen.« Sein Ton war weder spitzfindig noch provozierend. Er sprach emotionslos, ließ jedoch einen Hauch von Freundlichkeit mitschwingen. »Vermutlich hingen sie weder an der Nutte noch an der Reporterin?«, überlegte er laut. »Nein, die Polizei ist kein Freund der herumschnüffelnden Presse.« Er hob kurz die Augenbrauen, wirkte angestrengt und fuhr schließlich fort. »Es ist die alte Ärztin, die forensische Psychiaterin Frau Doktor Clara Calliditas, die macht es Ihnen so schwer, zu essen und zu schlafen und den Fall mit dem nötigen Abstand zu betrachten. Es bringt Sie vermutlich um den Verstand, nicht voranzukommen.«

Heerse wunderte sich nicht über diese genaue Einschätzung. Jeder Mensch, der ein bisschen Verstand besaß, konnte sich zusammenreimen, dass ein Polizist jemanden mit Doktor Calliditas' Beruf zu seinem Team zählen und den Mord persönlich nehmen würde. Gelassen antwortete er: »Sie haben recht.«

Jetzt wirkte Marbus das erste Mal irritiert, dann nickte er zufrieden. »Er hat Sie gut ausgewählt.«

»Wer?«, ließ sich Heerse darauf ein.

»Gott, wer sonst?«, erwiderte Marbus, als wäre das selbstverständlich.

»Ausgewählt wozu?«

»Um *ihm* zu sagen, wann er seine Mission erfüllt hat«, gab der Gefangene bereitwillig Auskunft.

»Wem?«

»Raphael.«

»Sie wollen, dass wir ihn aufhalten?«, fragte Oberkommissar Müller ungläubig.

Marbus' Blick blieb unergründlich, trotzdem erklärte er: »Ich bin unwichtig, ich habe meine Mission erfüllt und mein Weg hat mich hierhergeführt. Raphael wird seine Mission erfüllen, und wenn das getan ist, werden Sie« – er sah zu Heerse – »da sein, um ihm zu sagen, dass es endet.«

»Machen Sie es sich nicht ein bisschen einfach?«, wagte Müller einen Vorstoß. »Solange Ihr Kumpel da draußen unschuldige Menschen umbringt, tut er Gottes Werk. Wenn wir ihn nicht festnehmen, ist das ebenfalls gottgewollt, und sollten wir ihn erwischen, dann ist auch dafür das Göttliche verantwortlich. Ich denke, die Verantwortung trägt der, der die Menschen tötet, nicht Gott.«

»Sie sollten nicht über Verantwortung sprechen, wo Sie doch selbst keine übernehmen wollen. Weder für die, die wegen Ihnen gestorben sind, noch für Ihre schleppende Karriere. Müssten Sie nicht längst selbst ein Team leiten?«

Hauptkommissar Heerse wusste, was Marbus vorhatte, und ging dazwischen, während Müller mit sich kämpfte. Keinesfalls durfte der Gefangene bemerken, dass er gerade einen wunden Punkt getroffen hatte.

»Wir sind nicht hier, um mit Ihnen Spielchen zu spielen. Ich frage Sie ganz direkt, ob Sie uns helfen können, den Mann, der sich Raphael nennt, zu finden. Vielleicht im Zuge der Nächstenliebe«, fügte der Beamte noch ohne jegliche Spur von Sarkasmus an. Er würde sich nicht hinreißen lassen, Marbus oder dessen Glauben zu beleidigen.

»Ich werde mich da nicht einmischen«, antwortete der ernst. »Raphael muss tun, wofür er ausgewählt wurde.«

»Er nimmt seinen Opfern nicht die Flügel, warum nicht?«, probierte es Heerse mit einer anderen Frage.

Dieter Marbus zuckte mit den Schultern. »Ich bin Michael, ich habe den Drachen vertrieben, ich nehme den Abtrünnigen ihre Flügel.«

Heerse nickte, um dem Mann zu zeigen, dass er ihr

Gespräch ernst nahm. »Ich weiß, was das bedeutet. Der Erzengel Michael hat Luzifer, den Drachen, und damit den Teufel aus dem Himmel verbannt.«

»So ist es und ich verbanne alle, die es nicht verdient haben, dort zu sein.«

»Aber Raphael tut das nicht«, bohrte der Hauptkommissar weiter.

»Er ist ein Heiler, er will retten.«

»Er hat drei Frauen brutal ermordet«, hielt Heerse dagegen.

»Ich habe Radio gehört, ich weiß, was passiert ist. Allerdings mag ich es nicht, wenn sie mich den Engelshenker nennen, das ist nicht mein Name.«

»Warum hat er Clara Calliditas und Angelika Trochner umgebracht? Beide hatten sich dafür eingesetzt, Sie in eine psychiatrische Einrichtung zu überstellen, schulden Sie den Frauen dafür nicht etwas? Sagen Sie uns, was Sie wissen?«, sprach Heerse nun eindringlich.

»Sie sind ein kluger Mann«, reagierte Marbus und plötzlich zeigten seine Züge Wut, »aber denken Sie wirklich, mich als Geisteskranken zu bezeichnen, macht mich dankbar? Ich bin ein Bote Gottes, kein Psychopath, die beiden haben bekommen, was sie verdienten.«

Heerse musste sich sehr beherrschen, seine Überraschung zu verbergen. »Er hat die Frauen für Sie getötet, nicht wahr?«

Marbus bekreuzigte sich. »Ich habe mich hinreißen lassen, das tut mir leid«, sagte er nun wieder in gewohnt neutralem Tonfall. »Ich kann Ihnen nicht sagen, ob er es für mich getan hat oder nur ein Zeichen setzen wollte, was ich jedoch sagen kann, ist, dass diese beiden Frauen falsches Zeugnis über mich gesprochen haben.«

Obwohl der Hauptkommissar die Antwort auf seine

nächste Frage kannte, stellte er sie trotzdem: »Bekommen Sie gelegentlich Besuch?«

»Nein«, erwiderte Marbus, ohne zu zögern.

»Kein Kontakt nach draußen, nicht einmal Briefverkehr?«

»Ich stehe in Kontakt mit Gott, mehr ist nicht notwendig.« Er neigte den Kopf, sah von einem zum anderen und fuhr geduldig fort: »Sie können das nicht verstehen, denn Sie sind Männer, die nur akzeptieren, was sie sehen, was sie beweisen können. Sie glauben, einen Gefangenen zu besuchen, aber so ist es nicht. Ich bin nur hier, weil er es so will, weil er einen Plan für mich hat.«

»Und welchen Plan hat er für Raphael?«, griff Heerse das Thema schnell auf.

Dieter Marbus zuckte erneut mit den Schultern. Mehr denn je wirkte er wie ein Mann, der keiner Fliege etwas zuleide tun konnte. Dann sagte er: »Eines Tages werden Sie das vermutlich selbst herausfinden.«

Heerse ließ sich nicht so leicht abspeisen. »Sie wissen, wer er ist?«, sagte er dieses Mal direkt.

»Wissen, was heißt das schon? Manchmal haben wir eine Ahnung, vermuten einfach das Naheliegende«, entgegnete Marbus und dieses Mal klang Ironie in seiner Stimme mit. Er begann mit seinem Gegenüber zu spielen und genoss das sichtlich.

»Vielleicht ist es Gottes Plan, dass Sie mir seinen Namen sagen?«, reagierte der Hauptkommissar im gleichen Tonfall.

Unerwarteterweise lachte der Gefangene auf. Es war ein seltsamer Laut, glich ein wenig dem Glucksen eines zufriedenen Babys, was es besonders unheimlich machte. »Das war ein plumper Versuch von Ihnen, aber ich gehe davon aus, dass Sie auch damit gelegentlich Erfolg haben.«

»Gelegentlich«, gab Heerse zu und blieb ungerührt.

»Sie sind ein interessanter Mensch«, sprach Marbus nun

weiter. »Sie sind eine emsige Arbeitsbiene, immer ehrlich und verlässlich, ein guter Ehemann, ein guter Vorgesetzter.« Er blickte zu Müller, als wollte er dessen Zustimmung, dann wandte er sich wieder Heerse zu. »Für gewöhnlich unterschätzen die Menschen Sie, halten Sie für einen Bürokraten ohne jede Fantasie, aber das stimmt nicht. Sie sind mehr wie der kleine David, der plötzlich seine Steinschleuder zieht und den Riesen Goliath tötet. Vor Ihnen sollte man sich in Acht nehmen, Herr Hauptkommissar.« Das Gespräch war zu Ende. Marbus erhob sich.

Sofort war der Justizvollzugsbeamte Seebacher bei ihnen, der erleichtert feststellte, dass der Gefangene keine Anstalten machte, sich regelwidrig zu verhalten. Stattdessen bat er lediglich darum, in seine Zelle zurückgebracht zu werden. Es folgte kein Abschiedsgruß, kein letzter Hinweis, nichts.

Am Ende blieben Müller und Heerse allein zurück.

»Ich brauche dringend frische Luft«, sagte der Oberkommissar und sein Vorgesetzter widersprach nicht.

* * *

Während seine Kollegen mit Marbus redeten, musste Leonhard Schuster die Stellung halten. Er hatte sich in die Recherchen vertieft und versuchte, irgendetwas Bahnbrechendes zu finden, um seinen Schnitzer bei Bernd Lauer und dessen reicher Mutter wiedergutzumachen. Der Hauptkommissar hatte ihn deshalb nicht einmal angesprochen und doch hatte der junge Beamte das Gefühl, versagt zu haben.

Und noch etwas anderes beunruhigte ihn: das Verhalten seines Vaters. Natürlich hatte auch er, genau wie seine Kollegen, den Eindruck, dass irgendetwas verheimlicht wurde, auch wenn das niemand laut aussprach. Er sah sich deshalb gezwungen, die alten Akten noch einmal durchzugehen. Leonhard las alles, was er über den Tag von Marbus' Verhaftung finden konnte. Nichts deutete auf ein Fehlverhalten der Ermittler hin. Kein unangemessener Einsatz von Gewalt, kein Handeln außerhalb der Vorschriften. Sollte es Geheimnisse geben, schienen die weder die Akten noch die ehemaligen Kollegen seines Vaters preiszugeben. Die Polizisten von damals waren Schuster senior treu ergeben. Trotzdem gab der Kommissar nicht auf. In Gedanken vertieft, glaubte er gerade, etwas gefunden zu haben, als sein Telefon klingelte. Genervt nahm er den Hörer ab.

»Hier ist eine Frau Winter, die zu Heerse möchte, der ist ja nicht da ...«

Schuster unterbrach den Kollegen: »Melanie Winter?«

»Ja«, entgegnete der Beamte irritiert.

»Sie soll warten.«

Zwanzig Minuten später saß Leonhard mit Melanie Winter in einem kleinen Café. Sie bestellte einen Cappuccino und er einen Chai Latte. In dem Augenblick musste er daran denken, wie Müller das Getränk vor ein paar Tagen als »komisches Zeugs« bezeichnet und sich selbst einen *Sauren Sprudel*, also ein Mineralwasser, bestellt hatte. Gleichzeitig bekam er ein schlechtes Gewissen. Der Rest des Teams würde es vermutlich nicht gutheißen, was er da gerade tat. Aber Melanie war schon im Begriff gewesen, wieder zu gehen, und vielleicht hatte sie eine wichtige, eine entscheidende Aussage zu machen. War es da nicht das oberste Gebot, die Zeugin bei Laune zu halten? Also hatte er ein Café vorgeschlagen, um das Eis zu brechen, zum Wohle der Ermittlungen, den Eigennutz verdrängte er.

»Ich hätte nicht kommen sollen«, murmelte sie neben

ihm und er war froh, dass sie bereits bestellt hatten. Jetzt würde sie nicht mehr so einfach aufspringen und gehen.

»Hauptkommissar Heerse hat Sie doch gebeten, sich zu melden, wenn Sie wegen irgendetwas beunruhigt sind.«

»Ja, ich hätte anrufen können«, hielt sie dagegen.

Wie hübsch sie heute wieder ist, dachte Leonhard und wünschte sich plötzlich, es gäbe keinen Fall, keinen Heerse, sondern nur ihn und Melanie bei einem privaten Ausflug nach Baden-Baden.

»Ich fühle mich schuldig«, sagte sie gerade und ließ mit diesen Worten seinen angenehmen Tagtraum platzen wie die sprichwörtliche Seifenblase.

»Weshalb?«, fragte er mitfühlend und konnte nur schwer wieder die Rolle des Polizisten übernehmen.

»Bernd weiß nicht, dass ich hier bin.«

Ohne es zu wollen, entspannte sich der Kommissar zufrieden. Heimlichkeiten gegenüber dem Partner zeugten nämlich nicht gerade von einer stabilen Beziehung.

Aber das wohlige Glücksgefühl sollte nicht lange anhalten, denn im nächsten Moment ließen ihn Melanies Worte ungebremst und aus großer Höhe wieder auf dem Boden der Tatsachen aufschlagen. »Ich liebe ihn und wir möchten heiraten« war eine Aussage, auf die er gerne verzichtet hätte.

Trotzdem riss er sich zusammen und rettete sich, indem er professionell fragte: »Was genau hat Sie denn nun veranlasst, uns aufzusuchen?«

Sie schien die plötzliche Reserviertheit in seiner Stimme nicht zu bemerken und antwortete: »Dieses grässliche Interview, ich schäme mich dafür. Ich weiß, dass es so aussieht, als hätte ich alles ausgeplaudert. Aber der Moderator bekam die Informationen nicht von mir.« Sie sah betreten auf den Schaum ihres Cappuccinos, den sie noch nicht angerührt hatte, und atmete schwer. Eine Träne kullerte über ihre Wange mit dem Grübchen und Schuster hatte noch nie so sehr den Drang verspürt, einen anderen Menschen in den Arm zu nehmen, wie in diesem Moment.

Ich liebe ihn und wir möchten heiraten, hörte er im Geiste ihre Aussage erneut und glaubte, das eigene Gehirn würde noch ein boshaftes Kichern anhängen.

»Ich werde dem Hauptkommissar ausrichten, dass es Ihnen leidtut«, entgegnete der Kommissar, nur um irgendetwas zu sagen.

»Mir ist klar, dass Sie alle denken, dass ich das hätte verhindern müssen. Immerhin bin ich erwachsen. Aber manchmal, wenn man mit jemandem zusammen ist, dann tut man Dinge ...« Sie brach ab und er begann daran zu zweifeln, dass es hier wirklich nur um das Interview ging. Plötzlich befürchtete er, Melanie könnte in etwas Illegales verstrickt sein. Er dachte an Heerses Worte und fragte sich, ob sich dieses zarte Geschöpf zu einem Mord überreden lassen würde.

Sie deutete seine Miene falsch und schluchzte leise. »Ich sehe schon, Sie können das nicht verstehen. Vermutlich waren Sie in Ihrem Leben noch nie allein. Aber wenn man einsam war und plötzlich ist man es nicht mehr, dann gibt man dem anderen zuliebe eben bescheuerte Interviews und blamiert sich.«

»Er hat sie dazu gezwungen«, stellte Schuster nüchtern fest, »das war nicht richtig.«

Melanie schüttelte vehement den Kopf. »So ist das nicht. Bernd zwingt mich zu nichts, aber für ihn ist es eben wichtig, weil er doch dieses Buch verkaufen will.«

»Verstehe«, blieb Schuster jetzt in der Polizistenrolle.

Sie wirkte erleichtert. »Ich wollte mich entschuldigen und hoffe, dass ich deshalb keinen Ärger bekomme.«

»Das werden Sie nicht«, antwortete Leonhard immer noch zurückhaltend.

»Und Bernd? Was ist mit ihm? Ich hatte das letzte Mal

den Eindruck, Ihr Boss mag ihn nicht. Die Fragen nach den Alibis und wie er ihn angesehen hat, beunruhigten mich.« Sie suchte nach der richtigen Formulierung und sagte schließlich zögernd: »Sie halten ihn doch nicht etwa für verdächtig?«

Der Kommissar presste die Kiefer aufeinander. War diese Frau womöglich nur hier, um etwas über den Stand der Ermittlungen zu erfahren? Wurde er gerade vorgeführt?

Sie lächelte schüchtern und Leonhard konnte einfach nicht glauben, dass Melanie so durchtrieben sein sollte. Dennoch war er gewarnt und antwortete mit einer Gegenfrage: »Halten Sie ihn denn für verdächtig?«

»Nein«, rief sie entsetzt, »um Gottes willen. Das wollte ich nicht damit sagen ... Nicht dass Sie jetzt denken, nein ...« Ihre Wangen liefen rot an, sie verhaspelte sich mehrmals, als sie erklärte: »Ich weiß, dass er mir nicht alles erzählt, Männer sind eben so, und ja, er ist besessen von meiner Vergangenheit und dem Engelshenker, aber doch nur, weil er versucht, uns eine Zukunft aufzubauen.«

»Auf dem Mord an Ihrer Mutter?«, verlor Schuster nun doch ein wenig die Geduld.

Sie sah ihn erschrocken an und er ergänzte schnell: »Tut mir leid, das geht mich nichts an.«

»Nein, entschuldigen Sie sich nicht.« Sie wandte den Blick ab, sah auf die Uhr und wurde plötzlich hektisch. »Ich muss gehen.«

Leonhard hätte sie gerne zurückgehalten, wusste aber nicht wie, ohne aufdringlich zu klingen.

Melanie kramte ein paar Münzen aus ihrem Portemonnaie und reichte sie der vorbeieilenden Bedienung. »Vielen Dank, dass Sie dem Hauptkommissar ausrichten, wie leid es mir tut«, wandte sie sich atemlos an ihn.

»Natürlich, keine Sorge«, versicherte er ihr freundlich. Er bereute, was er gesagt hatte.

Sie lächelte erleichtert und sagte zum Abschied: »Ihre Freundin kann sich glücklich schätzen.« Dann drehte sie ihm den Rücken zu und er beobachtete, wie sie sich geschickt durch die Tischreihen schlängelte, während er murmelte: »Ich habe keine Freundin.« Aber das konnte sie natürlich nicht mehr hören.

* * *

»Wie war er?«, fragte Schuster anstatt einer Begrüßung, als Müller das Büro betrat.

Heerse, der hinter seinem Oberkommissar hereingekommen war, sah die Nachrichtenzettel durch, die man ihm am Eingang in die Hand gedrückt hatte, und hörte mit halbem Ohr zu, wie Müller gerade sagte: »Ich bin mir sicher, dass der Typ gehörig einen an der Waffel hat.«

»Also ein Spinner«, bohrte Schuster weiter.

»Das wiederum lässt ihn zu harmlos erscheinen«, antwortete Müller, der sich ein Herz fasste und seine flapsige Bemerkung von eben revidierte: »Natürlich hat er sie nicht mehr alle, aber ich würde lügen, wenn ich behaupte, der Typ hat mir keine Angst gemacht.«

Schuster war völlig perplex und sah zu Heerse. »Er hat euch Angst gemacht? Der Kerl ist dreiundsechzig und trägt Handschellen, wie kann der noch jemandem Angst machen?«

Dieses Mal übernahm es Heerse, den jüngeren Kollegen aufzuklären: »Es gibt nicht nur die körperliche Gewalt, die man fürchten muss. Man sagte uns, er kann andere Menschen durchschauen, in ihre Köpfe eindringen. Nun, ich wollte das nicht glauben.«

»Aber jetzt schon«, rief Schuster eifrig.

Der Hauptkommissar lächelte müde. »Marbus ist hochintelligent und dazu noch ein Psychopath. Er kann nicht in die Köpfe anderer eindringen, aber er ist ein guter Beobachter und zieht die richtigen Schlüsse. Letzten Endes behilft er sich mit alten Jahrmarkttricks.«

»Er hat dich gut beschrieben«, warf Müller ein und fasste für Schuster das, was Marbus über Heerse gesagt hatte, kurz zusammen.

»Zu erraten, dass mich die meisten Menschen für gutmütig halten, ist wirklich nicht schwer«, ging der Hauptkommissar darauf ein. »Jemand, der so aussieht wie ich, wird wohl nie als draufgängerischer Pirat durchgewunken. Dann daraus zu schließen, dass ich nicht so gutmütig bin, wie man annimmt, ist auch logisch, sonst könnte ich ja kaum bei der Polizei arbeiten. Aus der Presse weiß Marbus, wer ich bin. Jeder halbwegs normal denkende Mensch kann sich zusammenreimen, dass ich meinen Job einigermaßen beherrsche und nicht vor lauter Gutmütigkeit die Verbrecher laufen lasse.«

»Er nannte dich einen gefährlichen David«, warf Müller immer noch amüsiert ein.

»Das gehört alles zur Masche: Zuerst sagt er dir das Offensichtliche, dann tut er so, als würde er dich durchschauen, deine Geheimnisse aufdecken, aber im Prinzip zählt er nur eins und eins zusammen. Zu guter Letzt schmeichelt er dir noch. Alles nur Tricks«, winkte Heerse ab. »Trotzdem kann so jemand gefährlich sein, weil er Menschen durch seine Art manipuliert und ihnen Angst macht, sie verunsichert.«

»Habt ihr sonst etwas von ihm erfahren?«, fragte Schuster nach.

Müller sah zu Heerse, sie hatten bereits auf der Rückfahrt darüber gesprochen. Müller war sehr still gewesen und sein Vorgesetzter hatte ihm gut zugeredet: »Du weißt, dass er dich mit allem, was er gesagt hat, nur provozieren wollte.«

»Ja, aber vielleicht scheue ich wirklich die Verantwortung. Ich bin nicht sauer, dass es momentan keine Planstelle für einen weiteren Hauptkommissar gibt. Ich will auch nicht woanders unterkommen. Ich bin in deinem Team zu Hause.«

»Und darüber bin ich verdammt froh« war die Antwort seines Chefs gewesen. »Aber du weißt, ich werde dich unterstützen, egal, was für Pläne du eines Tages hast.«

Müller nickte dankbar. Über das, was Marbus noch gesagt hatte, verloren sie kein Wort. Müller wusste, dass er keine Schuld am Tod anderer Menschen trug, und dennoch würde er sich immer schuldig fühlen.

Sie hatten den Rest der Fahrt über Marbus spekuliert und jetzt zog Heerse auch sein jüngstes Teammitglied ins Vertrauen.

»Obwohl er bemüht war, nichts zu verraten, können wir doch einige Schlüsse ziehen«, begann der Hauptkommissar, und Schuster, der gerne bei dem Gespräch dabei gewesen wäre, griff nach Papier und Stift, um sich Notizen zu machen.

»Erstens, falls Raphael ein Fan von Marbus ist, hat er Doktor Calliditas und Angelika Trochner vermutlich aus Rache getötet. Marbus empfand deren Empfehlung, ihn in eine psychiatrische Anstalt zu stecken, als Beleidigung, womöglich teilt sein Bewunderer diese Einschätzung. Und zweitens: Ich bin mir ziemlich sicher, dass Marbus weiß, wer Raphael ist. Seine Bemerkungen darüber, das Naheliegende zu vermuten und eine Ahnung zu haben, deuten darauf hin.«

»Er kennt ihn also«, warf Schuster ein, »aber er weigert sich, die Identität des Mannes preiszugeben. Inwiefern hilft uns das dann?«

»Es grenzt die Verdächtigenliste ein. Wenn Marbus weiß, wer Raphael ist, dann muss er ihm entweder persönlich begegnet sein oder kennt ihn aus den Medien. Letzteres schließe ich aus. Jemand, der öffentlich sein Interesse am Engelshenker kundtut, wäre uns aufgefallen. Das heißt, er hat ihn irgendwann einmal getroffen, stellt sich die Frage, wo.«

»Er hat selbst gesagt, dass er keinen Besuch bekommen hat oder sonstigen Kontakt nach draußen hält. Das wurde uns auch von der Haftanstalt bestätigt«, erklärte Müller dem Kollegen.

Schuster riss die Augen auf. »Das heißt, er kennt ihn von früher!«

»Entweder das oder er kennt ihn aus dem Gefängnis.«

»Ein Mithäftling, der entlassen wurde, natürlich«, rief der Kommissar aus und ärgerte sich, dass ihm das nicht gleich eingefallen war.

»Wir haben bereits mit dem Direktor der JVA gesprochen und werden im Laufe des Tages die Entlassungslisten erhalten.«

»Dann hätte Marbus also doch vom Gefängnis aus die Verbrechen planen können?«, überlegte Schuster laut.

Müller stimmte dem zu, aber Heerse zögerte. »Wir haben mit den Mitarbeitern gesprochen, die waren alle einhellig der Meinung, dass sich Marbus noch nie mit jemandem angefreundet hat. Sie sehen ihn selten mit seinen Mitgefangenen sprechen und schon gar nicht immer mit dem gleichen.«

»Er ist vielleicht geschickt vorgegangen und keiner hat es bemerkt«, schlug Schuster vor.

»Ja, möglich«, gab der Hauptkommissar zu. »Wir werden trotzdem parallel dazu auch versuchen herauszufinden, mit wem er vor seiner Verhaftung Kontakt gehabt hat. Vor allem müssen wir uns die Frage stellen, aus welchem Grund derjenige mit den Morden erst dreiundzwanzig Jahre später beginnt.« Heerse blickte zu Schuster. »Und jetzt erzähle uns, was Melanie Winter hier wollte.«

Heerse war nicht begeistert zu erfahren, dass sein neustes Teammitglied mit der Frau ein Café aufgesucht hatte.

»Sie wäre wieder gegangen, ohne etwas zu sagen. Sie war nervös.«

»Gut«, antwortete ihm Heerse, »haken wir das als vertrauensbildende Maßnahme ab. Was hat sie dir erzählt?«

Schuster war gerade mit seinem Bericht fertig, als die Tür aufflog. Eine Kollegin reichte Heerse einen Zettel. »Dieser Raphael hat einen Pfarrer angegriffen.«

Heerse sah auf den gelben Haftstreifen. »Das ist die Adresse eines Krankenhauses.«

»Ja«, sagte die Beamtin und rollte mit den Augen. Offensichtlich hatte sie weder Lust noch Zeit, lange Erklärungen zu geben, und erwiderte unfreundlich: »Dort ist der Pfarrer, ihr wollt doch sicher mit ihm sprechen.«

»Er lebt?«, reagierte Heerse verblüfft.

»Man merkt, dass ihr es gewohnt seid, knifflige Fälle zu bearbeiten«, erhielt er eine giftige Antwort, die er genauso ignorierte wie das darauffolgende genervte Schnauben und das Verlassen des Raumes ohne Gruß.

»Was ist denn mit der?«, entfuhr es Müller überrascht. »So kenne ich Kerstin gar nicht.«

»Scheidung«, antwortete Heerse wie nebenbei und starrte weiter auf das Blatt Papier in seiner Hand. »Wir fahren sofort ins Krankenhaus.«

KAPITEL ZEHN

Auf der Fahrt zum Krankenhaus sagte Schuster: »Ich habe vielleicht noch einen Zeugen von damals. Er war zwar nicht bei der Verhaftung dabei, aber vielleicht bei den ersten Vernehmungen.«

»Ein Kollege deines Vaters?«, fasste Müller nach, dessen Tonfall darauf hindeutete, dass er bei einem Ja die Spur für unbrauchbar hielt.

Schuster machte sich nicht die Mühe, zu verbergen, dass er verstand: »Eben nicht, das ist ja das Gute. Der Mann war Verwaltungsangestellter. Sein Kürzel taucht in der Akte mehrmals auf. Ich konnte es keinem der Kriminalbeamten zuordnen, also habe ich recherchiert. Es gehört einem gewissen Bernhard Schenk. Er hat in der Abteilung meines Vaters gearbeitet, Protokolle abgetippt und war für den Verwaltungskram zuständig. So jemand kriegt einiges mit.« Er wurde unsicher, weil keiner seiner Teamkollegen reagierte, und sagte zögernd: »Zumindest dachte ich, es wäre ein Versuch wert.«

»Hervorragend«, entgegnete Heerse schließlich und der junge Kommissar war erleichtert.

»Hast du seine Adresse?«

»Er wohnt in ...« Schuster zögerte, weil er nicht wusste,

ob er den Ortsnamen richtig aussprechen konnte, und sagte schließlich gedehnt: »In *Leiberstung*, kennt ihr das?«

Müller und Heerse lachten und Letzterer sagte: »Wenn dieser Fall vorbei ist, dann müssen wir dir unbedingt die vielen Perlen der Rheinebene zeigen. Wir haben hier die malerischsten Dörfer weit und breit. Leiberstung ist nur eines davon«, kam der Hauptkommissar ins Schwärmen und nahm sich fest vor, nächstes Jahr unbedingt das berühmte Wendelinusfest zu besuchen, das alljährlich in Leiberstung stattfand.

»Vermutlich will er dann gar nicht mehr zurück in die Großstadt«, witzelte Müller, und Schuster grinste, obwohl ihm beim Gedanken an den Abschied alles andere als wohl war.

* * *

Vor über zwanzig Jahren

Die abgehackten Arme zog er weg vom Körper, das war wichtig – schließlich sollte ein für alle Mal klar sein, dass sie ihre Flügel unwiederbringlich verloren hatte.

In aller Ruhe legte er die Axt zur Seite und stellte sich anschließend über die Tote. Noch einmal hob er seine Arme, so als würde er die tätowierten Schwingen auf seinem Rücken wie einen Schirm über ihr ausbreiten. Das Blut floss aus den Amputationswunden und sickerte in den abgewetzten Teppich. Der Geruch der roten Körperflüssigkeit überlagerte sogar den Gestank der zerdrückten Zigarettenkippen im Aschenbecher. Er schloss die Augen und betete, dann wandte er sich von ihr ab. Kein Bedauern und auch keine Erregung mehr, er hatte seine Aufgabe erfüllt. Nun suchte er das Badezimmer auf, so wie immer, benutzte wie selbstverständlich die Dusche und spülte sich ihr Blut ab. Es war ihm gleichgültig, ob irgendwer Spuren finden würde. Wichtiger war das Ritual, und die Reinigung gehörte dazu. Dann stieg er die Treppe hinab, zog die Kleider wieder an und fragte sich, ob er das Haus niederbrennen sollte. Es war ein Gedanke, der ihm ganz plötzlich gekommen war. Sofort dachte er an eine göttliche Eingebung. Das Kind übernachtete woanders, hatte sie ihm gesagt. Bei dem Brand würde also kein Unschuldiger verletzt werden, sondern nur ein abtrünniger Engel den ganzen Zorn spüren, der unweigerlich auf schlechte Taten folgte. Das Brennen im Höllenfeuer würde ihr und anderen eine Lehre sein. Vor seinem geistigen Auge sah er die züngelnden Flammen, die nach dem verderbten Leib gierten, spürte beinahe ihre Hitze und die gewaltige Kraft, die von ihnen ausging. Wie glühende Peitschen würden sie die Haut der Toten geißeln, sie anschließend umschlingen und am Ende auffressen. Irgendwann wären sie von ihr gesättigt und müssten nach den abgetrennten Flügeln greifen und auch die zu Asche zerfallen lassen. Seine Einbildung ließ das Feuer wüten, als wäre die Apokalypse über das kleine Haus hereingebrochen, und noch einmal an diesem Tag überkam ihn das Gefühl, von übermenschlicher Natur zu sein. Vermutlich würde die Polizei durch den Brand gar nicht erkennen, dass diese Frau gestorben war, weil der Erzengel Michael sie gerichtet hatte, aber auch das war ihm gleichgültig. Der Himmel wusste, was er bisher geleistet hatte.

Er holte die Engelkarte aus einer Tasche, auch das tat er in aller Ruhe, ohne Hast. Selbst wenn nach dem Feuer nichts mehr von ihr übrig sein würde, musste er sie dennoch hinterlassen. Außerdem schien sie ihm passend: »Deine Taten entscheiden, ob dich die Engel ins Paradies tragen oder ins Höllenfeuer stürzen.«

Er faltete sie sorgsam und kniete sich nieder, um sie

seinem Opfer in den Mund zu stecken. Als er sich gerade wieder aufgerichtet hatte, hörte er ein Geräusch. Man hatte ihn entdeckt. Langsam drehte sich Marbus um und als er in die Augen seines Gegenübers blickte, da wusste er sofort, mit wem er es zu tun hatte.

* * *

Gegenwart

Heerse sprach erst mit dem behandelnden Arzt, der nur ungern bereit war, seinen Patienten, wie er es nannte, der Polizei auszuliefern.

»Hören Sie«, redete der Hauptkommissar geduldig auf den Mann ein. »Ich werde ihn nur fragen, was passiert ist, ich muss das wissen. Er ist der Erste, der von ihm angegriffen wurde und noch lebt.«

Der Arzt kräuselte missbilligend die Lippen. »Er hat ihn nicht gesehen. Man hat Pfarrer Ertach von hinten niedergeschlagen und ihm ein Stück Fleisch aus dem Oberarm geschnitten. Dabei wurde er ohnmächtig. Man fand ihn erst Stunden später, völlig unterkühlt. Berücksichtigt man das Alter des Patienten und sein schwaches Herz, dann ist es ein Wunder, dass er überhaupt noch lebt. Sie verstehen sicher, dass ich nichts riskieren will.« Für einen Augenblick sah es tatsächlich so aus, als würde ihnen der Arzt den Zugang verweigern, und Heerse fragte sich, warum man ihn herbestellt hatte, da fuhr der Mediziner fort: »Aber er will unbedingt mit jemandem von der Polizei sprechen, nur deshalb habe ich diesem Termin überhaupt zugestimmt.«

»Bitte, Doktor«, erwiderte der Hauptkommissar, der es bewundernswert fand, wie sich der Mann für Pfarrer Ertach einsetzte, »Sie können an dem Gespräch teilnehmen und so sicherstellen, dass es Ihrem Patienten gut geht.«

Das schien den Arzt zu versöhnen und er führte Heerse in eines der Krankenzimmer.

Josef Ertach röchelte, als sie eintraten. Er hatte gedöst und beim Geräusch von Schritten die Augen geöffnet. Nun blinzelte er und versuchte sich aufzurichten. Um seinen Kopf hatte man eine Schicht Mull gewickelt und auch sein linker Arm war bandagiert. Sofort eilte der Arzt zu ihm und betätigte den entsprechenden Knopf an der Fernbedienung, damit das Kopfteil hochfahren konnte. Behutsam teilte er seinem Patienten mit, dass die Polizei da sei.

»Was für eine Erleichterung.« Der Verletzte seufzte und ein freundliches Lächeln erschien auf dessen runzligem Gesicht.

Heerse, der aus Rücksicht auf die Gesundheit seines Zeugen und um den Arzt nicht zu erzürnen, ohne Müller und Schuster das Gespräch führen wollte, trat näher und stellte sich vor.

»Wie geht es Ihnen?«, fragte er besorgt.

»Der Herr hat noch Pläne mit mir«, sagte er gefasst und die Tränen, die seine Augen füllten, zeigten dem Hauptkommissar, wie sehr den Mann der Angriff mitgenommen hatte.

Pfarrer Ertach streckte seine Hand aus und Heerse ergriff sie. »Ich danke Ihnen, dass Sie gekommen sind, und es tut mir leid, dass ich erst jetzt in der Lage bin, mit Ihnen zu sprechen.«

Heerse wollte ihn dahingehend beruhigen, aber der Geistliche, der immer noch seine Hand umklammerte, ließ sich nicht darauf ein. »Ich weiß, wie wichtig es ist, schnell alle Informationen weiterzugeben, auch weil einen das

Gedächtnis später im Stich lässt. Auf dem Nachttisch liegt ein Zettel, nehmen Sie ihn.« Der Pfarrer zog seine Hand zurück und atmete tief aus. »Die Schwester war so freundlich, das für mich zu notieren. Alles, an was ich mich noch erinnern konnte, nachdem ich aufgewacht bin.«

Heerse las konzentriert, was dort in akkurater Handschrift stand:

»Ihn erst bemerkt, als er hinter mir war. Nannte sich selbst Raphael, Erzengel und Soldat, hat behauptet, Gott hätte ihn zu mir geschickt.«

»Das ist sehr gut«, sagte der Hauptkommissar dankbar. »Sie sind wirklich ein hervorragender Zeuge.«

Der alte Mann im Bett rang sich ein weiteres Lächeln ab. »Ich gebe zu, dass ich eine Schwäche für gute Kriminalromane habe, daher weiß ich, dass die Polizei auf Zeugenaussagen angewiesen ist. Leider konnte ich sein Gesicht nicht sehen, seine Stimme war leise, zischend, ich bin mir sicher, er hat sie verstellt. So wie es einige meiner Gemeindemitglieder tun, wenn sie im Beichtstuhl unerkannt bleiben möchten.« Er zwinkerte spitzbübisch. »Sonst ist mir nichts aufgefallen. Als er dann meinen Arm verletzt hat, da wurde ich bewusstlos.«

Heerse ignorierte den Arzt, der ihm bedeutete, dass das dann wohl genug sei, und wandte sich noch einmal an den Geistlichen: »Irgendeine Vorstellung, warum er das getan haben könnte?«

»Ich denke schon die ganze Zeit darüber nach, leider erfolglos.«

»Vielleicht gibt es eine Bibelstelle, auf die er damit anspielen könnte. Ähnlich wie die Geschichte von Eva. Gott entnimmt Adam eine Rippe und formt daraus Eva.«

»Ja, das erste Buch Mose …«, antwortete der Pfarrer andächtig. »Allerdings fällt mir spontan nichts ein, was zu dem passen könnte, was diese fehlgeleitete Seele mir angetan hat. Aber ich werde darüber nachdenken, versprochen.« Er blickte auf den dicken Verband, der um seinen Oberarm gewickelt war, und sagte: »Ich hatte göttlichen Beistand, sonst wäre ich vermutlich tot.«

* * *

Leonhard Schuster verbrachte den Abend damit, am Computer zu sitzen und die Netzeinträge über Melanie Winter durchzugehen. Erleichtert stellte er fest, dass keine neuen Beiträge dazugekommen waren.

Der heutige Tag war anstrengend gewesen. Heerse hatte ihm wegen Melanie auf den Zahn gefühlt, und schließlich war ihm nichts anderes übrig geblieben, als zuzugeben, dass er zumindest zeitweise das Gefühl gehabt hatte, sie würde ihn aushorchen.

Der Hauptkommissar hatte darauf nur bemerkt: »Diesem Bernd Lauer traue ich zu, dass er die Frau vorgeschickt hat, aber ihr können wir, nur weil sie ein unschuldiges Gesicht hat, auch nicht alles glauben.«

Damit war das Thema erst einmal erledigt gewesen und die Spekulationen über den Angriff auf Pfarrer Ertach hatten begonnen.

»Wozu schneidet er einem Priester Fleisch aus dem Arm?«, rätselte Heerse.

»Vielleicht, weil er geistesgestört ist«, entgegnete Müller daraufhin.

»Ja, aber gewiss steckt ein Plan dahinter. Er hat das Fleisch aus irgendeinem Grund gebraucht und ich denke nicht, dass es hier um Trophäensammeln geht.«

»Vielleicht werden wir das erfahren, wenn er uns sein nächstes Opfer präsentiert«, erwiderte der Oberkommissar,

»zumindest, wenn wir weiter davon ausgehen, dass er Aufmerksamkeit möchte.«

Außerdem hatten sie die Entlassungsliste des Gefängnisses durchgesehen, die weit umfangreicher war als zuerst angenommen. Immerhin gab es nicht nur den Trakt, in dem Marbus seine Strafe absaß. Schließlich hatten sie einige Namen, die infrage gekommen wären. Heerse telefonierte noch einmal mit Seebacher, dem Justizvollzugsbeamten, der ihnen half, die Auswahl weiter einzugrenzen. Nur drei blieben am Ende übrig, die auch mit Marbus hätten in Kontakt treten können. Der nächste Schritt war es nun, diese Männer aufzuspüren.

Leonhard gähnte, beendete seine Recherche bezüglich Melanie Winter und begann in seinen Umzugskartons zu kramen. »Irgendwo muss sie doch sein«, rief er ungeduldig und durchwühlte eine weitere Kiste.

Ganz unten fand er, wonach er gesucht hatte. Es handelte sich um eine Bibel, ein Geschenk seiner Mutter, das er nicht hatte ablehnen können. Sie war noch immer in Folie eingeschweißt, so wie sie ihm überreicht worden war. Langsam glaubte der Kommissar doch an göttliche Fügung, denn wie sich, seit er mit Heerse zusammenarbeitete, herausgestellt hatte, half ihm heute all das, was ihm seine Mutter von Engeln, Gott und dem Teufel erzählt hatte. Oft war sie ihm mit ihrem unerschütterlichen Glauben an das Übernatürliche peinlich gewesen, das tat ihm jetzt leid.

Mit einem gemurmelten »Danke, Mama« entfernte er die Schutzfolie und begann in der Heiligen Schrift zu blättern. Wenn er einen Hinweis finden könnte, würde das Heerse sicher beeindrucken. Plötzlich hielt er inne. Ging es darum, andere zu beeindrucken oder den Fall zu lösen?

Leonhard verachtete sich dafür, dass er so abhängig von der Anerkennung anderer war. In seinem Leben gab es immer eine Vaterfigur, um deren Gunst er hatte buhlen müssen. Hörte so etwas denn niemals auf?

Gerade las er: »Du sollst Vater und Mutter ehren«, und sagte laut: »Und wann ehren die dich?«

Fast schien es ihm eine göttliche Mahnung, als es genau in dieser Sekunde klingelte. *Hoffentlich nicht der Vermieter*, dachte Leonhard, der nicht die geringste Lust hatte, Privatpolizei für einen überängstlichen Hauseigentümer zu spielen.

Er öffnete und hätte überraschter nicht sein können.

»Papa?«

Schuster senior schwenkte eine Flasche Whiskey und rief gut gelaunt: »Ich dachte, ich schau vorbei und gratuliere zum Einzug.«

»Jetzt?«, erwiderte Leonhard perplex. »Es ist mitten in der Nacht.«

»Dein Vater ist ein viel beschäftigter Mann, da bleiben manchmal nur noch die Nachtstunden, um für die Familie da zu sein. Was ist?«, fragte er grinsend, »willst du mich nicht hereinbitten?«

Leonhard gab die Tür frei und ließ seinen Vater eintreten, dem nicht entging, dass sein Sohn eine Bibel in der Hand hielt. Er kommentierte weder das noch die Tatsache, dass Leonhard bisher keinen der Kartons ausgepackt hatte.

Schuster senior sah sich anerkennend in der Wohnung um und sagte freundlich: »Schönes Appartement, gut geschnitten und hervorragende Lage. Bestens ausgesucht, mein Junge.«

Ab diesem Moment war Leonhard auf der Hut. Der nächtliche Besuch, der fehlende Rüffel wegen des Durcheinanders waren schon untypisch genug, aber ein derartiges

Lob bedeutete, dass sein Vater einen wichtigen Grund hatte, hier zu sein.

»Ist etwas mit Mama?«, hakte der Kommissar deshalb sofort nach. Um sie machte er sich stets die meisten Sorgen.

»Aber nein, was sollte denn mit ihr sein?«, erwiderte sein Vater leichthin, ließ sich auf einen der Sessel fallen, die Leonhard zurzeit vor allem als Kleiderständer benutzte, und meinte kumpelhaft: »Ich hätte Gläser mitbringen sollen, was?«

»Nicht nötig«, reagierte der Jüngere und bediente sich an dem Geschirr, das in der Spüle stand. Er wusch zwei Saftgläser aus und reichte die dem Vater, während er fragte: »Übernachtest du in Baden-Baden?«

»Ja, ich wollte mir doch Zeit für meinen Sohn nehmen. Ich muss erst morgen Nachmittag wieder in Stuttgart sein. Aber reden wir nicht über mich, was macht der neue Job?«

»Kann nicht klagen«, antwortete Leonhard einsilbig und nippte an dem Whiskey, der ihm nicht schmeckte.

»Sind alle nett zu dir? Ist ja nicht immer einfach, wenn der Vater ein hohes Tier ist ...«

»Alles bestens«, versicherte ihm Leonhard, der keine Lust hatte, erneut die Geschichte vom erfolgreichen Mann und dessen Neidern zu hören.

»Und der Heerse, wie ist der so?«

»Ganz okay«, blieb der Kommissar wortkarg.

»Erzähl mir von deiner Arbeit. Was macht der Fall?«

Leonhard zögerte.

»Mir kannst du es doch sagen«, ermunterte ihn sein Vater, »ich bin doch im gleichen Verein.«

Plötzlich hatte der Kommissar das zweite Mal an diesem Tag das Gefühl, gerade benutzt zu werden. Sein Vater war nicht gekommen, um Hallo zu sagen oder dem Sohn alles Gute zu wünschen, sondern um ihn auszufragen. Erst dachte er daran, den Alten einfach rauszuwerfen, aber dann gefiel ihm die Idee, zu warten, auf was das hinauslaufen würde, besser.

Deshalb lehnte er sich gemütlich zurück und sagte, um einen gestressten Gesichtsausdruck bemüht: »Geht schleppend voran, wir haben keine brauchbare Spur.«

»War Heerse nicht sogar bei Marbus?«, fragte der Vater harmlos.

»Ja, aber das war eine Sackgasse.«

»Der Engelshenker hat euch also nichts erzählt?«, bohrte Schuster senior weiter.

»Was hätte er uns denn erzählen sollen?«, antwortete Leonhard mit einer Gegenfrage.

»Ach, keine Ahnung«, winkte der Vater ab. »Ich hätte mir ehrlich gesagt auch nicht vorstellen können, dass dieser Psychopath euch weiterhilft.«

Leonhard kannte alle Facetten seines Vaters, hatte ihn in vielen Stimmungen erlebt und wusste auch, dass er, ohne mit der Wimper zu zucken, anderen ins Gesicht lügen konnte. Heute Abend zeigte er allerdings eine neue Seite von sich und Leonhard erkannte mit Erstaunen, dass der Mann ihm gegenüber Angst hatte.

* * *

Am nächsten Morgen in Leiberstung

Bernhard Schenk schien nicht überrascht, als Heerse und Müller unangekündigt vor seiner Tür standen. Er bat sie höflich herein und deutete auf die Stühle um den Esstisch, als er sagte: »Bitte, setzen Sie sich doch.«

Der Mann war etwa um die sechzig und wirkte angespannt.

»Was hat Sie hierher verschlagen?«, begann der Hauptkommissar das Gespräch freundlich.

»Sie meinen, mich als Schwaben?« Er grinste. »Die Liebe beziehungsweise die Liebe unserer Tochter. Marlene hat ins Badische eingeheiratet, wenn Sie so wollen. Als ich vor vier Jahren pensioniert wurde, da sind meine Frau und ich in ihre Nähe gezogen, sprich ins Nachbarhaus. Wir sehen täglich unsere Enkelkinder und genießen die letzten Jahre, die uns noch bleiben. Ruhe und Frieden weit weg vom Job.«

Die letzte Bemerkung bestätigte die unangenehme Vorahnung des Hauptkommissars.

»Sie haben uns nicht gefragt, warum wir hier sind«, sagte er deshalb. »Die meisten interessiert, weshalb die Kriminalpolizei bei ihnen auftaucht. Sie nicht?«

Schenk lachte auf. »Als wüsste ich nicht, warum Sie hier sind. Wirklich, halten Sie mich für dumm?« Die aufgesetzte Höflichkeit verschwand. Ihr Gegenüber blitzte sie wütend an. »Sie wollen mich in diesen Schlamassel mit hineinziehen, das wird Ihnen aber nicht gelingen. Ich weiß, was Sie vorhaben.«

»Was haben wir denn vor?«, reagierte Heerse vorsichtig.

»Ich soll den Schuster schlechtmachen, damit Sie gut dastehen.«

»Bitte was?«, stieß Heerse fassungslos hervor.

Schenk richtete sich auf seinem Stuhl auf und beugte sich kampfeslustig nach vorne. »Ich habe genug von diesem Scheiß. Heute Morgen stand der Schuster schon vor meiner Tür, persönlich. Hat mich vorgewarnt. Gesagt, dass Sie im Dreck wühlen und mich sozusagen als Schaufel benutzen wollen. Aber darauf lasse ich mich nicht ein. Ich will meine Ruhe, klären Sie das untereinander.«

»Schuster war hier, Ihr ehemaliger Kollege, der heutige …«

»Ja«, blökte Schenk, »welcher denn sonst? Und er war

nie mein Kollege, sondern mein Vorgesetzter, und genau genommen ist er das immer noch.«

»Wir sind nicht hier, um über Herrn Schuster zu sprechen, sondern über den Fall des Engelshenkers, Dieter Marbus.«

»Das ist doch dasselbe«, schnauzte Schenk. »Der Engelshenker und Schuster sind untrennbar miteinander verbunden. Ohne Schuster säße der Engelshenker nicht im Gefängnis und umgekehrt Schuster nicht auf seinem Posten. Ich werde Ihnen nichts weiter sagen.«

»Sollen wir Sie vorladen?«, blaffte Oberkommissar Müller.

»Bitte!«, erwiderte Schenk eisig, »Sie werden schon sehen, was Sie davon haben.«

»Was ist damals passiert?«, ließ Heerse nicht locker.

»Steht alles in den Akten.«

»Dann verraten Sie uns doch keine Geheimnisse, wenn Sie es mit eigenen Worten wiedergeben.«

Trotz seines anfänglichen Widerstandes betete Schenk die Abläufe herunter, genau so, wie es auch vor ihm Schusters ehemalige Kollegen getan hatten.

»Gab es sonst noch etwas?«, fasste der Hauptkommissar nach, obwohl er wusste, dass ihm Schenk nichts verraten würde.

Trotzdem war dessen Reaktion aufschlussreich. Er sah verlegen aus dem Fenster, während er beteuerte, dass das alles sei.

»Keine Fehler bei der Festnahme?«, bohrte Heerse weiter.

Schenk schüttelte den Kopf und knurrte. »Nein, natürlich nicht, alles korrekt.«

»Und die Befragung von Marbus verlief ohne Zwischenfall?«

Wieder folgte sofort eine genervte Bestätigung.

»Ungereimtheiten im Vorfeld? Vorfälle bei der Verhaftung?«, wagte Heerse einen Schuss ins Blaue und traf.

Zumindest ließ Schenks Miene darauf schließen. Sein Protest kam zwar, aber bis es so weit war, verstrich zu viel Zeit. Als er dann endlich sagte: »Alle haben angesichts der Umstände ihr Bestes gegeben, da lief nichts schief«, fehlte die Überzeugung in seinen Worten.

»Hat Ihnen Schuster gedroht?«, schlug der Hauptkommissar nun einen anderen Weg ein.

»Nein, hat er nicht, aber ich habe meinen Kollegen gegenüber eine Verpflichtung, und damit basta! Es ist besser, wenn Sie jetzt gehen!«

Plötzlich erschütterte ein Knall den Raum. Heerse hatte mit der Faust auf den Esszimmertisch geschlagen. Die Platte aus Eiche rustikal vibrierte und sowohl Müller als auch Schenk fuhren zusammen.

»Es reicht.« Der Hauptkommissar hatte die Stimme erhoben. »Sie sagen mir jetzt augenblicklich, was damals passiert ist, oder das Blut des nächsten Mordopfers klebt an Ihren Händen. Glauben Sie, nur Schuster kann Ihnen gefährlich werden? Ich schleife Sie vor den Richter und verspreche Ihnen, dass die Presse davon Wind bekommen wird. Wollen Sie der meistfotografierte Mann im badischen Raum sein?«

Müller blinzelte irritiert, wusste nicht, wie viel von Heerses Drohungen seiner Wut entsprangen oder einfach nur Taktik waren. Unvermittelt dachte er an eine Steinschleuder in der Hand des Hauptkommissars, die jetzt gerade auf Schuster senior gerichtet war, und hoffte, dass der erste Treffer sitzen würde.

Schenk sank in sich zusammen. »Ich habe nichts getan, niemand hat das, das war ja das Problem.«

* * *

Leonhard Schuster hatte wieder einmal Bürodienst. Eigentlich war Bernhard Schenk seine Spur gewesen, jedoch hatte der Besuch seines Vaters die Dinge verändert.

Es war nicht seine Art, sich anderen aufzudrängen oder mit Außenstehenden Privatangelegenheiten zu besprechen – aber das Verhalten seines Vaters hatte ihn quasi dazu gezwungen.

Leonhard erinnerte sich an den frühen Morgen, als er bei Hauptkommissar Heerse vor dem Haus gestanden und gezögert hatte zu klingeln. Plötzlich war die Tür aufgegangen und eine verschlafene Frau Anfang fünfzig hatte ihn überrascht angestarrt.

»Sie wollen sicher zu meinem Mann«, sagte sie dann freundlich, nachdem sie den ersten Schrecken überwunden hatte.

»Ja, Leonhard Schuster«, entgegnete er höflich und betrachtete die sympathische Ehefrau des Hauptkommissars. Für eine Sekunde hatte sie Melanie Winters Gesicht und er stellte sich vor, er wäre der glückliche Ehemann, der jetzt gerade am Frühstückstisch saß. Dann fiel ihm ein, dass er in der Konstellation sicher nicht über das Auftauchen eines jungen Kollegen begeistert wäre.

Leonhard schien einen entsprechend unsicheren Eindruck zu machen, denn Frau Heerse sagte schließlich: »Kommen Sie rein, er beißt nicht, auch nicht am frühen Morgen.« Sie machte eine einladende Bewegung, während sie die Tageszeitung aus dem Briefkasten zog, und fügte noch an: »Außerdem ist es verdammt kalt und bevor wir den Schwarzwald heizen, machen wir besser die Tür zu.«

Er folgte ihr in die Küche, wo sich Heerse gerade verzweifelt an einer Tüte Haferflocken zu schaffen machte. »Die verkaufen einen Mist«, meckerte er. »Angeblich wiederverschließbar, dabei zerreißt die Verpackung schon beim Öffnen.«

Petra unterließ es, ihren Mann darauf hinzuweisen, dass es da einen simplen Trick gab, sondern nahm ihm die Tüte aus der Hand und sagte gelassen: »Du hast Besuch.«

Während er ein überraschtes »Leonhard?« ausstieß, stellte sie dem unerwarteten Gast eine Tasse Kaffee hin und verließ den Raum.

»Es tut mir leid, dass ich einfach so hier aufkreuze«, begann der Kommissar das Gespräch.

»Kein Problem«, kam ihm Heerse sofort entgegen, dem natürlich klar war, dass sein Kollege einen triftigen Grund hatte, hier zu sein.

»Ich wollte mit dir reden, persönlich, aber weniger offiziell. Es geht um meinen Vater …«

Der Hauptkommissar nickte bedächtig, unterbrach sein Gegenüber jedoch nicht.

»Er war gestern Abend bei mir.« Leonhard errötete, kam sich wie ein Verräter vor und gab schließlich die Unterhaltung wieder, die sie geführt hatten. »Ich glaube, er wollte etwas über die Ermittlungen erfahren, und es würde mich nicht wundern, wenn er längst weiß, dass wir mit Bernhard Schenk sprechen möchten.« Leonhard hob den Kopf. »Ich habe es ihm nicht gesagt, der Name fiel nicht, aber ich glaube, er war nur da, um mich auszuhorchen.« Der Kommissar stöhnte. »Wenn ich mir selbst zuhöre, komme ich mir wie der schlechteste Sohn der Welt vor. Wir sind noch nie gut miteinander ausgekommen. Er mag mich nicht besonders, hält mich für einen Schwächling und jetzt habe ich ihn auch noch verraten.«

»Red keinen Unsinn«, polterte Heerse. »Verraten? Was soll das denn heißen? Dein Vater ist ein erwachsener Mann, selbst Polizist gewesen und seit über dreißig Jahren im Staatsdienst. Der weiß genau, wie es läuft.«

Er betrachtete Leonhard und zollte ihm Respekt dafür,

dass er loyal seinem Team gegenüber war. Außerdem ärgerte er sich über Schuster senior. Der hatte seinen Sohn in eine unmögliche Situation gebracht, etwas, das ein liebender Vater niemals tun würde. Mit ähnlichen Worten hatte er Leonhard dann auch versichert, dass er das Richtige getan hatte.

»Fühlt sich trotzdem scheiße an« war die ehrliche Antwort des Kommissars gewesen und dann hatte er flehend gefragt: »Ich werde doch jetzt nicht von dem Fall abgezogen?«

»Nein, nur bei dem Gespräch mit Schenk wirst du besser nicht dabei sein.«

Nun saß Schuster grübelnd im Büro und war gespannt, wie es laufen würde. Noch blieb ihm die Hoffnung, sich in seinem Vater getäuscht zu haben.

* * *

Etwa zur gleichen Zeit

Raphael hatte lange auf diesen Augenblick gewartet und eine der Regeln befolgt: »Wenn du Gottes Werk tun willst, dann brauchst du Geduld. Bist du geduldig, dann wird er dich dafür belohnen.« Und so war es auch. Er hatte sich diesen Satz gemerkt und beherzigt.

Heute war sie nicht zur Arbeit gegangen. Woher er das wusste? Er hatte sie gestern erneut im Einkaufszentrum beobachtet. Ihre Nase war vom vielen Schnäuzen gerötet gewesen und die Apotheke hatte sie mit einer großen Tüte verlassen. Mittlerweile kannte er ihren Namen. Ein weiterer Lohn für seine Geduld. Vor ein paar Tagen, er war nur wenige Schritte entfernt gewesen, da hatte sie jemand auf ihrem Nachhauseweg angesprochen. »Frau Weber, gut, dass ich Sie hier treffe.« Der Rest des Gesprächs war für ihn uninteressant gewesen und er konnte wieder unsichtbar werden, indem er in der Menschenmenge untergetaucht war.

Jetzt stand er vor der Eingangstür des Wohnblocks und drückte Lina Webers Klingel. Die Mütze hatte er tief ins Gesicht gezogen, eine mehrfarbige Jacke über der Kleidung und ein Paket unter dem Arm. Jeder würde ihn so für einen Boten halten, der etwas abliefern wollte.

Am Morgen hatte er noch von einer Telefonzelle aus in ihrem Büro angerufen. »Kann ich Frau Weber sprechen?«

»Tut mir leid, Frau Weber ist krank. Kann ich Ihnen weiterhelfen?«

»Nein, es eilt nicht, ich melde mich nächste Woche wieder.«

Seine Telefonpartnerin am anderen Ende der Leitung schien darüber erleichtert und würde den Anruf sicher sofort wieder vergessen, aber er hatte seine Auskunft.

Lina Weber war nicht misstrauisch, als er freundlich seinen vorbereiteten Text in die Gegensprechanlage sprach: »Paketdienst. Ich werde die Lieferung nach oben bringen. Der Karton ist ziemlich sperrig.« Ein erleichtertes »Vielen Dank« und das Summen des Türöffners machten ihm den Weg frei.

Niemand begegnete ihm im Treppenhaus. Lina stand eingewickelt in eine dicke Fleecejacke im Türrahmen. Über ihre zierlichen Füße hatte sie flauschige Socken mit aufgedruckten Einhörnern gezogen. Noch unschuldiger hätte sie in diesem Moment nicht aussehen können. Ohne Make-up und mit den offenen, über die Schultern fallenden Haaren wirkte sie fast kindlich.

Er hatte den richtigen Tag ausgewählt, um sie zu retten.

»Das ist aber groß«, sagte sie naiv, »von wem ist das

denn?« Offensichtlich schien Lina Weber es gewohnt zu sein, unerwartet Geschenke zu erhalten, jedenfalls wirkte sie keinen Augenblick lang skeptisch.

Gutes Mädchen, dachte er und tat so, als suchte er nach dem Absender. Im nächsten Moment überrumpelte er sie, drängte die junge Frau mit aller Kraft in die Wohnung, schloss die Tür hinter sich und ließ das Paket fallen.

Sie riss ihre schönen Augen auf. »Was wollen Sie?« Lina war entsetzt, und sich der Gefahr bewusst werdend, fiel ihr nur ein Mittel ein, sich zu verteidigen, nämlich laut um Hilfe zu schreien.

Er war sofort bei ihr und verpasste ihr mit der Faust einen Schlag ins Gesicht. Lina taumelte rückwärts, stürzte zu Boden und riss dabei den Kleiderständer um, der sowieso kaum das Gewicht der unzähligen Mäntel und Taschen tragen konnte. Es folgte ein kurzes Poltern, dann war es still.

Lina hatte sich beim Sturz den Kopf verletzt und lag nun regungslos da. Blut tropfte von ihrer aufgeplatzten Lippe. Er hätte es gerne abgeleckt, ihren Mund mit dem seinen berührt, aber er widerstand der Versuchung. Der Teufel spielte ihm einen Streich, lockte ihn, das würde er jedoch nicht zulassen, sondern seine Mission erfüllen und sie auf die Reise schicken.

Der Grundriss der Wohnung war unkompliziert. Vom Flur gingen drei Türen ab. Eine führte ins Schlafzimmer.

Noch bevor Lina Weber wieder zu sich kommen konnte, hatte er sie auf das breite Himmelbett gelegt. Ihr leises Stöhnen verriet ihm, dass es Zeit war, sie vorzubereiten. In dem Paket, das er zur Tarnung mitgebracht hatte, befand sich alles, was er dafür benötigte. Das Wichtigste jedoch war das Fläschchen Chloroform, das sie bewegungsunfähig machen würde. Schnell tränkte er ein Tuch mit der durchsichtigen Flüssigkeit und drückte es ihr auf Mund und Nase.

Ihr Körper krümmte sich, ein schwacher Versuch, sich zu wehren, dann verlor sie das Bewusstsein und fiel in eine tiefe Ohnmacht.

So jedoch konnte er sie nicht ziehen lassen. Die Fleecejacke und die Plüschsocken mit den Einhörnern waren unangemessen. Daher hatte er keine Wahl, er musste sie entkleiden. Am Ende zeigte sich dann doch wieder, wie nahe sie der Verderbtheit schon gekommen war. Als er sie nämlich aus dem ausgeleierten Jogginganzug schälte, entdeckte er darunter gewagte Spitzenunterwäsche.

Nur mit Slip und BH bekleidet lag sie schließlich auf dem weißen Laken. Das blonde Haar fiel ihr auf die milchig blassen Schultern, die langen dunklen Wimpern ihrer geschlossenen Augen berührten fast die Wangen, und ihr schlanker Körper ließ ihn eine zügellose Lust verspüren, gegen die er sich nur schwer widersetzen konnte. Für einige Sekunden stellte er sich vor, er würde sie sich einfach nehmen. Dann jedoch versagte er sich alle weiteren Gedanken dieser Art und konzentrierte sich auf das, was seine Aufgabe war.

Er griff nach dem Messer und trat neben das Bett. Er würde behutsam vorgehen, aber natürlich hatte die Erlösung ihren Preis, musste der Sünder geläutert, das Schlechte aus dem Menschen entfernt werden, damit er rein vor seinen Schöpfer treten und zum Engel erhoben werden konnte.

»Ich geleite dieses Kind auf die andere Seite«, sagte er, den Blick nach oben gerichtet, während das Messer in seiner Hand auf Lina Weber zielte. Im nächsten Augenblick sauste es nach unten. Die Klinge drang tief in ihren Brustkorb ein und er ging davon aus, dass sie tot sei. Wieder richtete er seine Worte an einen imaginären Zuhörer über sich: »Und jetzt werde ich sie Dir vollkommen rein übergeben.«

Seine behandschuhten Hände umschlossen nun ein

Skalpell, das feine Schnitte hinterlassen und nicht mit der zerstörerischen Kraft eines breiten Messers ihre Schönheit ruinieren würde. Ohne auch nur das leichteste Zittern seiner Finger setzte er das chirurgische Instrument in der Achselhöhle der Frau an und ließ die Spitze in der Haut verschwinden. Dann zog er es herunter bis zur Hüfte, so als würde er einen Reißverschluss aufziehen.

Sofort strömte Linas Blut auf das Laken und verfärbte es rot.

Die gleiche Prozedur wiederholte er auf der anderen Seite. Fasziniert beobachtete er, wie die Körperflüssigkeit der jungen Frau austrat, aber noch war er nicht zufrieden. Ein weiterer Schnitt war notwendig, einer, der von der Achselhöhle bis zum Handgelenk verlaufen sollte. Als er das Messer dieses Mal ansetzte, zitterten die langen Wimpern und fast sah es so aus, als wollte sie die Augen aufschlagen. Schnell bewegte er die Klinge und beobachtete dabei genau ihr Gesicht. Ein weiteres Flackern der Lider blieb aus, dieses Mal war es endgültig vorbei.

Ihm schien es, als würde nun alles Blut aus dem Körper fließen, so wie er es geplant hatte. Der Geruch war überwältigend und ihn überkam eine starke Erinnerung, eine, die er nie hatte vergessen wollen und die ihm nun, erneut heraufbeschworen, das Gefühl gab, mit göttlicher Macht ausgestattet zu sein.

Das Blut hatte das Laken in ein dunkles Rot gefärbt, mittlerweile sogar die Matratze durchnässt und die weiße Haut der Toten befleckt.

»Jetzt bist du bereit für die letzte Reise, und ich werde dir dafür deine Flügel geben.«

* * *

Zur gleichen Zeit in Leiberstung

Bernhard Schenk saß am Tisch wie das sprichwörtliche Häufchen Elend.

»Sie sagten gerade, niemand hat etwas getan, und das wäre das Problem gewesen. Also raus damit«, blieb Heerse unnachgiebig.

Schenk kaute auf seiner Unterlippe, schien mit sich zu ringen, und kurz sah es tatsächlich so aus, als würde er sich nicht einschüchtern lassen und weiter schweigen. Aber dann dachte er offensichtlich an seine Familie, seine Enkel und an das, was Heerse ihm angedroht hatte. Er wollte nicht in den Fokus der Presse geraten. In seinem Kopf arbeitete es. Schuster senior war einflussreich, aber nicht unantastbar. Was könnte der ihm tatsächlich antun, außer die Freundschaft aufzukündigen, die sowieso nie bestanden hatte? Genau genommen hatten ihn die anderen doch nie für ein vollwertiges Teammitglied gehalten. Er war kein Polizist, nur die Schreibkraft, was schuldete er denen also? Außerdem konnte er seine Hände in Unschuld waschen, ihm hatte man die Dinge aufgetragen, er war keiner der Entscheider gewesen. Sein Blick wanderte zum Hauptkommissar. Dieser Heerse hingegen lebte nur wenige Kilometer entfernt von ihm und wirkte entschlossen. Sein Wohlwollen war im Moment definitiv wichtiger.

»Wenn ich es Ihnen sage, versprechen Sie dann, mich rauszuhalten?«, fragte er gefasst.

Heerse wusste, dass er seine Aussage bekommen würde, machte zwar keine Versprechungen, antwortete jedoch: »Ich habe kein Interesse daran, Ihnen das Leben schwer zu machen. Ich kläre Mordfälle auf. Also falls ich es mit meinem Gewissen und dem Gesetz vereinbaren kann, wird Ihr Name nirgendwo auftauchen.«

»Das muss mir dann wohl genügen«, entgegnete Bernhard Schenk und sagte nach einer Pause, die er offensichtlich brauchte, um sich zu sammeln: »Es gab einen Tipp.«

»Einen Tipp?«

»Ja, nach dem vierten Mord.«

»Dem an Felix Schwarz' Mutter«, murmelte Müller im Hintergrund.

»Ja, genau«, reagierte Bernhard Schenk. »Die war das erste Opfer in dem Jahr.«

»Was für ein Tipp war das?«, hakte Heerse interessiert nach.

»Ein Anruf, eine verstellte Stimme, die sagte: ›Es war der Eisverkäufer.‹ Sonst nichts.«

»Und wurde der Mann daraufhin überprüft?«

Schenk zögerte, dachte an das, was sich vor dreiundzwanzig Jahren abgespielt hatte, und unternahm einen Erklärungsversuch. »Welcher Mann? Damals wussten wir doch überhaupt noch nichts von Marbus' Existenz. Das waren andere Zeiten. Wir waren nicht so ausgerüstet wie heute. Die Kriminaltechnik brauchte viel länger, um Spuren auszuwerten, alles dauerte länger. Wir haben Informationen noch gefaxt.«

»Ein Tipp ist ein Tipp. Entweder man geht ihm nach oder nicht, also?«, forderte der Hauptkommissar sein Gegenüber auf, endlich zu reden.

»Wir erhielten jeden Tag Hunderte dieser Tipps: Es war mein Nachbar, der Gärtner, der Müllmann, der Klavierlehrer meiner Tochter. Viele davon anonym. Schuster war noch nicht lange im Team, aber er war gut, hatte neue Ideen, der Chef mochte ihn und übertrug ihm viel Verantwortung, auch die Auswertung der Anrufe.« Er zögerte.

»Und dann?«

»Ich führte eine Liste über die anonymen Hinweise und ging sie für gewöhnlich mit Schuster durch. An dem Tag waren noch zwei seiner Kollegen dabei. Im Normalfall las ich ihm vor, was der Anrufer gesagt hatte. Zum Beispiel: ›Es war der Direktor des Gymnasiums.‹ Und Schuster sagte dann zum Beispiel ›Überprüfen‹ oder ›Ins Klo damit‹.« Noch bevor Heerse etwas erwidern konnte, beeilte sich Schenk zu sagen: »Natürlich sind wir Hinweisen nachgegangen, vor allem denen, die jemand persönlich geliefert hat. Wenn eine Ehefrau bei uns angerufen, ihren Namen und eine Nummer hinterlassen hat, haben wir mit ihr geredet und gegebenenfalls den Ehemann überprüft. Wäre jemand vorbeigekommen und hätte Dieter Marbus beschuldigt, dann wäre das etwas anderes gewesen, aber so ... Vielleicht hätte es auch geholfen, wenn der Anrufer gesagt hätte: ›Der Eisverkäufer, der jeden Tag in der Nähe des Kinderspielplatzes im Park steht‹, aber das hat man uns nicht mitgeteilt. Wir wussten nichts von einem Park mit einem Eisverkäufer. Abgesehen davon hatte Marbus für diverse Örtlichkeiten Verkaufslizenzen. Er stand vor Schwimmbädern, auf Firmenparkplätzen, bei Schulen und so weiter. Der Täter wurde außerdem in einem ganz anderen Umfeld gesucht. Selbst wenn wir recherchiert hätten, wären uns nur die Eisdielen in den Sinn gekommen, niemand hätte an einen Eiswagen gedacht. Wir wären, auch wenn wir dem Tipp nachgegangen wären, nie auf Marbus gestoßen.«

»Das weiß man nicht«, sagte Heerse wertfrei.

»Hätten Sie diesen anonymen Hinweis verfolgt?«, fragte Schenk nun gereizt.

Heerse schwieg und der andere fuhr fort, als hätte er eine Bestätigung erhalten. »Sehen Sie, das kann uns doch keiner vorwerfen.«

»Das nicht, aber nach Abschluss des Falls wäre es notwendig gewesen, das zu überprüfen. Vielleicht hatte Marbus einen Komplizen, der ihn verraten wollte. Wir haben uns immer über die lange Zeitspanne gewundert, die zwischen den Morden verstrich, womöglich gab es weitere

Opfer von Marbus, von denen uns ein Komplize hätte erzählen können. In den Akten steht aber nichts, was bedeutet, dass man das nach Marbus' Verhaftung unter den Teppich gekehrt hat. Warum?«

Jetzt sah Bernhard Schenk wieder betreten zu Boden und murmelte undeutlich: »Na, weil Schuster sauber dastehen wollte. Die alle. Niemand hätte wissen können, dass der Tipp ernst gemeint war, aber das wäre der Öffentlichkeit doch egal gewesen. Man hätte behauptet, wir wären schlampig gewesen und deshalb schuld am Zustand von Nina Richter, der man die Arme abgetrennt hat. Wenn jemand von diesem Tipp erfahren hätte, was denken Sie, was das für ein Aufruhr gewesen wäre? Und eines ist ja wohl klar, in so einem Fall rollen Köpfe. Deshalb haben alle geschwiegen.« Er atmete durch und sah beinahe flehentlich zu Heerse, so als wollte er von dem Absolution, bevor er sagte: »Glauben Sie wirklich, wir hätten diesen anonymen Anrufer jemals gefunden?«

»Sie hätten es versuchen müssen, anstatt die Angelegenheit zu vertuschen. Gut möglich, dass nichts dabei herausgekommen wäre, aber auch möglich, dass Clara Calliditas, Angelika Trochner und Xenia Klein noch leben würden, wenn man damals gründlich gearbeitet hätte.«

»Das ist Ihre Meinung?«, reagierte Schenk geschockt.

»Diese Information wäre auch für unsere Ermittlungen hilfreich gewesen«, gab ihm der Hauptkommissar Antwort.

»Es war nur ein anonymer Tipp und Sie tun so, als hätten wir einen Pakt mit dem Teufel geschlossen. Wobei ...« Er zögerte, sprach dann aber doch weiter: »Der Kerl war wirklich der leibhaftige Teufel.«

»Wer?«

»Na, Marbus, Sie hätten ihn sehen sollen, als er gebracht wurde. Eiskalt, nicht einen Augenblick unsicher, wollte keinen Anwalt und berichtete von seinen Taten ohne Scham oder Reue.«

»An was können Sie sich noch erinnern?«, griff Heerse das Thema auf.

»Wie er den Schuster bequatscht hat, als der ihn in die Zelle brachte. Das war richtig unheimlich.«

»Können Sie noch etwas davon wiedergeben?«

Schenk überlegte. »Klar, so was vergisst man nicht. Ich dachte noch, das ist fast so, als würde der Marbus den Schuster kennen. Und da sagt der Kerl doch glatt: ›Du weißt, dass ich dich kenne. Ich kann bis auf den Grund deiner Seele blicken.‹«

»Noch was?«, fasste Heerse sofort gespannt nach.

»Der Marbus hat ihm ins Ohr geflüstert und Schuster wurde ganz bleich, verschwand kurz darauf im Waschraum. Keine Ahnung, um was es ging, aber sicher war es nichts Angenehmes, vermutlich eine Drohung oder Beschimpfung.«

»Hat Marbus zu irgendeinem Zeitpunkt erwähnt, dass es jemanden gibt, der sein Werk vollenden wird, irgendetwas in der Art?«

»Nicht dass ich wüsste, aber die haben mir auch nicht alles erzählt und das meiste erfuhr ich erst beim Abtippen der Protokolle.«

* * *

»Was jetzt?«, fragte Müller, ohne lange um den heißen Brei herumzureden, als er und Heerse wieder im Dienstwagen saßen.

»Nachdenken«, gab ihm Heerse knapp Antwort.

»Was gibt es da denn nachzudenken?«, brauste Müller auf. »Leonhards Vater behindert unsere Ermittlungen und hat außerdem in der Vergangenheit Mist gebaut. Willst du ihn etwa damit davonkommen lassen? Und überhaupt, was machen wir mit unserem neuen Kollegen? Können wir dem denn noch trauen?«

»Deine letzte Frage beantworte ich mit Ja. Leonhard hat mich vorgewarnt.« Heerse erzählte Müller von seinem Gespräch mit dem jungen Kommissar am Morgen.

»Warum hast du mir das nicht gesagt?«

»Weil ich jemanden dabeihaben wollte, der unbefangen ist. Außerdem war es nur eine Vermutung von Leonhard. Wir wussten nicht, ob sein Vater wirklich ein falsches Spiel spielt.«

»Na, jetzt wissen wir es«, erwiderte Müller gereizt. »Wir sollten ihn melden. Er wird bald wissen, dass Bernhard Schenk nicht dichtgehalten hat.«

»Ja«, sagte Heerse gelassen, »und er wird erwarten, dass wir reagieren.«

»Aber das tun wir nicht, oder?«, hakte der Oberkommissar nach.

Heerse drehte sich zu Müller, während der den Wagen Richtung Baden-Baden lenkte. »Wir warten ab, soll Schuster senior ein wenig schmoren.«

»Denkst du wirklich, dass man die jetzigen Morde hätte verhindern können, wenn die vor dreiundzwanzig Jahren diesem Tipp nachgegangen wären?«

Der Hauptkommissar rieb sich das Kinn. »Ich könnte mir vorstellen, dass der Tipp tatsächlich ernst gemeint war und es damals jemanden gab, der Bescheid wusste. Fragt sich nur, wer das war. Womöglich eine Person, die zufällig etwas beobachtet hat, aber keinesfalls mit der Polizei in Kontakt treten wollte, allerdings vom schlechten Gewissen geplagt nicht schweigen konnte.«

»Der Klassiker«, reagierte Müller prompt, »Einbrecher beobachtet Mörder.«

»So was in der Art, oder wir haben es mit einem Mittäter

zu tun. Vermutlich hätten die den Anrufer niemals gefunden, aber eine Notiz darüber in den Akten wäre für uns hilfreich gewesen. Dieses Arschloch«, entfuhr es dem Hauptkommissar und es war klar, dass er damit Schuster senior meinte. »Warum hat er es mir nicht einfach gesagt? Warum ruft mich der Mann nicht an, gibt sein gönnerhaftes ›Mein lieber Heerse‹ von sich und sagt dann: ›Es gab einen Tipp, womöglich ein Komplize, behandeln Sie das aber bitte vertraulich.‹ Anstatt allen die Anweisung zu geben, unkooperativ zu sein. Hält der uns für Trottel? War doch klar, dass wir dann erst recht hellhörig werden. Was uns das wieder an Zeit gekostet hat.« Es folgte ein erneutes herzhaftes »Arschloch« und dann ein Durchatmen. »Ich werde mir Herrn Schuster noch zur Brust nehmen, aber alles zum richtigen Zeitpunkt.«

»Und was ist mit der Geschichte von Marbus' Verhaftung? Beunruhigt dich nicht, dass Bernhard Schenk den Eindruck hatte, der Engelshenker und Schuster senior würden sich kennen? Marbus hat Schuster sogar etwas zugeflüstert.«

»Wir dürfen aber nicht vergessen, dass Marbus mit den Menschen spielt, allerdings sind Schenks Beobachtungen durchaus beunruhigend. Deshalb wirst du auch versuchen mehr über Leonhards Vater zu erfahren, und zwar, ohne dass jemand Wind davon bekommt.«

Müller seufzte. »Da werde ich wohl einige Gefallen einfordern müssen.«

* * *

Leonhard hörte geschockt den Bericht der Kollegen und schämte sich für seinen Vater.

»Wäre mir lieb, wenn du momentan keinen Kontakt zu deinem alten Herrn pflegst, ich will nicht, dass du zwischen die Fronten gerätst«, mahnte Heerse seinen Mitarbeiter.

»Keine Sorge, ich bin sowieso nicht besonders erpicht darauf, mit ihm Zeit zu verbringen, und umgekehrt gilt das normalerweise auch.«

Müllers unerschütterlicher Sinn fürs Pragmatische ließ ihn sagen: »Eigene Kinder bekommen und es besser machen, mehr kann man da nicht tun.«

Heerse sah dem jungen Kollegen an, dass ihm der Rat nicht wirklich half, und fügte deshalb an: »Wird sich bald alles klären.«

Das Stichwort nahm der junge Kommissar sofort auf und informierte die Beamten über neue Ergebnisse: »Die entlassenen Häftlinge kommen als Täter nicht infrage. Wir haben das überprüft. Die haben Alibis, das war eine Sackgasse.«

»Verdammt«, fluchte Heerse laut und Müller erinnerte sich nicht daran, wann sein Chef das letzte Mal in so einer Stimmung war.

»Vielleicht doch die andere Option«, schlug Müller deshalb vor. »Raphael ist jemand, den Marbus noch aus der Zeit vor seiner Haftstrafe kennt.«

»Oder er kennt ihn doch aus dem Gefängnis, es handelt sich aber nicht um einen Insassen«, sagte Leonhard spontan und wurde sich erst im Nachhinein bewusst, dass er gerade einen Geistesblitz gehabt hatte.

Heerse ließ sich erschöpft auf einen Stuhl fallen. »Da hätten wir schon eher dran denken müssen, Leonhard hat recht. Niemand außer dem Gefängnispersonal hatte in den letzten Jahren regelmäßig Kontakt mit Marbus.«

»Ich kann mir Seebacher einfach nicht als Serienkiller vorstellen, der Mann machte doch einen vernünftigen Eindruck.«

Heerses hochgezogene Augenbrauen ließen Müller

sagen: »Ich weiß schon, man sieht es ihnen nicht an. Überprüfen?«

»Ja, alle, die mit Marbus zu tun hatten und haben. Gefängnisarzt, Pfarrer, Angestellte, auch den Direktor.«

»Das wird Ärger geben«, warf Leonhard ein.

»Zumindest kann uns dann keiner vorwerfen, dass wir nicht gründlich sind.«

KAPITEL ELF

Am nächsten Tag

Die Nachricht, dass man Felix Schwarz erneut eine Engelkarte zugesteckt hatte, erreichte Heerse, als er gerade mit Leonhard Schuster den neusten Eintrag in Melanie Winters Internetblog las:

Ich bin mir sicher, dass es weitere Morde geben wird, stand da. *Er wird erst aufhören, wenn man ihn fasst, genauso wie damals der Engelshenker, der Mörder meiner Mutter. Es wird sich noch zeigen, ob es Raphael gelingt, die Polizei weiterhin zum Narren zu halten. Ist er wirklich genauso schlau wie der Engelshenker?*

Heerse reagierte verärgert: »Die junge Dame hat es wohl immer noch nicht verstanden. Warum kreuzt sie überhaupt hier auf und entschuldigt sich?«

»Vermutlich hat Bernd Lauer ...«, wollte Leonhard die Frau verteidigen, aber Heerse unterbrach ihn.

»Verschone mich damit. Wer auch immer von den

beiden das veröffentlicht hat, tut uns keinen Gefallen, außerdem ist es gefährlich.«

»Wie meinst du das?«, fragte der Jüngere verunsichert.

Der Hauptkommissar stieß geräuschvoll die Luft aus. »Solche Artikel können einen Mörder provozieren. Niemand weiß, wie er darauf reagiert, wenn er das mitbekommt. Letzten Endes stellt Melanie Winter seine Intelligenz infrage, das könnte eine Reaktion zur Folge haben.« Noch einmal las Heerse den Text. »Das gefällt mir nicht, nimm mit den beiden Kontakt auf und empfehle ihnen dringend, diesen Quatsch zu löschen. Weise sie ausdrücklich auf die Gefahr hin.«

Noch bevor Leonhard darauf etwas erwidern konnte, wurden sie vom Klingeln des Telefons unterbrochen.

»Ein Anruf von Felix Schwarz. Er hat eine weitere dieser Engelkarten gefunden. Sie steckte unter dem Scheibenwischer an seiner Windschutzscheibe«, teilte ihnen Oberkommissar Müller mit.

Die Kriminaltechniker machten sich auf den Weg zu Schwarz' Fahrzeug in Karlsruhe, während Heerse und ein Team mit lauten Sirenen nach Pforzheim fuhren. Felix Schwarz hatte nämlich auf der blutbefleckten Engelkarte eine Notiz entdeckt. Dort stand mit der Schreibmaschine geschrieben der Name *Lina Weber* und eine Adresse in Pforzheim.

»Wer ist Lina Weber?«, fragte Müller laut, während er auf die linke Spur wechselte.

Noch bevor Heerse ihm antworten konnte, erhielten sie über Funk die Nachricht, dass die Pforzheimer Kollegen besagte Adresse erreicht und in der Wohnung von Lina Weber eine Leiche gefunden hatten.

Danach fühlte es sich an, als würde man das Fahrzeug der Beamten absichtlich ausbremsen. Kleine Staus behinderten ihr Vorankommen, genauso wie das waghalsige

Überholmanöver eines LKW-Fahrers oder das Fehlen einer Rettungsgasse, wenn der Verkehr ins Stocken kam.

Als sie ihren Zielort endlich erreichten, waren bereits Absperrungen errichtet worden und Anwohner drängten sich besorgt in Richtung der Beamten, um mehr zu erfahren.

Neugierig beäugten sie, wie sich nun zwei Männer näherten, die sofort durchgewunken wurden. Offensichtlich hatte man auf die beiden gewartet.

»Die sind schon alle oben«, informierte ein Streifenbeamter die Kollegen aus Baden-Baden und warf ihnen einen bedauernden Blick zu. Ganz offensichtlich hatte der Mann gesehen, was »oben« passiert war. Mit belegter Stimme fügte er nämlich noch an: »Furchtbare Geschichte.«

Der im Flur liegende Kleiderständer kündigte an, dass hier ein Kampf stattgefunden hatte, aber trotzdem waren sie auf das, was sie im Schlafzimmer erwartete, nicht vorbereitet.

Die Leiche einer jungen Frau lag auf dem Bett. Die Arme waren seitlich ausgestreckt, die langen schlanken Beine gerade ausgerichtet und leicht übereinandergeschlagen. Eine Pose, die man aus zahlreichen Zeitschriften kannte und die meistens gewählt wurde, um eine schöne Frau für irgendein Produkt werben zu lassen. Auch die Tote war eine schöne Frau gewesen. Das konnte man immer noch erkennen. Das blonde Haar hatte man ihr sorgfältig über die Schultern gelegt, als hätte man sie tatsächlich für ein Foto zurechtgemacht. Aber das alles täuschte nicht über die Grausamkeit hinweg, mit der dieser Mord begangen worden war. Mit allen Sinnen spürte Heerse die Gewalt: Er roch das Eisen des ausgetretenen Blutes, fühlte, wie ihn eine Gänsehaut überkam, hörte die monotone Stimme des Gerichtsmediziners, der seine erste Einschätzung gab, und sah die Tote, die den Eindruck erweckte, sie würde auf einem roten See treiben, dabei lag sie in ihrem eigenen Blut.

»Er wollte, dass wir sie schnell finden«, sagte Müller leise.

»Sie ist jedenfalls noch nicht lange tot, einen Tag höchstens«, stimmte ihm der Gerichtsmediziner zu.

Heerse trat einen Schritt näher und betrachtete die Leiche. Er sah die vielen Wunden. Lange, tiefe Schnitte entlang der Unterseite der Arme, abwärts laufend von den Achselhöhlen zur Hüfte, und ein Einstich im Brustkorb. Irgendetwas störte ihn, gab ihm das Gefühl, dass die Proportionen der Frau nicht stimmten. Sein Blick fiel erneut auf die ausgestreckten Arme. Sie wirkten ungleichmäßig, an manchen Stellen unnatürlich dick, und dann wusste er, was hier wirklich passiert war.

Die Stimme des Gerichtsmediziners drang an Heerses Ohr, der ihm seine Gedanken bestätigte: »Federn«, sagte der geschäftsmäßig und im nächsten Augenblick zog er auch schon mit einer Pinzette eine graue Vogelfeder aus der Schnittwunde. »Er hat ihr die Arme damit ausgestopft.«

Heerse hörte sich selbst ausatmen und plötzlich hatte er das Bedürfnis nach frischer Luft, sehnte sich nach Wind und Regen, der ihm ins Gesicht klatschte und all das Schreckliche, das er wieder einmal sehen musste, abspülen würde.

Aber noch bevor er auch nur daran denken konnte, die überhitzte Wohnung der Toten zu verlassen, bemerkte der Gerichtsmediziner noch etwas anderes. Er hatte den Mund der Ermordeten vorsichtig geöffnet und sagte jetzt: »Der Täter hat uns noch mehr hinterlassen.«

Heerse hätte am liebsten ein Fenster geöffnet, so sehr überkam ihn der Wunsch nach frischer Luft.

Wieder setzte der Mediziner die Pinzette an.

»Eine Engelkarte?«, fragte Müller, der einfach hoffte,

ihnen würden weitere Schrecken erspart bleiben, aber das sollte nicht der Fall sein.

»Nein«, antwortete der Arzt gedehnt, »das sieht mir nach einem Stück Fleisch aus.«

Einer der Pforzheimer Kollegen stolperte bei dieser Information schnell aus dem Raum, vermutlich um sich nicht übergeben zu müssen.

»Von der Toten?«, hakte Heerse schnell nach, der gerade eine unangenehme Vorahnung hatte.

»Schwer zu sagen, das Labor wird Aufschluss geben.«

Heerse nickte und sagte tonlos: »Falls es nicht von ihr ist, sollen die als Erstes überprüfen, ob das Stück Fleisch von Josef Ertach, dem Pfarrer, stammt.«

* * *

Die Bestätigung kam schnell. Das Stück Fleisch, das man im Mund von Lina Weber gefunden hatte, stammte von Pfarrer Ertach.

»Dafür hat er es also gebraucht, das Fleisch eines Priesters, stellvertretend als Leib Christi«, sagte Heerse gerade, als er den Bericht las. »›Das ist mein Leib und das ist mein Blut.‹ Die heilige Kommunion.«

Müller entgegnete daraufhin angewidert: »Er benutzt das Fleisch eines Pfarrers, um den Leib Christi zu simulieren, wäre eine Hostie nicht genug gewesen?«

»Er will dem Engelshenker vielleicht in nichts nachstehen, deshalb die Theatralik«, überlegte Heerse laut. »Obwohl er seine Opfer zu Engeln macht, geht er dabei genauso brutal vor wie Marbus seinerzeit.«

»Und er muss sich vorbereitet haben«, warf Schuster ein. »Die Gerichtsmedizin hat in den Schnittverletzungen der Arme mehr als fünfzig Vogelfedern gefunden. Die muss er gesammelt haben. Laut Labor stammen sie von verschiedenen Tieren und verschiedenen Arten: Tauben, Raben, Amseln, Enten, sogar eine Schwanenfeder war dabei. Diesen Mord hat er geplant, genau wie die anderen, wer weiß, wie lange schon?«

»Und vor allem, wer weiß, was er noch vorhat? Womöglich ist das nächste Opfer bereits ausgewählt.«

»Was wissen wir über Lina Weber?«, fragte der Hauptkommissar. »Irgendwelche Verbindungen zu Doktor Calliditas, Angelika Trochner oder Xenia Klein?«

»Die Pforzheimer Kollegen sind da dran, viel haben wir noch nicht. Aber dass sie mit Prostitution zu tun hatte, können wir definitiv ausschließen. Sie war krankgemeldet, deshalb wunderte sich niemand, dass sie einen Tag später auch nicht zur Arbeit kam. Ihre Freunde und Angehörigen nahmen an, sie würde sich ausruhen und wäre deshalb offline. Auf den ersten Blick nichts Ungewöhnliches.«

»Vermutlich werden wir auch nichts finden, was uns weiterhilft«, antwortete Heerse müde.

»Aber es muss doch einen Grund geben, warum er sie ermordet hat«, überlegte Müller.

»Sicher. Doktor Calliditas und Angelika Trochner hat er, wie es aussieht, aus Rache umgebracht. Entweder weil sie Marbus zu positiv bewertet haben, das würde für den wütenden Angehörigen eines Opfers sprechen, oder weil Marbus von ihnen als geisteskrank bezeichnet wurde, das wiederum könnte auf einen Fan hindeuten. Aber die Prostituierte Xenia Klein und das jüngste Opfer, die hat er aus anderen Gründen ausgewählt.«

»Und aus welchen?«, hakte Leonhard nach.

»Rettung, Heilung. Zumindest gehe ich davon aus, dass unser Täter der Meinung war, die Frauen auf seine kranke, bestialische Weise retten zu müssen. Lest den Spruch auf der Engelkarte, die er an Felix Schwarz' Windschutzscheibe gesteckt hat: ›Rette dich, entsage der Sünde und werde wie die Engel.‹ Da er Lina Webers Blut darauf zurückgelassen hat, denke ich, die Botschaft ist deutlich.«

* * *

Befragung von Felix Schwarz im Dienstgebäude der Kriminalpolizei Baden-Baden

»Ich hatte nur schnell etwas in der Bibliothek abgeholt, da stelle ich den Wagen immer auf diesem Parkplatz ab«, sagte Felix Schwarz aus. Sein Blick wanderte zu Heerse. »Warum erhalte ich diese Nachrichten?«, fragte er ungehalten. »Was habe ich denn damit zu tun?«

»Jetzt beruhigen Sie sich«, redete Oberkommissar Müller auf den Mann ein.

»Sie sagen mir, ich soll mich beruhigen, aber ich werde von einem Mörder verfolgt, mir lauert man auf, nicht Ihnen. Wie soll man da ruhig bleiben?«

»Und Sie haben niemanden gesehen?«, ging Heerse dazwischen.

»Nein, natürlich nicht, sonst würde ich es Ihnen doch sagen.«

»Wie lange war das Fahrzeug unbeaufsichtigt?«

»Höchstens zehn, fünfzehn Minuten«

»Der Parkplatz hat keine Überwachungskamera, weil das eigentlich auch gar kein öffentlicher Parkplatz ist«, klärte Müller den Zeugen auf.

»Ja«, reagierte der kleinlaut, »aber bisher hat sich noch niemand beschwert und wissen Sie, wie hoch die Tiefgaragengebühren sind?«

Heerse hatte genug gehört. »Ich würde Ihnen dringend empfehlen, in der nächsten Zeit einsame Ecken zu meiden. Parken Sie in Parkhäusern mit Überwachungssystemen und schließen Sie Ihr Haus ab. Gehen Sie keine Risiken ein. Ich versuche, einen Beamten für Sie abzustellen.«

Felix Schwarz schien sich zu beruhigen. »Nein, das wird nicht nötig sein. Ich kann auf mich aufpassen. Außerdem wird er mir das nächste Mal sicher auf eine andere Weise die Nachricht zukommen lassen, da nützt Ihre Überwachung auch nichts. Tut mir leid, dass ich ausgeflippt bin, aber es gefällt mir nicht, irgendjemandes Bote zu sein.« Er seufzte. »Allerdings immer noch besser als sein Opfer.«

»Bitte seien Sie vorsichtig und halten Sie sich von einsamen Gegenden fern«, ermahnte ihn Heerse noch einmal, bevor sich die Männer verabschiedeten.

»Dieser Raphael ist geschickt«, griff Müller das Thema auf, als sie allein waren, »erst den Briefkasten, dann die Windschutzscheibe, was lässt er sich wohl als Nächstes einfallen?«

»Ich hoffe, uns fällt vorher etwas ein und wir beenden diesen Spuk«, antwortete ihm Heerse grimmig.

* * *

Etwa zur gleichen Zeit

Melanie war nervös, nachdem sie von Leonhard Schuster über Bernds jüngste Aktionen unterrichtet worden war. Wieder einmal hatte ihr Freund hinter ihrem Rücken etwas im Internet veröffentlicht und wieder hatte das unangenehme Folgen. Wie konnte sich Bernd nur in ihrem Namen über Raphael äußern?

Der nette Kommissar hatte ihr noch etwas anderes gesagt, nämlich dass sie dadurch in Gefahr sein könnte. Verstand Bernd denn überhaupt nicht, wie sie sich fühlte, wie ihr die eigene Vergangenheit zu schaffen machte? Nicht das erste Mal in den letzten Wochen fragte sie sich, was sie eigentlich über Bernd wusste. Vielleicht wurde es Zeit, mehr herauszufinden.

Melanie war kein misstrauischer Typ, was gelegentlich vielleicht besser gewesen wäre. Sie gehörte nicht zu den Frauen, die ständig die Handys ihrer Partner kontrollierten oder nach Lippenstiftspuren am Hemdkragen Ausschau hielten. Heute jedoch fühlte sie sich so in die Enge gedrängt, dass sie alle guten Vorsätze über Bord warf und anfing Bernds Sachen zu durchsuchen. In einer seiner Jackentaschen fand sie einen blassgelben Umschlag. Ihr Herz klopfte, als sie ihn herauszog und das Bündel Geldscheine darin entdeckte. Was hatte das zu bedeuten? Heutzutage steckte hinter einer größeren Menge Bargeld meistens etwas Illegales. Sie nahm die Scheine vorsichtig in die Hand, eine Visitenkarte flatterte zu Boden. Irritiert las sie den aufgedruckten Namen »Prauer«, auf der Rückseite stand handschriftlich: *Nicht alles auf einmal ausgeben! Mutter*

Nun war Melanie erst recht überzeugt, das Richtige zu tun. In Windeseile durchkämmte sie Bernds Kleidung. Sie fand noch einen weiteren blassgelben Umschlag zerknüllt in einer Hosentasche, Geld befand sich nicht mehr darin, aber die gleiche Visitenkarte mit der gleichen handschriftlichen Notiz.

Unter anderen Umständen hätte sie den kleinen Karton, ganz oben im Schrankfach, hinter seinen Skipullovern gar nicht bemerkt, aber mit dem Gefühl, bislang um die Wahrheit betrogen worden zu sein, arbeiteten ihre Augen mit der Präzision eines Scanners. Sie musste die Leiter holen, um an den Karton zu gelangen.

Wenig später saß sie mit entsetztem Gesicht auf dem Bett und studierte dessen Inhalt. Als sie fertig war, beeilte sie sich, die Kiste wieder im Schrank zu verstauen. Dabei zitterten ihre Hände, als würde sie etwas sehr Gefährliches tragen. Erst als alles wieder an seinem Platz war, gelang es ihr, ruhig zu atmen. Einem ersten Impuls folgend wollte sie die Polizei verständigen, aber was, wenn sie sich irren sollte?

* * *

Die umfangreichen Recherchen der nächsten Tage bescherten den Beamten neue Informationen, die jedoch die Lösung des Falles nicht näher brachten.

Die diskrete Überprüfung von Leonhard Schusters Vater hatte zumindest ergeben, dass dieser gelegentlich in Pforzheim unterwegs war, dort gewöhnlich ein angesagtes Sterne-Lokal besuchte und zumindest in der Zeit vor Weihnachten seine Frau in eines der Einkaufscenter dort begleitete. Außerdem galt es als offenes Geheimnis, dass die Ehe der Schusters alles andere als glücklich war und man die Ehefrau für leicht durchgeknallt hielt.

»Möglich, dass er Kontakt zu Prostituierten hat, aber falls ja, ist er sehr vorsichtig«, beendete Müller seinen Bericht, den er Heerse in einem Vieraugengespräch mitteilte. »Ich habe einen Kumpel bei der Kripo in Stuttgart, der hat mir das erzählt. Mein Freund meinte jedoch auch, dass Schuster nicht zartbesaitet ist, wenn es darum geht, sich unliebsame Kollegen vom Hals zu schaffen. Sein Rat lautete: ›Grab nicht tiefer, der Schuster hat überall Leute, die ihm das zutragen würden.‹«

Heerse schnalzte genervt mit der Zunge. »Und da heißt es immer, die Krimiautoren würden übertreiben, dabei ist das reale Leben noch viel übler als deren Fantasie.« Der Hauptkommissar überlegte einen Augenblick und sagte dann: »Ich werde mit Schuster senior persönlich sprechen, aber zuvor statten wir Marbus noch einen Besuch ab und ich habe nichts dagegen, wenn das bis zu Leonhards Vater durchsickert.«

. . .

Als sich Müller mit dem Direktor der JVA verbinden ließ, in der Marbus untergebracht war, überraschte ihn nicht, dass sich der Mann alles andere als freundlich zeigte.

»Wir haben kooperiert und Sie unterstützt und dafür werden wir nun alle überprüft?«, beklagte sich der Anstaltsleiter.

»Routine«, gab Müller unbeeindruckt zurück. »Sie wissen doch, wie das läuft.«

»Blödsinn«, schnauzte der Mann am anderen Ende der Leitung, »Sie stellen uns unter Generalverdacht. Glauben Sie, meine Angestellten sind so labil, dass ein Typ wie Marbus ihnen eine Gehirnwäsche verpassen und sie zum Serienmörder machen kann?«

»Es ist nun einmal unbestreitbar, dass die jüngsten Morde in irgendeinem Zusammenhang mit Marbus stehen, also ist es nur logisch, dass er und sein Umfeld überprüft werden.«

Der Direktor gab ein ungehaltenes Brummen von sich und fragte unfreundlich: »Und was wollen Sie sonst noch?«

»Noch einmal mit Marbus sprechen.«

Ein Auflachen drang durch den Hörer. Dann sagte Müllers Gesprächspartner: »Stellen Sie sich hinten an.«

»Das heißt?«

»Wir haben hier jeden Tag telefonische Anfragen. Jetzt, wo der Engelshenker wieder durch die Presse geistert, wollen ihn alle interviewen.«

»Nur Medienvertreter?«

»Vermutlich nicht, aber das geben die meisten vor. Auch jede Menge Briefe. Marbus lehnt jedoch weiterhin alle Besuche ab und die Briefe landen ungelesen im Papierkorb. Aber«, fügte der Direktor süffisant an, »vielleicht spricht er ja wieder mit Ihnen.«

. . .

Die Hartnäckigkeit eines Teammitglieds hatte außerdem dazu geführt, mehr über Hansjörg Richter herauszufinden. Der Mann besuchte offenbar regelmäßig ein Bordell. Dort gab man den Beamten zwar nur widerwillig Auskunft, bestätigte aber, dass der Bruder von Nina ein Stammgast von Mademoiselle Estelle sei, ein oder zwei Mal im Monat vorbeikomme und sich stets für eine preisgünstige »Standardnummer« entscheide.

»Zumindest hat er eine Verbindung zum Gewerbe, auch wenn die Kolleginnen von Xenia Klein ihn noch nie gesehen haben«, kommentierte Heerse die Neuigkeiten.

»Trotzdem hätte er Xenia Klein in sein Auto locken und töten können. Wenn er unser Mann ist, weiß er, wie man andere ausspioniert, ohne bemerkt zu werden«, schlug Müller vor.

»Und Lina Weber, die lebte in Pforzheim, wie kam er an die?«, hielt Heerse dagegen.

»Das sind keine sechzig Kilometer, wenn wir davon ausgehen, dass er seine Schwester alleine lässt, dann wäre die Entfernung auch mehrmals die Woche machbar. Abgesehen davon wissen wir ja nicht, wie lange er die Frau schon beobachtet hat. Und außerdem erfährst du auch einiges über einen Menschen, wenn du ihn in den sozialen Netzwerken beobachtest. Stalker bleiben meistens eine lange Zeit unentdeckt.«

»Er hat keine Alibis für die Morde«, warf Schuster ein.

»Ja, genauso wenig wie Bernd Lauer und Melanie Winter oder Felix Schwarz«, erwiderte Heerse.

Sie hatten die Hinterbliebenen der Marbus-Opfer nach dem Mord an Lina Weber überprüft. Hansjörg Richter war zum Todeszeitpunkt der jungen Frau angeblich bei seiner Schwester gewesen, während Melanie und Bernd wenig glaubhaft versichert hatten, zu Hause gewesen zu sein. Felix Schwarz hatte behauptet, am Morgen gejoggt und sich später zu Hause auf eine Vorlesung vorbereitet zu haben. Keine der vier Personen verfügte daher über ein verlässliches Alibi.

»Irgendwie traue ich es niemand von denen zu«, platzte Schuster heraus. »Ich weiß, das ist unprofessionell, aber mal von Melanie Winter abgesehen, die nicht die körperliche Kraft hätte, wieso sollte einer der anderen das tun? Rache an Calliditas und Trochner, das leuchtet mir noch ein, aber warum würde ausgerechnet jemand wie Hansjörg Richter zwei junge wehrlose Frauen umbringen? Er sieht jeden Tag das Leid, das man seiner Schwester zugefügt hat.«

»Vielleicht ist es genau das, was ihn hat verrückt werden lassen«, erwiderte Müller.

Schuster stöhnte. »Und Lauers Motiv wäre das Buch? Wie wir jetzt wissen, ist er ein reicher Erbe, er braucht also keinen finanziellen Erfolg.«

»Wir wissen aber auch, dass er momentan nicht auf das Geld zugreifen kann, sonst würde er nicht bei Melanie Winter unterkriechen. Er selbst hat gar nichts«, gab Heerse zu bedenken. »Was wiederum die Frage aufwirft, wie sein Verhältnis zur reichen Mutter ist. Ein Vorzeigesohn ist er gewiss nicht, wenn man seinen Lebenslauf betrachtet. Sein Motiv könnte damit zusammenhängen. Vergiss nicht, dass Marbus letzten Endes die eigene Mutter dafür verantwortlich gemacht hat, dass er später zum Mörder wurde.«

»Damit würde Felix Schwarz aber rausfallen. Der scheint ein gutes Leben zu führen, ist erfolgreich, hat Frauen ...«

Müller grinste. »Eine etwas ungünstige Formulierung, vor allem, wenn weibliche Kollegen anwesend sind«, witzelte der Oberkommissar. »Aber bei ihm sehe ich auch kein Motiv.« Der Kommentar richtete sich an Heerse.

»Seine Mutter wurde ermordet, der Vater stellte sich als unfähig heraus und er verbrachte seine Kindheit und Jugend in einem Heim. Damit hat er genauso wie Hansjörg Richter oder Melanie Winter einiges hinter sich, was sich eventuell negativ auf die Psyche auswirkt. Außerdem hätte er als Täter leicht die Engelkarten in seinem Briefkasten oder an der Windschutzscheibe platzieren können. Womöglich waren die Angst und die Freundlichkeit nur gespielt, das erleben wir doch dauernd. Außerdem waren seine Fingerabdrücke auf der Engelkarte im Briefkasten.«

»Natürlich waren sie das«, hielt Müller dagegen, »er hat sie dort rausgeholt. Zu diesem Zeitpunkt konnte er ja noch nicht wissen, dass man ihm ein Beweisstück untergejubelt hat. Bei der an seiner Windschutzscheibe verhielt er sich mustergültig. Keine Spuren, nur das Blut von Lina Weber.«

»Richtig, das ist das nächste Problem, wir haben keine Spuren. Die Kriminaltechnik konnte an den Tatorten weder Fingerabdrücke noch DNA sicherstellen. In dieser Hinsicht ist unser Täter vorsichtig. Jedenfalls können wir niemanden ausschließen, bloß weil er uns sympathisch ist, ein Draufgänger, wir Mitleid haben oder derjenige ein hübsches Gesicht besitzt.«

»Oder weil er der Vater eines Kollegen ist«, sagte Schuster plötzlich und blickte die anderen trotzig an. »Ihr überprüft meinen Vater, stimmt's?« Als er keine Antwort erhielt, schüttelte Schuster resigniert den Kopf. »Ihr vertraut mir nicht.«

Heerse sah sich genötigt, das klarzustellen. »Damit hat das nichts zu tun. Aber wir bewegen uns gerade auf einem schmalen Grat und ich habe entschieden, dass es besser ist, dich nicht einzubeziehen. Erstens möchte ich dich nicht wegen Befangenheit verlieren, zweitens ist es in so einem Fall grundsätzlich besser, wenn so wenige Personen wie möglich eingeweiht sind.«

»Ich weiß, dass sich mein Vater verdächtig gemacht hat, aber ein Mörder? Ein Fan von Marbus? Das glaubt ihr doch selbst nicht?«

Der Hauptkommissar zögerte nicht zu antworten. »Wir glauben hier nicht, wir suchen Beweise und wenn es nach mir geht, vor allem welche, die deinen Vater entlasten, aber ich kann nicht ignorieren, dass er mit dem Fall des Engelshenkers direkt zu tun hatte, dass es Vorfälle gab, die er nicht erwähnt hat, und dass er unsere Ermittlungen boykottiert. Wenn dir das zu viel ist, steht es dir frei zu gehen. Aber wenn du bleibst, musst du meine Entscheidungen akzeptieren und unterstützen. Ich weiß, dass du loyal bist, und bitte dich, das auch weiterhin zu sein.«

Leonhard nickte. »Ja, natürlich, tut mir leid.«

»Das muss es nicht«, beruhigte ihn Heerse und plötzlich betrachtete er seinen jungen Kollegen mit einem nachdenklichen Blick.

* * *

Vor über zwanzig Jahren

»Sieh sie dir ruhig an«, sagte Dieter Marbus ohne Furcht, dass das womöglich das Ende für ihn bedeuten könnte.

Sollte seine Mission vorbei und seine Aufgabe erfüllt sein, dann würde er das eben akzeptieren. »Wenn du mich ins Gefängnis stecken willst, dann tu das, es steht dir frei.« Marbus lächelte und blickte nach oben. »Er wird es für dich und mich entscheiden. Er wird entscheiden, wie es weitergeht.«

»Warum hast du das getan?«, richtete sich der unerwartete Zeuge an den selbst ernannten Erzengel Michael.

Der bemerkte sehr wohl, dass in dieser Frage kein

Vorwurf, keine Abscheu, sondern lediglich Neugier mitschwang. Er hatte sich nicht getäuscht. Vor ihm stand eine Person, die verstand, wie erfüllend es sein konnte, die Macht über Leben und Tod zu besitzen.

»Weil es notwendig war«, gab er deshalb Antwort und beobachtete, wie der andere mit seinen Augen die Leiche scannte.

Das war nicht der Blick eines geschockten Menschen, sondern der eines Scharfrichters, der keine Skrupel hatte zu töten, um Gottes Werk zu tun.

»Ich habe auf dich gewartet, hätte nicht geglaubt, dass er mir einen Bruder schickt«, sagte Marbus.

»Du denkst, ich bin dein Bruder?«

»Es ist nicht wichtig, was ich denke, sondern nur das, was du willst. Ich kann dir zeigen, wie es ist, seine Macht zu benutzen. Ich bin Michael und du bist ein anderer seiner Soldaten. Wir können ihnen die Flügel nehmen und sie verbannen oder wir retten sie und lassen sie ins Paradies fliegen. Willst du ihr Retter oder ihr Richter sein?«

Sein Gegenüber erschrak, vermutlich weil ihm kein Widerspruch einfiel, sondern nur ein halbherziges Gestammel über Richtig und Falsch.

»Wenn es falsch ist, warum geschieht es dann? Warum lässt er es zu? Wenn du glaubst, ich tue das Falsche, dann halte mich auf, teste mich, teste deinen Gott und überlege, was du dir wirklich wünschst«, antwortete Marbus daraufhin freundlich.

Das lange Schweigen zeigte dem Engelshenker, dass die Entscheidung bereits getroffen war. Ruhig erklärte er: »Ich werde es jetzt zu Ende bringen.«

Die andere Person nickte, erhob keine weiteren Einwände mehr.

»Ich dachte, ich brenne alles nieder.«

Erneut blieb Widerspruch aus.

KAPITEL ZWÖLF

Gegenwart

Es war Raphaels dritter nächtlicher Einbruch. Die ersten beiden hatten lediglich der Tarnung dienen und ihm Zeit verschaffen sollen, aber heute ging es um mehr. Ihm wäre es lieber gewesen, er hätte sich nicht mit solchen Dingen befassen müssen, aber das gehörte nun einmal dazu.

Der Engelshenker hatte seine Mission lange Zeit erfüllt, aber er war leichtsinnig gewesen, hatte sich zu sehr darauf verlassen, dass Gott alles für ihn regeln würde. So funktionierte es jedoch nicht. Zumindest war Raphael davon überzeugt, dass es notwendig war, weit mehr zu tun. Wenn er seine Aufgabe erfüllte, blieb er vorsichtig, vermied Spuren und sorgte dafür, dass die Polizei in die Irre geführt wurde, schließlich hatte er noch viel vor. Trotzdem war er bereit, Risiken einzugehen, das bewiesen die anonymen Tipps an die Presse, die Engelkarten für die Polizisten und jetzt die Einbrüche. Allerdings war er vorausschauender als Dieter Marbus.

Das Beerdigungsinstitut hatte einige Sicherheitsvorkehrungen. Auf der Vorderseite sah man eine Kamera, die den

Kundenparkplatz im Auge behielt, und die moderne Eingangstür sowie einbruchssichere Jalousien an den Fenstern vermittelten das Gefühl, vor einer unüberwindbaren Festung zu stehen.
Da jedoch niemand wirklich daran glaubte, dass sich an solch einem Ort jemand bereichern wollte, entstanden unweigerlich Lücken zugunsten etwaiger Eindringlinge. Die Schutzmaßnahmen wurden, je weiter sie aus dem Auge des Betrachters rutschten, immer unwirksa- mer. So gab es hinter dem Gebäude einen Hof mit Garage für die Fahrzeuge, die natürlich sicher verschlossen war, aber eine alte Tür mit Glasscheibe, die als Hintereingang diente und in einer dunklen Ecke leicht übersehen werden konnte, ließ sich problemlos öffnen. Man musste nur die Scheibe eindrücken und den von innen vorgelegten Riegel zurückziehen. Niemand hatte daran gedacht, die Tür abzuschließen, und Raphael bekam damit seine Chance.

Er gelangte schnell in die Vorbereitungszimmer des Instituts. Vorbildlicherweise gab es im Keller gekachelte Kühlräume mit sechs Kühlzellen. Er knipste das Licht an, das den fensterlosen Raum in ein kaltes Weiß tauchte und den Eindruck entstehen ließ, sich in einer Eishöhle zu befinden. Ungeduldig öffnete er die erste Kammer und schloss sie enttäuscht wieder. Heute war er nicht hier, um ein bisschen Vandalismus zu betreiben, heute musste er eine Leiche finden. In den beiden nächsten Kühlzellen lagen ebenfalls keine Toten. Bei der darauffolgenden stieß er auf einen Verstorbenen mit haarigen Armen und großflächigen Tattoos, der nicht infrage kam. Erst in der Letzten wurde er fündig. Es war nicht wirklich, was er gesucht hatte, sogar eine äußerst schlechte Alternative, aber es musste genügen. Er wusste, wie es Marbus damals gemacht hatte, versuchte ebenfalls mit wenigen Schlägen die Arme vom Körper abzutrennen, stellte aber bald fest, dass ihm darin die Übung fehlte, und brauchte länger als geplant. Wenigstens musste er sich nicht mit Reinigungsarbeiten aufhalten. Im Gegensatz zu Marbus' Opfern verlor die gekühlte Leiche nämlich kein Blut mehr. Man hatte die Tote schon zur Beerdigung vorbereitet, sie trug bereits ihr »letztes gutes Kleid« in Schwarz – was sonst? – und eine Halskette, an der ein goldenes Kreuz hing. Er hielt sich nicht mit einer weiteren Betrachtung auf, sondern ließ die Axt so lange niedersausen, bis er hatte, weswegen er gekommen war. Anschließend verunstaltete er mit einer Sprühflasche den Raum mit den Sargmodellen und Urnen, riss im Büro einige Schubladen heraus und nahm die kleine Dose mit der dezenten Aufschrift »Kaffeekasse« an sich, die er im Aufenthaltsraum fand.

Dann packte er seine Beute ein und verschwand.

* * *

Am nächsten Tag in der Justizvollzugsanstalt

Dieses Mal begegnete man den Beamten von der Kriminalpolizei sehr reserviert. Weder der Direktor der Haftanstalt noch der Mitarbeiter Seebacher sprachen mehr als notwendig. Es hatte sich natürlich herumgesprochen, dass sie alle potenzielle Verdächtige waren und überprüft wurden. Das hatte die Männer gekränkt.

Heerse verstand die Haltung, aber schon vor langer Zeit hatte er gelernt, dass man als Kriminalbeamter nicht jedermanns Freund sein konnte. Deshalb ärgerte ihn die kurz angebundene Art auch nicht. Was ihn allerdings überraschte, war die Bereitschaft von Dieter Marbus, erneut mit ihm zu sprechen. Eigentlich hatte er mit einer Weigerung gerechnet, und zwingen hätte er den Mann nicht können.

Der Engelshenker, Dieter Marbus, saß wie auch das letzte Mal mit Handschellen an einem Tisch. Heerse stellte Leonhard Schuster vor und beobachtete genau, wie Marbus darauf reagierte.

Der Hauptkommissar bemerkte ein leichtes Zucken der Augenlider, war sich aber keinesfalls sicher, ob das eine Reaktion auf Schuster war oder nur eine zufällige Muskelkontraktion. Zunächst tat der Inhaftierte zumindest so, als würde er weder mit dem Namen noch mit der Ähnlichkeit von Vater und Sohn etwas anfangen können.

Stattdessen wandte er sich Heerse zu und sagte wertfrei: »Sie sind wieder hier.«

»Ja, und ich danke Ihnen, das Sie erneut bereit sind, mit uns zu sprechen«, erwiderte Heerse daraufhin ebenfalls in neutralem Tonfall.

»Ich werde Ihnen auch heute nicht helfen können«, fuhr Marbus fort und blickte nun wieder zu Schuster.

Leonhard war aufgeregt, obwohl er nach außen hin ruhig wirkte. Ihn verunsicherten die Blicke seines Gegenübers. Außerdem konnte der Kommissar dem Drang nicht widerstehen, ständig die Tatortfotos aus den Akten in sein Gedächtnis zu rufen und sich im Stillen zu sagen: *Das ist er, das ist der Engelshenker, Mörder, Monster.*

»Ist anders, als man es sich vorstellt«, sprach ihn Marbus nun direkt an.

Heerse hatte seinen jungen Kollegen instruiert, aber plötzlich war das alles weg und Leonhard stammelte: »Bitte? Was ist anders?«

Marbus, zufrieden, den jungen Beamten bereits aus der Reserve gelockt zu haben, antwortete amüsiert: »Mir so nahe zu sein.«

»Herr Marbus«, mischte sich Heerse nun ein und sagte: »Raphael hat einen Pfarrer, einen Geistlichen, angegriffen.«

»Ja«, reagierte der Gefangene gleichgültig, »ich höre gelegentlich Radio.«

»Stört Sie nicht, dass er einen Unschuldigen attackiert? Sie haben doch immer nur die getötet, die abtrünnig geworden waren. So steht es zumindest in Ihrer Aussage von damals.«

»Und was jetzt?«, fragte Marbus neugierig. »Erwarten Sie, dass ich so schockiert bin, dass ich mich von Gott abwende, weil er Raphael das hat tun lassen?« Er ließ seinen Kopf einmal von links nach rechts kreisen, so als müsste er eine Verspannung lösen, und sagte dann: »Gottes Pläne werden von mir nicht infrage gestellt.«

»Vielleicht ist dieser Raphael nicht so gläubig, wie Sie denken«, warf Schuster ein, der befürchtete, man würde ihm anhören, dass er seinen Text auswendig gelernt hatte.

»Aber Sie sind es, nicht wahr?«, entgegnete Marbus und widmete seine Aufmerksamkeit nun ganz Leonhard Schuster.

»Mein Glaube hat nichts mit dem Ihren gemein«, erwiderte der vehement. »Sie sind ein Mörder und keinesfalls ein Erzengel.«

»Ich bin jemand, der in Ihnen das Abziehbild eines anderen erkennt. Ich erinnere mich an einen Schuster, er sah Ihnen ähnlich. Natürlich mussten Sie in seine Fußstapfen treten. Ich nehme an, dass das weder Sie noch Ihren Papa glücklich macht.«

»Sie wissen nichts von mir oder meinem Vater«, antwortete Leonhard wütend.

»Oh doch«, ließ sich Marbus hinreißen, »ich weiß alles über Ihren Vater, so wie ich alles über Sie weiß.«

»Was soll das denn, Herr Marbus?«, ging Heerse beschwichtigend dazwischen.

»Ihnen ist doch bekannt, dass mich der Vater von Herrn Schuster damals verhaftet hat. Ich weiß nicht, was Sie damit bezwecken, mir seinen schwachbrüstigen Sprössling vor die Nase zu setzen, aber so viel ist sicher: Deshalb werde ich Ihnen auch nicht mehr verraten.« Marbus stand auf. »Das war ein langweiliger Besuch, Sie brauchen sich künftig nicht mehr hierherzubemühen.«

Heerse und Schuster erhoben sich ebenfalls.

»Bei der ersten Begegnung mit Ihrem Vater hatte ich eine Vision von ihm und heute habe ich eine von Ihnen, Herr Kommissar.« Er fixierte Schuster, während ein trauriger Ausdruck auf seinem Gesicht erschien. Überzeugt von sich und seinen Worten sagte Marbus: »Wie sehr Sie sich auch bemühen, er wird Sie niemals lieben.«

Damit drehte sich der Engelshenker um und wartete, bis ihn Seebacher aus dem Raum führte.

Marbus war schon an der Tür, als Heerse rief: »Während der Ermittlungen erhielten die Kollegen einen anonymen Hinweis. Jemand wollte Sie verraten.«

Abrupt blieb der Gefangene stehen, kehrte den Beamten weiterhin den Rücken zu, aber seine Schultern hoben und senkten sich, so als müsste er schwer atmen, dann setzte er sich wieder in Bewegung. Heerse hatte den Eindruck, sein Gang wäre jetzt staksiger als zuvor, so als hätte er Schmerzen.

Schuster bemerkte, dass ihm sein Hemd auf der Haut klebte. Zu seinem eigenen Erstaunen gab er zu, wie angespannt er gewesen war, und sagte zu Heerse: »Ich bin klatschnass, ich hoffe, ich habe es nicht vermasselt.«

Der Hauptkommissar klopfte ihm auf die Schulter. »Nein, ganz und gar nicht.«

* * *

Wieder einmal hatte es Geduld gebraucht und wieder einmal war die belohnt worden. Wenn man selbst anderen hinterherspionierte, dann war es leicht, Gleichgesinnte zu entdecken. Raphael konnte sich gut vorstellen, wie Hauptkommissar Heerse in der Mitte eines Raumes stand und seinen dienstbaren Geistern Befehle erteilte. Einer davon hatte offenbar gelautet: »Überwacht Hansjörg Richter!«

Aber der Beamte war mittlerweile wieder abgezogen worden und damit hatte Raphael freie Bahn. Natürlich benannte er es nicht so. Vielmehr war es Bestimmung, dass er heute etwas vollenden würde, was schon vor langer Zeit begonnen hatte. Gleich würden sie kommen. Fast auf die Minute genau öffnete sich die Haustür. Umständlich schob eine ältere Frau den Rollstuhl durch die enge Öffnung. Die Person darin hatte einen abwesenden Blick. Sie trug eine dicke Daunenjacke und über ihrem Schoß lag eine Decke, die weit nach oben gezogen war.

Frau Tietze redete auf Nina Richter ein. »Ein bisschen frische Luft wird Ihnen guttun, meine Liebe.« Die Pflegerin fand die kalte Luft allerdings alles andere als angenehm. Sie mochte diese Ausflüge nicht, hätte lieber auf der Couch gesessen und sich eine ihrer Lieblingsserien angesehen, aber dieser übereifrige Arzt hatte ihr das vermasselt.

Was für ein Unsinn, dachte Frau Tietze, *als würde Nina noch irgendetwas von der Außenwelt mitbekommen.*

»Ihre Schwester muss auch einmal nach draußen, sie kann nicht nur in der Wohnung bleiben«, erinnerte sie sich an die Worte des Mediziners. »Sie beschäftigen doch eine Pflegerin, die soll jeden Tag eine halbe Stunde mit Ihrer Schwester spazieren gehen.«

Wegen diesem Quacksalber war sie nun gezwungen, eine unangenehme Pflicht mehr zu erfüllen. Das einzig

Gute waren die eisigen Temperaturen, da konnte sie mit der Jacke und der Decke zumindest Ninas körperliche Versehrtheit kaschieren. Es starrten sowieso schon genug Leute auf den Rollstuhl.

»Glotz nicht so«, zischte Frau Tietze verärgert, als ein Junge an der Hand seiner Mutter mit aufgerissenen Augen Nina beobachtete.

Bald ist das hier vorbei, wenn mein Mann erst einmal befördert wird ...

Tief in Gedanken versunken schob sie Nina zu einem kleinen Grünstreifen mit vier Parkbänken, einer Kinderrutschbahn und einer kaputten Schaukel, deren Ketten zwar noch an der hölzernen Sitzbank befestigt waren, aber nur eine war auch oben in der Halterung eingehängt, während die andere wie eine zusammengeringelte Schlange auf dem Boden lag. Außerdem gab es einen Automaten für Hundekottüten und eine Hinweistafel, die die Besucher bat, diesen Ort sauber zu halten.

Frau Tietze sah die Fast-Food-Verpackungen und leere Getränkedosen, die nicht weit von dem aufgestellten Mülleimer auf dem Boden verteilt lagen, und sagte laut: »Die, die Dreck machen, können anscheinend auch nicht lesen.«

Dann setzte sie sich auf eine Bank, Nina hatte sie mit dem Rollstuhl neben sich platziert. Frau Tietze hatte an alles gedacht und eine zusätzliche Decke mitgenommen, die ihr jetzt als Schutz vor der Kälte diente. Darin wickelte sie sich ein und zog ein Kreuzworträtselheft aus der Tasche.

»Meine Liebe, es stört Sie doch nicht«, sagte sie zuckersüß zu Nina, die, so hatte es den Eindruck, eine Elster beobachtete.

Das gefiederte Tier hüpfte aufgeregt um einen Styroporbecher herum, in dem sich augenscheinlich noch ein angebissener Rest von etwas Undefinierbarem befand.

Frische Luft hieß es, niemand hatte gesagt, Nina müsste

die ganze Zeit in Bewegung sein, und überhaupt, erwartete man etwa von ihr, dass sie die Frau durch den Ortskern schob, ärgerte sich Frau Tietze in Gedanken, während sie ein Synonym für das Wort *Tod* mit sieben Buchstaben und einem L an dritter Stelle suchte.

Trotz dem, was Frau Tietze alles durch den Kopf ging, hatte sie plötzlich den Eindruck, nicht mehr mit Nina allein zu sein. Sie drehte sich um, runzelte die Stirn und glaubte, hinter einer der Hecken hätte sich etwas bewegt, aber dann blieb alles still. Ihr Blick wanderte zur Uhr, sie würde in zehn Minuten zusammenpacken und dann zurückgehen, damit wären die ärztlichen Anweisungen erfüllt.

Und wieder glaubte sie, dass sich hinter ihr jemand befand. Zwar schoss blitzschnell ihr Kopf herum, dennoch war es zu spät. Der Mann, der so unvermittelt hinter ihr auftauchte, schlug sofort zu.

»Du blöde Kuh«, fluchte er. »Warum hast du dich umgedreht?«

Sein Blick fiel auf Nina, die völlig unbeteiligt vor sich hin starrte, dann suchte er mit den Augen die Umgebung ab. Niemand schien in der Nähe zu sein. Er musste sich beeilen, die Zeugin würde er beseitigen müssen, er wäre nicht so leichtsinnig wie damals Dieter Marbus, der es einfach darauf hatte ankommen lassen. Einem ersten Impuls folgend wollte er das Messer verwenden, aber das Blut der Frau an seiner Kleidung könnte ihm zum Verhängnis werden. Er hatte das nicht kommen sehen und war daher auch nicht vorbereitet. Nein, Blut fließen zu lassen, wäre zu riskant. Sein Blick streifte noch einmal unruhig über das Gelände, er verlor Zeit, kostbare Zeit. Wie lange würde es noch dauern, bis ein zufälliger Spaziergänger, eine Mutter mit Kind oder ein verliebtes Teenager-Paar auf der Suche nach Abgeschiedenheit hier auftauchten?

Frau Tietze am Boden stöhnte und es war, als hätte

dieses Geräusch den Beginn eines Countdowns angekündigt. »Schneller«, rief ihm seine innere Stimme zu. Ohne zu zögern, schnappte er die Beine der Pflegerin und zog sie hinter sich her. Es war nicht weit, trotzdem erlitt sein Opfer bereits zahlreiche Schürfwunden und Prellungen. Die Frau kam zu sich, aber da spürte sie schon die Glieder einer dicken Kette, die auf ihren Hals drückten. Er zog zu, während Frau Tietze zappelte. Raphael schwitzte, hoffte, sein Schweiß würde nicht am Opfer haften bleiben und der Polizei Spuren liefern, aber er hatte keine Wahl gehabt. Bis das Zappeln ihrer Gliedmaßen aufhörte, verstrich viel mehr Zeit, als er angenommen hätte. Frau Tietze wehrte sich, hatte nicht vor, kampflos aus dem Leben zu scheiden, aber eine Chance zu gewinnen bestand für sie dennoch nicht. Am Ende lag sie seltsam verrenkt auf dem Boden neben der kaputten Schaukel, eine rostige Kette um den Hals gewickelt, die Augen aus den Höhlen quellend. Ihre Zunge war geschwollen, lugte zwischen den Lippen hervor und Nina, die nur wenige Meter entfernt in ihrem Rollstuhl saß, wirkte erschrocken.

Nina Richter spürte Kälte, so wie an dem Tag, als Hansjörg sie in den Armen gehalten und nach dem Rettungswagen geschrien hatte. Wie durch ein verschmiertes Fenster nahm sie die anderen Menschen um sich herum wahr. Eine Frau und ein Mann. Beide waren ihr unbekannt, oder doch nicht? Jemand sagte etwas. Es war eine Beschimpfung, »blöde Kuh«, ja, das hatte sie deutlich verstanden. Dann sprach niemand mehr und Nina hörte ein merkwürdiges schleifendes Geräusch. Sie blinzelte, entdeckte den Vogel mit dem schwarz-weißen Gefieder, der auf und ab hüpfte, das war schön. Aber von einer Sekunde zur anderen war der verschwunden. Nina suchte nach ihm, aber sie drehte dazu nicht den Kopf, sondern bewegte nur die Augen, da sie sich schwach fühlte.

Wo war der Vogel? Sie hörte ein Atmen, mehr ein Keuchen, und dann sah sie den Mann und die Frau erneut. Er kniete hinter ihr, sein Gesicht war nur ein heller Fleck, aber er war stark, stärker als die Frau. Was tat er mit ihr? Nina fühlte sich unwohl, sie wollte das nicht sehen, wollte weg von hier, aber das gelang ihr nicht. Die beiden Gestalten, die ineinander verschlungen schienen, hielten sie davon ab.

Nina bekam Angst, wo war sie?

Und dann stand der Mann plötzlich vor ihr. Sie zermarterte sich das Gehirn, wer er war. Es fiel ihr schwer, sich zu erinnern, aber irgendwann kam sie zu dem Schluss, dass es nur einer sein könnte, und zwar der, der immer für sie da gewesen war: ihr Bruder Hansjörg.

* * *

In der Dienststelle der Kriminalpolizei Baden-Baden

Hauptkommissar Heerse und seine beiden Teamkollegen berieten über das weitere Vorgehen.

»Marbus hat nicht gerade hilfreich reagiert, was meinen Vater angeht.« Leonhard seufzte.

»Ich hatte nicht erwartet, dass er deinen Vater eindeutig belastet oder entlastet. Wie ich euch gesagt habe, Jahrmarkttricks. Du musst nur wissen, wie du deine Sätze formulierst, und schon kann man alles Mögliche hineininterpretieren. Aber er hat sich dennoch durch dein Auftauchen provozieren lassen«, erwiderte der Hauptkommissar.

»Und inwiefern?«, fragte Schuster ungläubig.

»Für jemanden, der sich angeblich glücklich in sein

Schicksal fügt, nimmt er es deinem Vater immer noch krumm, dass er ihn verhaftet hat. Er verhält sich wie viele Gefangene. Er gibt dem Polizisten, der ihn festgenommen hat, die Schuld an seiner Lage und nicht den eigenen Straftaten. Da bildet Marbus keine Ausnahme, selbst wenn er nicht auf Schimpfwörter zurückgreift. Jedenfalls äußerte er sich über deinen Vater nicht, wie er sich über Raphael äußert. Dem gegenüber hat er Respekt, dich und deinen Vater wollte er vor allem beleidigen.«

»Damit haben wir einen Verdächtigen weniger«, folgerte Müller.

Zu Leonhards Bedauern zögerte Heerse mit der Antwort: »Falls Marbus wirklich weiß, wer Raphael ist, dann hat er sich nicht so verhalten, als wäre Leonhards Vater derjenige, den wir suchen. Aber Marbus arbeitet mit Tricks und ist ein Lügner.«

»Genau wie mein Vater«, warf Leonhard ein.

»Vielleicht gibt es doch etwas Positives«, nahm Heerse den Faden wieder auf. »Bei der Überprüfung des Gefängnispersonals ist bisher nichts herausgekommen. Das heißt, wir müssen davon ausgehen, dass Marbus diesen Raphael doch von früher kennt. Dafür spricht auch seine Reaktion, als ich ihm sagte, jemand hätte versucht ihn damals zu verraten. Das hat ihn nämlich nicht kaltgelassen. Wenn Marbus jetzt glaubt, dass Raphael ihm vor dreiundzwanzig Jahren in den Rücken fallen wollte, könnte er dadurch auskunftsfreudiger werden.«

Ihr Gespräch wurde durch das Klopfen eines Kollegen unterbrochen.

»Rolf«, sagte der Mann und nickte den anderen beiden zu. »Wir haben einen Herrn Tietze unten, der unbedingt mit dir sprechen will. Seine Frau ist verschwunden.«

»Die Pflegerin von Nina Richter?«, rief Müller überrascht und half damit auch dem Hauptkommissar auf die Sprünge.

»Ja, er sagt, sie ginge nicht ans Handy und bei den Richters meldet sich ebenfalls niemand.«

Das genügte dem Hauptkommissar. »Schick ihn gleich zu uns, das gefällt mir ganz und gar nicht.«

* * *

Herr Tietze schien nicht der Typ, der sich so schnell aus der Ruhe bringen ließ, eher wirkte er wie ein bequemer, abwartender Mensch, der nie den Drang verspürte, die Dinge zu beschleunigen.

»Würde mir keine Sorgen machen, wenn nicht diese ganzen Morde passiert wären. Immerhin war Nina Richter ja ein Opfer des Engelshenkers«, sagte er entschuldigend. »Meine Frau kann auf sich aufpassen und vor allem ist sie immer zuverlässig. Die bleibt nicht einfach länger weg, ohne Bescheid zu geben, noch dazu, wo wir heute auf den Weihnachtsmarkt wollten. Da lässt sie sich nie aufhalten.«

»Gibt es Freundinnen oder Familie, wo sie sein könnte?«

»Die habe ich als Erstes abgeklappert.« Herr Tietze zählte auf, was er bereits alles unternommen hatte. »Ich habe auch die Telefonnummer von Herrn Richter, aber der nimmt nicht ab.«

Heerse nickte seinen Kollegen zu. Zwanzig Minuten später hämmerten sie gegen Hansjörg Richters Wohnungstür.

Erst als Heerse brüllte: »Hier ist die Polizei, bitte öffnen Sie die Tür, wenn Sie da sind, ansonsten verschaffen wir uns gewaltsam Zutritt«, hörten sie in der Wohnung Schritte.

Die Tür schwang auf und ein verschlafen wirkender

Hansjörg Richter begrüßte sie gähnend, während er sich die Stöpsel aus den Ohren zog. »Was ist denn passiert?«

»Wo ist Frau Tietze?«, fragte Heerse sofort.

Hansjörg wirkte nervös, fuhr sich durchs Haar und antwortete: »Vermutlich zu Hause, keine Ahnung.«

»Wo ist Ihre Schwester?«, wollte der Hauptkommissar wissen.

Sein Gegenüber stockte, sah sich verdutzt um, wirkte dabei wie ein hilfloser Junge und sagte: »Ich nehme doch an, sie sieht aus dem Fenster.« Schnell ging er den Flur entlang, die Beamten folgten ihm. Er stürzte in alle Räume, aber seine Schwester war nicht da. »Sie ist weg?«, rief er schließlich aufgebracht. »Sie ist weg!«

* * *

Melanie Winter stand unsicher vor dem großen Anwesen der Familie Prauer und dachte gerade daran, einfach wieder umzudrehen, als sie einer der Gärtner ansprach.

»Was suchen Sie denn da?«, fragte er argwöhnisch und Melanie, die nun das Gefühl hatte, nicht mehr zurückzukönnen, sagte um eine feste Stimme bemüht: »Die Klingel!«

Der Mann mit der dicken Winterjacke und den hohen Stiefeln lachte, er hatte mit einer Schaufel den Schneematsch vor der Einfahrt entfernt und fand offensichtlich, dass ein Gespräch mit einer hübschen Frau die richtige Entlohnung dafür wäre.

»Hier kommen Sie nur rein, wenn Sie einen Termin haben. In der Vorweihnachtszeit ist die Alte besonders menschenscheu, hat Angst vor den Spendensammlern.«

»Verstehe«, entgegnete Melanie, die jetzt noch mehr glaubte, es wäre besser zu gehen.

Plötzlich tauchte ein zweiter Mann auf und rief dem ersten zu: »He, Marco, vor den Garagen gibt es noch mehr

Schneematsch.« Als er Melanie bemerkte, hielt er inne. »Was ist hier los?«, fragte er sofort neugierig.

»Die möchte zur Alten«, antwortete Marco mit einem breiten Grinsen.

Ein wütender Blick traf den Angestellten und es war klar, dass damit Marcos Ausdrucksweise kritisiert werden sollte.

»Sie sind am falschen Tor«, klärte sie der Mann nun freundlich auf. »Einmal um die Ecke, da ist auch die Klingel.«

Melanie bedankte sich und eilte schleunigst davon, während Marco einen nicht zu überhörenden Rüffel kassierte.

Kurze Zeit später saß Melanie Winter zwischen einem Heer Porzellanpuppen, die sie alle anzustarren schienen und nicht gerade den Eindruck erweckten, ihr besonders wohlgesonnen zu sein.

»Es war ein Fehler«, sagte sich Melanie leise und in dem Moment, in dem sie aufspringen und davonrennen wollte, humpelte Frau Prauer in den Raum. Sie war etwas außer Atem, anscheinend hatte sie sich beeilt, zu Melanie zu gelangen. Unverhohlene Neugier lag in ihrem Blick, aber auch eine genauso große Boshaftigkeit.

Ohne eine Begrüßung sagte sie: »Er hat Sie geschwängert und jetzt soll ich dafür bezahlen, ist es nicht so?«

Melanie war so verdutzt, dass sie keinen Ton herausbrachte.

»Das ist wieder so typisch für meinen Sohn. Er kann auf nichts aufpassen, nicht einmal auf seinen Schwanz. Er ist …«

Dieses Mal fasste sich Melanie ein Herz und unterbrach die Frau: »Ich bin nicht schwanger, und selbst wenn, bräuchte ich von Ihnen ganz bestimmt keine finanzielle Unterstützung, ich verdiene mein eigenes Geld.«

»Als was?«, blaffte Bernd Lauers Mutter.

»Ich bin die Inhaberin eines Kosmetiksalons«, gab Melanie trotzig Antwort.

»Und damit wollen Sie meinen Enkel großziehen?«

»Ihren Enkel?«, brauste Melanie auf. »Bis eben ...« Sie stoppte mitten im Satz, sich der Sinnlosigkeit dieser Diskussion bewusst werdend, und sagte ruhiger: »Ich bin nur hier, weil ich mir um Bernd Sorgen mache und einen Rat einholen wollte. Aber ich sehe schon, Sie sind beschäftigt und offensichtlich nicht in der Lage zu helfen.« Melanie hatte genug gehört.

»Mein Sohn steckt immer in Schwierigkeiten, er ist ein Versager, das werden Sie ja schon bemerkt haben. Von Ihnen hat er mir übrigens nichts erzählt.«

»Kein Wunder«, murmelte Melanie, die trotz allem, was sie über Bernd herausgefunden hatte, nun tiefes Mitleid für ihn empfand.

»Ich muss gehen«, sagte sie etwas lauter und bewegte sich Richtung Tür.

»Darf ich wenigstens erfahren, was mein Sohn angestellt hat, dass Sie sich solche Sorgen machen?«, reagierte Frau Prauer schnippisch.

Melanie drehte sich noch einmal um und antwortete: »Er hat einen Brief geschrieben!« Damit verabschiedete sie sich und hatte das Gefühl, der Weg nach draußen würde unverhältnismäßig lange dauern, so als wollte sie das Haus mit seinen langen Fluren und gewaltigen Treppenaufgängen nicht mehr gehen lassen.

Erst nachdem das Tor hinter ihr ins Schloss gefallen und sie ein ganzes Stück außer Reichweite war, blieb sie stehen und atmete durch. Sie dachte an Bernds Brief und dessen Inhalt, aber vor allem an den, der ihn hätte empfangen sollen. Sie hatte zu zittern begonnen, als sie die ersten Worte gelesen hatte: »Lieber Engelshenker«, stand dort und für Melanie war eine Welt zusammengebrochen.

* * *

In der Wohnung von Hansjörg und Nina Richter

Die Beamten hatten mit Hansjörg Richter den Tagesablauf rekonstruiert.

Am Morgen sei Frau Tietze zur vereinbarten Zeit gekommen, um sich um Nina zu kümmern. Er sei dann zur Tankstelle gefahren. Gegen Mittag, als seine Schicht endete, habe er die Wohnung betreten und die beiden seien nicht da gewesen. Hansjörg habe daraufhin angenommen, dass Frau Tietze mit Nina noch spazieren sei, so wie es der Arzt empfohlen habe. Deshalb sei er auch nicht beunruhigt gewesen, habe das Geld für Frau Tietze wie gewöhnlich auf der Küchenablage deponiert und sich dann hingelegt, weil er sehr müde gewesen sei. »Nina hat mehrmals in der Nacht geschrien, Albträume, das kommt häufig vor. Man hat mir erklärt, dass sie so ihre Erlebnisse von damals verarbeitet. Ich musste deshalb Schlaf nachholen.«

Er saß am Küchentisch, die Ellbogen aufgestützt, den Kopf in den Händen vergraben, und erklärte: »Ich habe mit den Ohrstöpseln so tief geschlafen, dass ich nicht bemerkt habe, dass die beiden überfällig sind. Frau Tietze ist immer pünktlich. Es ist nicht ihre Art, so lange fortzubleiben, ohne Bescheid zu geben, da ist sicher etwas passiert.«

»Wissen Sie denn, wo die beiden für gewöhnlich hingehen?«, fragte Heerse behutsam nach.

Sie hatten bereits Kollegen instruiert, die die nähere Gegend absuchten und Anwohner nach den Frauen befragten. Hansjörg Richter jedoch konnte ihnen nicht weiterhelfen.

Erschreckend schnell kam dann allerdings über Funk die Nachricht, dass man etwas gefunden hatte und Heerse schnellstmöglich kommen sollte.

Keine zehn Minuten später betrachtete der Hauptkommissar die Leiche einer älteren Frau, offensichtlich stranguliert. Man hatte sie hinter einem Gebüsch versteckt.

»In ihrer Tasche ist ein Ausweis«, sagte einer der Uniformierten und reichte dem Hauptkommissar das kleine Plastikteil.

Heerse schüttelte bedauernd den Kopf. Sie hatten Frau Tietze gefunden. Aber wo war Nina?

* * *

»Lieber Engelshenker«, erinnerte sich Melanie an die Zeilen, die auf dem verblichenen Papier mit krakeliger Kinderhandschrift vor vielen Jahren geschrieben worden waren.

»Ich möchte, dass du vorbeikommst und meine Mami tötest. Ich weiß, dass du das schon öfter getan hast, und ich wünsche mir, jetzt auch einmal dran zu sein. Meine Mami ist böse und hat es verdient zu sterben. Wenn du aus dem Gefängnis kommst, dann bitte besuche uns und bringe sie um. Ich bin der Junge aus dem Park, der bei dir ein Schokoladeneis gekauft hat. Du hast gesehen, wie gemein sie sein kann. Ich weiß, dass du es gesehen hast.

Bitte hilf mir.

Bernd«

Was machte ihr mehr Angst? Dass Bernd als Kind in einer Phase von Wut, Trotz und Enttäuschung so etwas geschrieben hatte oder dass er diesen Brief immer noch bei seinen Sachen aufbewahrte? In dem Karton aus dem Schlafzimmerschrank hatten sich vorwiegend Berichte über den Engelshenker, aber auch eigene Notizen befunden. Im ersten Moment wirkten die Unterlagen wie die Recherche eines Reporters oder Studenten der Sozialwissenschaften, aber da war noch mehr. Bernd studierte Dieter Marbus nicht nur, er schien ihn regelrecht zu verehren. Handschriftliche Kommentare bestätigten das. Ein alter Zeitungsausschnitt, der beschrieb, wie Marbus' Anwälte die Opfer verunglimpften, hatte Bernd veranlasst, ein »Bravo« an den Rand zu kritzeln. Und dann besaß er auch noch ein altes Set Engelkarten. Melanie hatte gehofft, dass das Gespräch mit Bernds Mutter die Sache aufklären würde, aber dieses Zusammentreffen hatte ihre Befürchtungen noch verstärkt. Was sollte sie jetzt nur tun?

* * *

Etwa zur gleichen Zeit

Nina Richter spürte ihren Körper nicht mehr. Durch den Sturz waren ihre Wirbel verletzt worden und das Chloroform beeinträchtigte immer noch ihre Sinne. Sie war entsetzlich müde und wollte nach Hause. Was tat sie hier überhaupt?

Nina erinnerte sich an einen schwarz-weißen hüpfenden Vogel und einen ätzenden Geruch. Der war ihr bekannt vorgekommen. Kurz flammte Panik in ihr auf, die Erinnerung an jenen schrecklichen Tag, an dem alles mit diesem ätzenden Gestank angefangen hatte, war zurückgekehrt. Sie war damals ohnmächtig geworden und als sie wieder zu sich gekommen war, da hatte sie alles verloren gehabt.

Plötzlich verflog die Panik, es gab nichts mehr, was man ihr nehmen konnte, die Angst war also völlig unnötig. Ihr Gesicht fühlte sich kalt an und ein merkwürdiges Geräusch drang an ihre Ohren. Sie war nicht in der Lage, das Plätschern eines Baches zu erkennen, der angefüllt durch das Tauwasser aus dem Schwarzwald zu einem kleinen Fluss angewachsen war.

Meine Haare sind nass, dachte sie verwirrt. Dann kam ein weiterer Erinnerungsfetzen zurück, der ihr brutal den Transporter ins Gedächtnis rief, in dem man sie erst betäubt und dann auf so abscheuliche Weise zum Sterben vorbereitet hatte. Sie hörte immer noch seine Stimme: »Ich gebe dir, was er dir genommen hat.«

Nina hatte daraufhin die Augen aufgeschlagen und den Kopf gedreht. Es war wie ein Wunder gewesen.

Sie lächelte bei dem Gedanken, vergaß das nasse Haar und versuchte nach links zu sehen. Ja, es war kein Traum gewesen. An ihrer linken Schulter gab es einen Arm, genau wie auf der anderen Seite. Viel konnte sie nicht erkennen. Sie sah die grobe Schnur, mit der man ihn an den Stumpf genäht hatte, und getrocknetes Blut, das von den Einstichen der Nadeln stammte. Die neuen Gliedmaßen passten weder von der Farbe der Haut noch von der Größe her zu Ninas Körper, aber das spielte keine Rolle.

Er hatte noch etwas gesagt: »Du hast Buße getan und nun sollst du ins Paradies zurückkehren. Ich, Raphael, schenke dir neue Flügel.«

Nina röchelte, ihr Körper hatte kaum noch die Kraft, sie am Leben zu halten, trotzdem versuchte sie zu lächeln. Es waren so schöne Worte gewesen und danach konnte sie fliegen. Sie hatte die Welt auf sich zukommen sehen. Die Äste der Bäume, die Felsen und die grün-braunen Büschel der Bodenpflanzen, die zwischen dem Schneematsch hervorlugten. Es hatte einen Aufprall gegeben, aber das machte nichts, denn sie war geflogen. Kein Schmerz mehr, keine Angst, es war vorbei und alles konnte nun gut werden.

Die Augen der Frau schlossen sich, sie wollte schlafen und vergessen. Die blutenden Wunden am Körper, die inneren Verletzungen und am Ende auch die Kälte und der Schock beendeten, was Dieter Marbus vor langer Zeit angefangen und Raphael unbarmherzig vorangetrieben hatte. Nina Richters Herz hörte auf zu schlagen. In ihren letzten Sekunden sah sie sich mit einem Baby namens Jason auf dem Arm und war glücklich.

* * *

Raphael genoss die Erinnerung an Nina Richter und an das, was er mit ihr getan hatte. Die Polizei würde sie sicher bald finden, dafür war gesorgt worden. Warum sie verstecken? Alle Welt sollte sehen, dass er es nun vollendet hatte.

Er dachte an ihren Blick, die weit geöffneten Augen, bevor sie geflogen war, die nicht mehr länger zu einer teilnahmslosen Frau im Rollstuhl gehört hatten. Nein, Nina Richter war bei klarem Verstand gewesen und hatte in den letzten Augenblicken ihres Lebens die Erlösung gespürt, die ihr Raphael als Werkzeug Gottes geschenkt hatte.

* * *

Etwa zur gleichen Zeit

Melanie Winter war völlig aufgelöst, als sie ihr Wohnhaus erreichte. Jemand grüßte sie, aber die junge Frau reagierte nur mechanisch, hob nicht einmal den Kopf und murmelte flüchtig: »Guten Tag.«

Sie hatte sich erhofft, Frau Prauer würde die Zweifel, die sie mittlerweile Bernd gegenüber hatte, ausräumen, aber mehr denn je verfestigte sich ihr Eindruck, einen gewaltigen Fehler begangen zu haben. Im Fernsehen hatte sie genug über Serienmörder aufgeschnappt. Die meisten lebten unauffällig und hatten häufig sogar eine Familie. Ihre Frauen oder Freundinnen beschrieben sie gewöhnlich als charmant und sogar einfühlsam. Niemand verdächtigte die harmlos wirkenden Männer, die in Wirklichkeit brutale Psychopathen waren.

War Melanie auch so eine Frau, die nichts ahnte? Wie so oft in letzter Zeit dachte sie an ihre Mutter. Natürlich fehlten ihr Erinnerungen, sie war schließlich erst drei Jahre alt gewesen, als man sie ihr genommen hatte. Aber die Verwandten, die sich um das kleine Mädchen gekümmert hatten, waren nie müde geworden, Melanie zu bestätigen, wie sehr sie geliebt worden war. »Sie hat immer gesagt, du hast ihr Leben verändert, durch dich ist sie zu einem besseren Menschen geworden.«

Vielleicht waren es diese Worte, die Melanie gestärkt und die Momente der Einsamkeit hatten überstehen lassen. Vielleicht waren es aber auch die gleichen Worte, die sie blind machten für die Gefahr, die von Bernd Lauer ausging. Denn eines war ihr bewusst, sie suchte verzweifelt nach einem Menschen, der ihr zur Seite stand. Dafür war sie bereit, Kompromisse einzugehen, und vermutlich hatte sie unbeabsichtigt dabei eine Grenze überschritten. Wie ein Roboter schloss sie die Haustür auf, ging zu den Briefkästen und öffnete ihr Fach. Ein Bündel Reklamezettel, ein Schreiben der Stadtwerke und ein kleines Kärtchen kramte sie aus der schmalen Box. Als sie sah, was sie in Händen hielt, ließ sie vor Schreck den Stapel Post fallen und schrie spitz auf. Sofort wurde ihr schwarz vor Augen und sie hörte ein lautes Rauschen. Schnell suchten ihre Finger nach der rettenden Wand. Sie konnte sich zwar abstützen, aber nicht mehr aufrecht halten. Im nächsten Moment rutschte sie an der Mauer entlang zu Boden. Plötzlich war jemand bei ihr, rief ihren Namen, Hände stützten sie, man drängte sie, sich auszustrecken, aber Melanie wehrte ab. »Die Polizei«, stammelte sie hilflos, »rufen Sie sofort die Polizei, ich muss eine Aussage machen.«

KAPITEL DREIZEHN

Bernd Lauer wunderte sich nicht über die Nachricht seiner Mutter auf der Mailbox. Es war typisch für sie, ihn mit solchen Botschaften zu verunsichern oder auch in die Irre zu führen. Natürlich bat sie ihn nicht, einfach vorbeizukommen, sondern drohte ihm damit, den Geldhahn zuzudrehen. Auch heute war ihr nichts Besseres eingefallen, als zu geifern: »Ich habe einige Fragen bezüglich deiner Huren. Du solltest besser hier auftauchen, bevor ich vergesse, dass es dich gibt.«

Er würde sich später bei ihr melden, denn jetzt hatte er Wichtigeres zu tun. Die eigenen Geschäfte liefen langsam an, das Verschwinden von Nina Richter war bereits in den Nachrichten. Er erinnerte sich an das Gesicht des Hauptkommissars, als den eine Journalistengruppe überrumpelt hatte: »Stimmt es, dass Raphael Nina Richter entführt hat?«

Dem Mann war nichts anderes übrig geblieben, als mit »Kein Kommentar« zu antworten, was bedeutete, dass die Behauptung der Presse der Wahrheit entsprach.

Das Interesse am Engelshenker wuchs und damit auch das Interesse an seiner Idee. Er war gut gelaunt und hatte bereits die Haustür erreicht, als er stockte. Sein Instinkt sagte ihm nämlich gerade, dass hier etwas nicht stimmte. Es war zu ruhig, die Straße wirkte wie leer gefegt, beinahe verlassen. Im nächsten Augenblick spürte er den festen Griff eines Beamten, jemand sagte: »Sie sind festgenommen«, ein anderer las ihm seine Rechte vor und gleichzeitig hörte er das Klicken der Handschellen.

* * *

Auf der Engelkarte in Melanie Winters Briefkasten hatte es wieder eine Notiz gegeben. Dieses Mal waren es Koordinaten gewesen, die sie zu einem bewaldeten Hang geführt hatten.

Hauptkommissar Heerse stand mit Oberkommissar Müller auf der Geroldsauer Straße und verfolgte die Bergung der Leiche. Der Abhang unter ihnen war nicht lang, aber steil. Man konnte, wenn man sich weit vorbeugte, Abschnitte des unten verlaufenden schmalen Wanderwegs erkennen.

»Er hat hier oben geparkt und sie einfach heruntergeworfen«, folgerte Müller, als er das Gelände betrachtete. »Um diese Jahreszeit ist kaum jemand unterwegs.«

»Und wenn doch, kann derjenige das Fahrzeug von unten nicht sehen«, führte Heerse den Gedanken weiter und schaute hinab. Bäume verdeckten die Sicht. »Wir starten trotzdem einen Aufruf, vielleicht hat ein anderer Autofahrer das parkende Fahrzeug hier an der Straße bemerkt. Obwohl unser Täter sich gewiss beeilt hat.«

Die Trage mit der Leiche erreichte die Straße. Die Beamten sprachen nicht, sondern warfen nur einen entsetzten Blick auf Nina Richter. Die angenähten Arme waren dürr und zu kurz, als dass sie zu der Toten gepasst hätten. Der Anblick war grotesk und fast wirkte es, als hätte man Nina Richter damit verhöhnen wollen, aber Heerse war durchaus klar, welche Botschaft ihnen Raphael übermitteln wollte. Die Engelkarte aus Melanie Winters Briefkasten sprach für sich: *Wenn du Buße tust und schmerzvoll leidest, kannst du ins Paradies zurückkehren.*

Raphael hatte Nina Richter ihre Flügel zurückgegeben, um sie dann zu töten.

* * *

Es dauerte nicht lange, bis die Nachforschungen der Beamten ergaben, dass in den letzten Wochen Einbrüche in verschiedenen Beerdigungsinstituten stattgefunden hatten. Meist Vandalismus, bis auf den letzten, da hatte man der Leiche einer alten Frau die Arme abgetrennt und mitgenommen. Da zwischen den Einbrüchen eindeutig ein Zusammenhang bestand, hatte man es für die Taten irgendwelcher Randalierer gehalten.

Aber all das spielte keine Rolle mehr, denn wie es aussah, saß ihr Täter bereits im Verhörraum.

Bernd Lauer verhielt sich merkwürdig passiv. Er forderte keinen Anwalt, zeigte sich nicht bestürzt und hatte offensichtlich auch nicht das Bedürfnis, sich zu erklären.

Erst als Hauptkommissar Heerse ihm erneut erklärte, was man ihm zur Last legte, sagte er: »Ich habe mit den Morden nichts zu tun.«

»Die Beweise sprechen gegen Sie«, erwiderte der Hauptkommissar und konfrontierte sein Gegenüber mit dem Brief, den Melanie in der Kiste gefunden hatte.

»Sie wollten einen Mord in Auftrag geben, und zwar den an ihrer Mutter.«

Lauer lehnte sich zurück und schnaufte genervt. »Ich war damals ein Kind und ich war wütend.«

»Wer sagt uns denn, dass Sie diese Wut nicht immer

noch spüren?«, griff Müller die Aussage des Verdächtigen auf.

»Meine Mutter lebt noch und dieser Brief wurde nicht abgeschickt. Abgesehen davon wird Dieter Marbus vermutlich nie wieder auf freien Fuß kommen, um mir meine Bitte zu erfüllen.« Er lächelte, es war ein kaltes, gefühlloses Lächeln. »Dieser Brief bedeutet gar nichts.«

»Warum haben Sie ihn dann aufgehoben?«

»Weil er mir Hoffnung gegeben hat«, reagierte Lauer ungehalten. »Aber das werden Sie nicht verstehen können. Als Kind war der Engelshenker derjenige für mich, der eines Nachts kommen und meine Mutter umbringen würde, als Erwachsener sollte er mir helfen, Geld zu verdienen. Ich habe Jura studiert und weiß, dass beides nicht strafbar ist. Nennen Sie mich ein undankbares Kind und einen profitsüchtigen Mann, von mir aus, aber das macht mich nicht zum Mörder.«

»In Ihren Sachen befanden sich noch weitere Dinge, die Sie mit dem Engelshenker in Verbindung bringen. Zeitungsberichte, Notizen. Sie scheinen ein Fan von Dieter Marbus zu sein.«

»Es gibt Menschen, die interessieren sich für Waffen, Panzer oder Kriegsschiffe, bauen sogar Modelle nach, sind das jetzt alles Mörder? Dieter Marbus interessiert mich, das ist alles.«

»Sie haben kein Alibi für den Mord an Nina Richter und deren Pflegerin«, hielt Heerse dagegen.

»Das beweist aber nicht meine Schuld.«

Heerse sah den Mann einen Moment intensiv an und sagte dann: »Sie werden wegen Mordes den Rest Ihres Lebens im Gefängnis verbringen, das ist Ihnen hoffentlich klar.«

»Ich habe nichts Strafbares getan«, blieb Lauer stur.

Tatsächlich war die Lage nicht so eindeutig, wie Heerse dem Verdächtigen weismachen wollte. Außer der Kiste mit den Dingen über Marbus hatten sie bisher in seiner Wohnung nichts finden können. Weder Chloroform noch eine Tatwaffe, Blut- oder DNA-Spuren der Opfer oder sonstige Hinweise auf Lauers Schuld. Auch sein Fahrzeug lieferte ihnen keine Beweise.

»Wir werden einen Durchsuchungsbeschluss für das Anwesen Ihrer Mutter erwirken«, sagte Heerse nun, um die Reaktion seines Gegenübers zu testen. »Natürlich müssen wir davon ausgehen, dass Sie Tatwaffen und sonstige Beweisstücke eher dort als in Ihren eigenen vier Wänden versteckt haben.«

Nun schien Lauer doch aus der Fassung zu geraten. »Nein«, schrie er wütend, »lassen Sie das, halten Sie meine Mutter da raus.« Sein Blick wurde flehentlich. »Lassen Sie das mit der Durchsuchung und ich sage Ihnen, was Sie wissen möchten.«

* * *

Während die Wohnung von Melanie Winter und Bernd Lauer durchsucht wurde, blieb Leonhard Schuster bei der jungen Frau. Sie saß völlig aufgelöst in der kleinen Küche und sagte: »Wie konnte ich nur so dumm sein? Ich hätte viel früher reagieren müssen. Erst als dieses Ding in meinem Briefkasten lag, wurde mir klar, dass ich nicht länger schweigen durfte. Es muss Bernd sein, alles passt zusammen ...«

Obwohl Leonhard nicht der Sinn danach stand, Bernd Lauer in einem guten Licht dastehen zu lassen, sagte er Melanie zuliebe: »Sie sollten keine voreiligen Schlüsse ziehen, womöglich gibt es für alles eine Erklärung.«

»Ja«, antwortete sie zornig, »die Erklärung lautet, dass

ich mit einem Serienmörder unter einem Dach gewohnt habe. All diese peinlichen Posts im Internet, wie konnte ich nur übersehen, wer dieser Mann wirklich ist?«

»Wir können bislang noch nichts beweisen«, fuhr der Kommissar tröstend fort.

»Es spielt keine Rolle mehr«, schluchzte sein Gegenüber, »ich habe mir so oder so etwas vorgemacht. Bernd ist besessen vom Engelshenker, deshalb wollte er mich als Freundin. Sie kennen den Inhalt der Kiste?«

Leonhard nickte.

»Dann haben Sie ja gesehen, dass er von uns Kindern Akten angelegt hat.«

Tatsächlich hatte Bernd Lauer viel Arbeit in die Recherche gesteckt. Offensichtlich hatten ihm die Berichterstattung von damals und eine gründliche Suche im Internet geholfen, an sehr persönliche Daten zu gelangen. Es gab Notizen über den verstorbenen Sohn von Marbus' erstem Opfer, Zeitungsausschnitte, die Felix Schwarz bei einer Verabschiedung seiner Studenten und der Einweihung eines neuen Hörsaals zeigten, Melanie bei der Saloneröffnung, aber auch alte Berichte über Nina Richter, die einzige Überlebende. Melanie hatte recht, es sprach eigentlich alles für Bernd Lauer als Täter.

Aber noch kam kein Anruf von Müller oder Heerse, dass der Mann gestanden hätte. Außerdem fanden sie kein weiteres belastendes Material in der Wohnung. Die Engelkarte in Melanies Briefkasten lieferte wie zu erwarten ebenfalls keine Spuren. Der Mörder musste sie, kurz nachdem er Nina die Schlucht heruntergestürzt hatte, eingeworfen haben. Das Zeitfenster war eng, trotzdem ergaben die Befragungen der Anwohner keinen Hinweis auf einen Fremden. Leider hatte aber auch niemand Bernd Lauer beim Einwerfen der Karte gesehen.

* * *

Oberkommissar Müller hatte alle Hände voll zu tun. Er betrat gerade den Gang, um Lauers Aussage zu überprüfen, als ihn ein Kollege abfing. »Felix Schwarz ist hier, er sagt, es sei dringend.«

Müller stieß genervt die Luft aus, weil er bereits befürchtete, dass das Auftauchen des Mannes nichts Gutes zu bedeuten hatte.

»Ich weiß, Sie sind sicher beschäftigt. In den Nachrichten heißt es, jemand wäre verhaftet worden. Aber ich dachte, das ist wichtig, und ehrlich gesagt bin ich deshalb beunruhigt«, wurde er von Felix Schwarz kurz darauf begrüßt, der, während er sprach, mit einer durchsichtigen Plastiktüte wedelte, in der sich ein Brief befand.

»Was ist passiert?«, bemühte sich Müller, nicht alarmiert zu klingen.

»Am besten sehen Sie selbst, ich habe ihn leider angefasst, als ich den Briefkasten geleert habe.« Er sah verlegen zu dem Beamten. »Ich wusste ja nicht, was es ist.«

Felix Schwarz reichte Müller die Tüte. *Erst die Mütter, dann die Kinder*, stand auf einem Blatt Papier; offensichtlich ein Computerausdruck. Mehr gab es nicht, kein Absender, keine Unterschrift, allerdings war der Brief frankiert und entwertet.

»Wann kam das?«, hakte der Oberkommissar sofort nach.

»Im Laufe des Vormittags mit der Post, ich war vom Joggen zurück, habe den Briefkasten geöffnet und fand unter anderem diesen Brief.«

»Wir werden den sofort ins Labor geben«, sagte Müller besorgt.

»Denken Sie, das ist eine Morddrohung? Ich meine, wie

sonst soll man das verstehen?«, fuhr Felix hektisch fort. »Was mache ich denn jetzt? In den Nachrichten heißt es, Sie hätten jemanden verhaftet, bin ich damit außer Gefahr?«

»Ich bespreche mich mit Hauptkommissar Heerse.« Müller bemerkte, dass Felix Schwarz unschlüssig war, und schlug vor: »Vielleicht bleiben Sie hier, bis das geklärt ist.«

Sein Gegenüber entspannte sich. »Ja, ich warte gerne.«

Allerdings war sich Müller ganz und gar nicht sicher, wie schnell sich das klären lassen würde. Bernd Lauer hatte ihnen nämlich gerade ein Alibi für die Morde an Nina Richter und Frau Tietze geliefert. Würde das bestätigt werden, dann begann die Suche nach dem Schuldigen von vorne. Womöglich stammte der Brief auch gar nicht vom Täter, immerhin hatte Raphael sich bisher stets zu erkennen gegeben, vielleicht handelte es sich um einen schlechten Scherz, der sie wertvolle Zeit kosten würde.

*　*　*

Während Oberkommissar Müller seinem Vorgesetzten von dem Drohbrief berichtete, lauschte Dieter Marbus in seiner Zelle den neusten Nachrichten.

Zuerst hieß es, eine Frau wäre tot, eine andere entführt und dass man einen Zusammenhang mit den jüngsten Morden befürchtete. Marbus ging automatisch davon aus, dass das Raphaels Werk war, und wartete nun auf weitere Details.

Wie auch die Male davor war die Presse durch Hinweise, die sie vom Täter erhielt, bald bestens informiert.

Beim nächsten Verlesen der neusten Meldungen legte die Radiosprecherin einen zufriedenen Ton in ihre Stimme, der so viel bedeutete wie: *Ich weiß alles.* Sie sprach deutlich und unaufgeregt, als sie nun sagte:

»Anscheinend handelt es sich bei dem zweiten Opfer um Nina Richter, die Überlebende der Engelshenker-Morde.«

Dieter Marbus erstarrte, als er den Namen hörte, seine Kiefer pressten sich zusammen und die Augen verengten sich zu Schlitzen.

»Nina Richter überlebte damals, obwohl der Engelshenker ihr beide Arme amputiert hatte. Sein Gefolgsmann, der sich selbst den Namen Raphael gibt, behauptet nun, er habe es zu Ende gebracht.«

Marbus' Zorn wuchs.

»Wenngleich die Polizei bislang keine Einzelheiten bekannt gibt, wissen wir aus verlässlicher Quelle, dass man der Frau die Arme einer Toten angenäht hat, bevor sie nach einem Sturz in die Tiefe ihren Verletzungen erlag.«

Diese Information ließ Dieter Marbus die Beherrschung verlieren. Mit einer einzigen schnellen Handbewegung fegte er das kleine Radio vom Sideboard, sodass es beim Aufprall in mehrere Einzelteile zersprang. Er stieß einen unartikulierten Laut aus, einer, der seinen unmittelbaren Nachbarn eine Gänsehaut bereitete. Dann hörte man sein Wüten. Völlig außer Kontrolle geraten zertrümmerte der Mann die wenigen Habseligkeiten in der Zelle. Er schrie, als würde ihm jemand quälende Schmerzen zufügen. Worte kamen ihm nicht über die Lippen nur diese markerschütternden Schreie, die niemand, der sie gehört hatte, je wieder vergessen würde.

* * *

Das Alibi von Bernd Lauer bestätigte sich. Glaubhafte Zeugen konnten versichern, dass er sich zur Zeit der Morde an Nina Richter und deren Pflegerin Frau Tietze in einem Verlagsgebäude aufgehalten hatte, um Verhandlungen über Melanie Winters Lebensgeschichte zu führen.

»Warum haben Sie uns das nicht gleich gesagt?«, fuhr ihn Heerse wütend an.

Bernd Lauer, gewohnt überheblich, antwortete: »Diese Verhaftung bringt mich in eine noch bessere Verhandlungsposition und füllt das Buch.«

»Genauso wie Ihr Brief an den Engelshenker?«, erwiderte der Hauptkommissar daraufhin gereizt. »Sicher ist Ihnen nicht daran gelegen, dass die Menschen erfahren, wie Sie als Neunjähriger einen Mörder beauftragt haben, die eigene Mutter umzubringen?«

»Erstens ist das kein verfolgbares Verbrechen«, erwiderte Lauer kalt, »und zweitens würden es die, die meine Mutter kennen, verstehen.«

Heerse betrachtete den Mann intensiv. Sein erster negativer Eindruck hatte ihn nicht getäuscht, trotzdem empfand er auch Bedauern für einen Menschen, der zeit seines Lebens solch einen Hass mit sich herumtragen musste. Und er war besorgt, denn er wusste genau, was sich aus solchen Gefühlen entwickeln konnte.

»Warum wollten Sie Ihre Mutter vor einer Hausdurchsuchung bewahren, wenn Sie Ihnen so wenig bedeutet?«

»Ich wollte sie nicht bewahren, sondern raushalten. Ich möchte nicht, dass Sie irgendetwas mit dem Buch zu tun hat. Das ist mein Projekt und sie wird nirgends darin Erwähnung finden.«

»Sie haben unsere Arbeit behindert, das wird ein Nachspiel haben.«

»Ach ja?«, gab Lauer gelassen Antwort. »Nur zu, ich komme gerne wieder vorbei. Das gibt schon ein weiteres Kapitel.« Damit nahm er seine persönlichen Gegenstände, die man ihm nach der Verhaftung abgenommen hatte, vom Tisch und verließ gut gelaunt den Verhörraum.

»Unglaublich, er hat uns als Promotion benutzt!«, schnaubte Müller.

Heerse schüttelte den Kopf, unterließ aber weitere Kommentare, dafür war ihm die Spucke zu schade. »Was ist mit dem Brief, den Felix Schwarz erhalten hat?«, fragte er stattdessen.

»Keine Spuren außer den Fingerabdrücken von Schwarz. Könnte ein geschmackloser Scherz sein. Vermutlich wissen eben doch viel mehr Menschen von seiner Vergangenheit, als er bisher vermutet hat. Bernd Lauer hat ihn schließlich auch aufgespürt. Womöglich steckt eine Ex-Freundin dahinter, die mit Schwarz noch ein Hühnchen zu rupfen hat.«

Heerse überlegte, sagte dann: »Setze jemand darauf an, vorerst nehmen wir das ernst. Informiere die Kollegen in Hannover, die sollen ein Auge auf den Sohn von Marbus' zweitem Opfer haben. Sag Leonhard, dass Lauer wieder auf freiem Fuß ist, und erzähl ihm von der Drohung. Am besten, er bringt Frau Winter mit aufs Revier, wir müssen sie sowieso noch befragen und hier ist sie sicher.«

* * *

Häufig wurden Kriminalfälle mithilfe der Spuren gelöst, die am Tatort oder an der Leiche selbst entdeckt wurden. Die Tätigkeit der Kriminaltechnik und der Gerichtsmedizin war längst nicht mehr aus der Ermittlungsarbeit wegzudenken.

Hauptkommissar Heerse wusste das, und deshalb überraschte es ihn auch nicht, als ein Kollege in sein Büro stürmte und sagte: »Wir haben eine Übereinstimmung, ein Fingerabdruck auf der Schaukel.«

Aber das war noch nicht alles, was schließlich dazu führte, dass man Hansjörg Richter nur kurze Zeit, nachdem Bernd Lauer das Polizeigebäude verlassen hatte, als Hauptverdächtigen verhaftete.

Heerse las ihm seine Rechte vor und auf Richters Wunsch hin hatte man ihm einen Anwalt besorgt. Der Jurist nahm seinen Auftrag ernst, fühlte sich aber aufgrund der erdrückenden Beweise gegen seinen Mandanten auch unwohl.

»Wir haben einen Fingerabdruck auf der Kette gefunden, mit der man Frau Tietze stranguliert hat. Der Abdruck stammt von Ihnen.«

»Der Spielplatz ist nicht weit von Herrn Richters Wohnung entfernt. Anzunehmen, dass er diese Anlage in der Vergangenheit des Öfteren besucht hat und von ihm dabei auch die Kette berührt wurde«, bemühte sich der Anwalt, seinen Mandanten zu verteidigen.

Hansjörg Richter schwieg zu den Vorwürfen.

»Sie haben behauptet, von der Arbeit nach Hause gekommen zu sein und sich direkt ins Bett gelegt zu haben.« Heerse kramte in einer dicken Akte und fügte an: »Laut Ihrer Aussage, weil Nina in der Nacht davor von Albträumen geplagt worden war und Sie deshalb nicht hatten schlafen können.«

»Ich weiß, was ich gesagt habe«, murmelte Richter, der noch genauso unglücklich wirkte wie der Mann, der vor Kurzem am Küchentisch gesessen hatte.

»Dann wissen Sie auch, dass das nicht die Wahrheit ist. Man hat Sie gesehen.«

Und das war die zweite maßgebliche Quelle, die half, Kriminalfälle zu lösen, nämlich aufmerksame Zeugen. Zwei Nachbarn bestätigten unabhängig voneinander, dass Hansjörg Richter seine Wohnung betreten, aber kurz darauf wieder verlassen hätte.

»Sie sind mit dem Auto fortgefahren.« Auch dafür gab es einen Zeugen. »Ihnen blieb genug Zeit, erst Frau Tietze zu töten und dann Ihre Schwester zu ermorden und den Hang hinunterzustürzen. Sie war laut Gerichtsmedizin übrigens nicht sofort tot, sie hat gelitten«, fügte der Hauptkommissar bitter an.

»Sie war schon seit dreiundzwanzig Jahren tot«, stöhnte Richter, »was wollen Sie mir da einreden? Jetzt ist es wenigstens vorbei.«

Der Anwalt rief spitz: »Herr Richter, Sie sollten jetzt nichts mehr sagen.«

»Warum?«, ließ der sich allerdings nicht zum Schweigen bringen. »Weil ich endlich einmal ausspreche, was alle gedacht haben? Wie kann man behaupten, dass Nina noch ein Leben geführt hat? Das ist Unsinn. Ich habe sie gesehen, Tag für Tag, all die Jahre, es war erbärmlich.«

»Und deshalb haben Sie es beendet?«

»Diese Frage müssen Sie nicht beantworten«, ging der Verteidiger dazwischen und tatsächlich verstummte Hansjörg Richter.

»Sie übten erst Vergeltung an denen, die Ihrer Meinung nach Marbus gegenüber zu nett gewesen sind: Doktor Calliditas und Angelika Trochner, das war ein Akt der Rache. Aber als das erledigt war, konnten Sie nicht mehr aufhören.

Haben Sie sich eingeredet, Sie würden die Frauen retten? Und wenn ja, vor was? Oder waren Xenia Klein und Lina Weber nur Ablenkungen, um uns in die Irre zu führen? Ganz schön raffiniert«, provozierte Heerse weiter, »wir suchen einen Nachahmer, einen Verbündeten von Marbus, und Sie nutzen dessen Geschichte, um uns zu täuschen. Engelkarten, theatralische Auftritte, der Angriff auf einen Pfarrer, Flügel und Federn. Alles nur aus einem Grund, um am Ende Ihre Schwester Nina töten zu können, ohne in Verdacht zu geraten. Wir werden Ihre Wohnung und Ihren Wagen durchsuchen, jeden Zentimeter filzen und dabei noch mehr Beweise finden. Ein Geständnis könnte Ihnen zumindest das Wohlwollen der Justiz verschaffen. Deshalb frage ich Sie erneut: Haben Sie Ihre Schwester getötet?«

Hansjörg Richter blickte den Hauptkommissar unschlüssig an, holte Luft und sagte ernst: »Ja, das habe ich, aber ich bereue es nicht!«

* * *

Während das Verhör mit Hansjörg Richter lief, hatte sich Leonhard Schuster rührend um Melanie Winter gekümmert, ihre Aussage aufgenommen und sie dann gebeten zu warten. Ausgerechnet im Besucherbereich des Polizeigebäudes sollte sie dann das erste Mal einem der *anderen Kinder* begegnen.

Felix Schwarz schien ebenso überrascht wie die junge Frau. Er sprach sie an, da er sie wegen ihrer Beiträge im Internet wiedererkannt hatte. Höflicherweise unterließ er es, näher auf das Interview einzugehen, und sie bekam dadurch nicht das Gefühl, sich für irgendetwas entschuldigen zu müssen, sondern einem Freund zu begegnen.

Die beiden kamen schnell ins Gespräch und für eine Weile vergaß Melanie sogar, wo sie gerade war.

»Ich habe mich immer bemüht, meine Vergangenheit zu vergessen«, sagte Felix gerade und Melanie nickte zustimmend.

»Ist doch verrückt, da denkt man, alles Schlimme sei einem schon passiert, und dann« – er schnalzte mit den Fingern – »zack, wird es erst richtig übel.«

Sie nickte erneut, dachte an das, was Bernd ihr angetan hatte, und konnte die Tränen nicht mehr verhindern.

Felix war ein guter Zuhörer und sagte tröstend: »Jeder baut mal Mist, wenn ich an die Menschen denke, die ich in meinem Leben enttäuscht habe ...« Sie schwiegen beide, vermutlich, weil sie die Frage beschäftigte, inwiefern ihre Vergangenheit für die Fehler der Gegenwart verantwortlich war.

»Es wäre wahrscheinlich leichter, wenn man etwas beitragen könnte.« Felix seufzte. »Damals habe ich geschlafen und heute bin ich genauso hilflos.«

»Sie haben recht«, warf Melanie ein, »ich frage mich immer noch, ob ich nicht meiner Mutter hätte beistehen müssen. Man sagte mir, ich bräuchte keine Schuldgefühle zu haben, ich war ein Kind und zudem betäubt, aber das Gefühl, versagt zu haben, ist trotzdem da.«

»Geht mir genauso«, gab Felix zu. »Und jetzt finde ich Engelkarten in meinem Briefkasten, an der Windschutzscheibe und kann der Polizei keine vernünftigen Hinweise geben.«

»Ja, ich bin ohnmächtig geworden, als ich die Engelkarte in meinem Briefkasten entdeckt habe, ist das nicht peinlich?«

Er lächelte aufmunternd und sie entspannte sich. Es tat gut, mit jemandem zu reden, der das Gleiche durchgemacht hatte.

Draußen war es bereits dunkel und plötzlich sagte Felix:

»Ich habe furchtbaren Hunger, wir sollten einen Happen essen gehen.«

»Ist das nicht zu gefährlich?«, warf Melanie ein.

»Wir sind zu zweit und um die Ecke gibt es ein Lokal. Ich sage Ihrem netten Kommissar Bescheid, dann wissen die, wo sie uns finden.«

»Einverstanden«, stimmte sie zu.

Als Felix Schwarz kurz darauf zurückkam und mit einem Zwinkern sagte: »Wir dürfen«, da war Melanie dankbar, dem allen für einen kurzen Moment zu entkommen.

* * *

Justizvollzugsanstalt

Dieter Marbus saß schon eine ganze Weile im Schneidersitz auf dem Boden. Der Justizvollzugsbeamte Seebacher war herbeigeeilt, als der Gefangene die Beherrschung verloren hatte, bereit, einzugreifen, aber das war dann zum Glück doch nicht mehr notwendig gewesen. Marbus hatte sich schnell wieder im Griff gehabt und war seither, wie es schien, tief in seine Meditation versunken.

Er hörte nicht, was auf den Gängen passierte, weder das Gelächter aus der Nachbarzelle, das laute Geschrei zweier streitender Männer, das durch die Einmischung eines Wärters beendet wurde, noch das leise Quietschen von Seebachers Schuhen, wenn der an seiner Zelle vorbeikam, um nach dem Rechten zu sehen.

Marbus wusste nicht, wie viel Zeit vergangen war, als er plötzlich aufsprang.

Normalerweise sprach er mit ruhiger, zurückhaltender Stimme, aber jetzt dröhnte sein Bass durch die Flure. Er rief nach seinem Wärter, etwas, das er noch nie getan hatte und die anderen auf dem Stockwerk zum Verstummen brachte.

Seebacher tauchte vor Marbus' Zelle auf und sah den Mann fragend an.

»Ich muss sofort mit Hauptkommissar Heerse sprechen, es ist wichtig!«, sagte der Engelshenker daraufhin bestimmt.

KAPITEL VIERZEHN

Hauptkommissar Rolf Heerse war nicht zufrieden. Das Verhör von Hansjörg Richter war auf Drängen des Rechtsanwalts unterbrochen worden. Der Verdächtige hatte den Mord an seiner Schwester zwar zugegeben, allerdings noch kein umfängliches Geständnis abgelegt. Zu allem Überfluss drängte auch noch der Haftrichter auf sein sofortiges Erscheinen und der Hauptkommissar hatte keine andere Wahl, als der Aufforderung Folge zu leisten.

Wie gewöhnlich nahm er den kürzesten Weg zum Nachbargebäude und der führte durch die Tiefgarage. Die meisten Plätze waren belegt, die Spätschicht hatte bereits begonnen. Heerse ärgerte sich und konnte nicht verstehen, was in aller Welt jetzt so wichtig war. Aber der Mann hatte ihm am Telefon unmissverständlich erklärt, dass er erstens allein und zweitens auf dem schnellsten Weg kommen sollte, es würde sich um etwas Persönliches handeln, das keinen Aufschub duldete.

Tief in Gedanken versunken fragte sich Heerse gerade, ob Hansjörg Richter vielleicht von dem anonymen Tipp im Fall des Engelshenkers erfahren hatte, als sich ihm jemand in den Weg stellte.

* * *

Justizvollzugsanstalt

Der Direktor der JVA war überrascht, als man ihm Marbus' Bitte vortrug. »Er will mit Heerse telefonieren, wieso denn das?«, sagte der Mann irritiert zu Seebacher.

»Vermutlich geht es um eine Aussage«, antwortete der sachlich. »Wenn er weiß, wer dieser Raphael ist …«

»Ja, schon gut«, winkte der Gefängnisleiter ab. »Versuchen Sie unseren Baden-Badener Kollegen zu erreichen. Wir wollen schließlich nicht schuld sein, wenn die Ihren Fall nicht lösen können. Und falls Marbus uns verarscht, war das sein letzter Anruf für die nächsten hundert Jahre.«

* * *

»Herr Schuster«, reagierte Heerse und hatte augenblicklich das Gefühl, in eine Falle gelockt worden zu sein. »Ich habe einen Termin mit unserem Haftrichter«, fügte er noch an, um sein Gegenüber aufzufordern, den Weg freizugeben.

»Ich weiß«, sagte Schuster senior jedoch, ohne sich von der Stelle zu rühren. »Der Mann hat mir noch einen Gefallen geschuldet. Ich habe ihm erklärt, wir beide wären alte Kumpels und ich wollte meinem guten Freund Rolf Heerse in der Tiefgarage einen Streich spielen.«

Automatisch griff der Hauptkommissar zu seiner Dienstwaffe. »Herr Schuster, das geht zu weit. Sie lauern mir hier auf, was soll das werden?«

»Ich lauere Ihnen nicht auf«, entgegnete der andere nun giftig.

Erst jetzt wurde Heerse bewusst, dass der Mann getrunken hatte. Schuster wirkte derangiert. Die Krawatte war verrückt, ein Schweißfilm glänzte auf seiner Stirn und sein Atem roch nach Alkohol.

»Sie versuchen mich zu ruinieren«, zischte er wütend, »aber das kann ich nicht zulassen.«

Heerse wünschte sich, ein Kollege würde jetzt auftauchen. Schusters Verhalten beunruhigte ihn. Er erkannte, wenn ein Mann kurz davorstand, die Nerven zu verlieren. Deshalb redete er jetzt ruhig auf Schuster ein. »Mich interessiert nur mein Fall. Was damals passiert ist, spielt keine Rolle mehr. Ich habe bereits einen Verdächtigen in der Zelle.«

Schuster lachte auf. »Und das soll ich glauben? Sie lügen, oh ja«, fügte er sarkastisch an, »damit kenne ich mich aus. Sie«, sagte er jetzt bedrohlich und richtete seinen gestreckten Zeigefinger auf den Hauptkommissar, »Sie wollen mir alles nehmen. Meine Karriere, meinen Erfolg, meinen Sohn, mein Leben. Ich habe den Engelshenker damals festgenommen, ich habe das Monster gefasst und deshalb bin ich, was ich bin. Aber Sie müssen alles kaputtmachen. Sie waren bei Schenk, haben ihn zu einer Falschaussage genötigt, er hat mir erzählt, dass Sie ihn bedrängt haben.«

»Jetzt reicht es aber«, fuhr Heerse den Mann ungeduldig an, »das glauben Sie doch selbst nicht.«

»Er hat es mir prophezeit. Genau das hat mir der Engelshenker prophezeit«, rief Schuster jetzt schrill und schwankte.

»Was hat Ihnen Marbus prophezeit?«, fragte Heerse perplex.

Schuster näherte sich dem Hauptkommissar angriffslustig.

Heerse wich erschrocken zurück.

»Er hat mir prophezeit, dass ich es nie schaffen würde, weil ich ein Feigling, ein Versager wäre, weil ich nicht bereit wäre zu töten, wenn sich mir jemand in den Weg stellt. Er nannte mich einen Schwächling, aber er hat sich geirrt. Ich habe es geschafft, sogar ganz weit nach oben, und ich lasse mich nicht aufhalten. Ich werde mich nicht für etwas verantworten, das vor dreiundzwanzig Jahren geschehen ist, für einen Tipp, dem keiner nachgegangen wäre, ich ...« Schusters Blick war mittlerweile irr, er wollte Heerse packen, aber der war schneller. Die Faust des Hauptkommissars brachte den angreifenden Mann zu Fall.

Einen Augenblick später rief jemand Heerses Namen.

Plötzlich tauchte Müller auf. »Rolf, ich suche dich schon überall, Hansjörg Richter möchte seine Aussage machen, ich ...« Erst jetzt bemerkte er Schuster. Der Vater von Leonhard schluchzte und versuchte sich umständlich aufzurappeln.

»Was ist denn hier los?«, rief der Oberkommissar überrascht.

Heerse, dem noch das Adrenalin durch die Adern schoss, holte tief Luft, bevor er antwortete: »Herr Schuster ist alkoholisiert und auf dem feuchten Boden ausgerutscht. Er wollte sich gerade ein Taxi rufen.«

»Hier, in unserer Tiefgarage?«, kam Müller nicht umhin zu fragen.

Heerse knurrte. »Tu mir einen Gefallen, bring ihn unauffällig hier raus und in ein Hotel, und zwar zackig.« Damit beeilte er sich, Schuster aufzuhelfen, der sich willig von Müller unterhaken ließ und dabei jammerte: »Er hat mir prophezeit, dass ich versagen werde. Ich weiß es, ich bin ein Versager.«

Müllers »Na, da wird aber jemand morgen einen ordentlichen Brummschädel haben« ließ Heerse, obwohl ihm nicht danach zumute war, lächeln. Was würde er nur ohne seinen Oberkommissar tun?

* * *

Hansjörg Richter sah gefasst zum Hauptkommissar, bereit, alles zu gestehen. Leonhard Schuster versuchte, dem Mann in die Augen zu blicken, hoffte, dort etwas von dessen bestialischer Natur zu entdecken, sah aber nur Leid und Qual.

Die Teilnahme am Verhör kam für Leonhard unerwartet, machte ihn aber auch stolz. Heerse hatte ihm einige Anweisungen gegeben und der Kommissar hatte vor, alle genaustens zu befolgen.

»Also«, begann Heerse, »wie lief das ab?«

»Das wissen Sie doch«, antwortete Hansjörg Richter müde. »Ich habe Nina getötet, mehr möchte ich nicht dazu sagen.«

»Und Frau Tietze, die haben Sie doch auch ermordet?«, fasste Heerse behutsam nach. Wieder folgte ein »Ja« ohne Erklärung. Der Hauptkommissar nannte die Namen der anderen Opfer.

Hansjörg Richter bestätigte die Ermordung dieser Menschen, war aber nicht bereit, sich weiter dazu zu äußern. »Sperren Sie mich einfach in eine Zelle. Ich werde für meine Schuld bezahlen, so wie es sich gehört. Aber ich möchte nicht mehr reden.«

Heerse sah zum Anwalt des Verdächtigen, der zuckte mit den Schultern, bevor er sagte: »Mein Mandant hat gestanden.«

»Herr Richter«, versuchte es Heerse, dem das nicht genügte, auf eine andere Weise. »Wie war es, Frau Tietze mit der Kette zu strangulieren?«

Hansjörg Richter schüttelte den Kopf und schwieg.

»Sie haben Ihrer Schwester die Arme einer toten alten Frau angenäht, warum? Hatten Sie dabei das Gefühl, sie zu retten? Sie anschließend wie einen Müllsack einfach aus dem Auto zu werfen, einen Abhang hinunter, sodass sie sich alle Knochen im Leib gebrochen hat, ist das Ihre Vorstellung vom Flug ins Paradies?«

Hansjörg Richter schrie auf: »Nein, natürlich nicht, aber ich wollte nicht noch einmal zum falschen Zeitpunkt für sie da sein!«

Der Hauptkommissar wurde hellhörig, erinnerte sich an sein erstes Gespräch mit Hansjörg Richter und was der bezüglich Nina gesagt hatte: *Ich war zu spät und gleichzeitig zu früh dort, der perfekte falsche Zeitpunkt.*

Heerse bekam Zweifel, die er nicht ignorieren konnte. Warum ließ er es nicht gut sein? Wäre es nicht das Einfachste, Hansjörg Richter in eine Zelle zu sperren, die Akten ins Archiv zu legen, das Licht abzuschalten und nach Hause zu gehen? Nein, dafür war es noch zu früh.

»Es war also schon wieder der falsche Zeitpunkt, dieses Mal wollten Sie sich nicht einmischen, ist es nicht so?«, bohrte Heerse deshalb weiter.

Hansjörg begann zu weinen. »Hätte ich sie etwa noch einmal retten sollen? Nein«, sagte er voller Überzeugung, »das konnte ich ihr nicht antun, also habe ich sie sterben lassen.«

Ein Weinkrampf schüttelte den Mann und es dauerte einen Moment, bevor er wieder sprechen konnte. Dann jedoch erzählte Hansjörg Richter dem Hauptkommissar, wie er nach Hause gekommen war und weder Nina noch Frau Tietze dort antraf. »Natürlich machte ich mir Sorgen und natürlich hatte ich eine ziemlich genaue Vorstellung davon, wo die beiden waren. Also ging ich zu dem kleinen Park und dort fand ich die Leiche von Ninas Pflegerin. Sie hing an dieser Schaukel und ich dachte nur: ›Wenn sie gefunden wird, werden sie Nina vielleicht retten.‹ Aber das wollte ich ihr ersparen. Also habe ich die Kette um Frau Tietzes Hals entfernt, die Leiche versteckt, bin nach Hause gegangen und habe beschlossen zu warten. Etwas, das ich vor dreiundzwanzig Jahren schon hätte tun sollen.« Er schnäuzte sich geräuschvoll und sagte dann mit beherrschter Stimme: »So oder so, ich habe meine Schwester getötet und dafür werde ich jede Strafe auf mich nehmen. Von mir aus können Sie mich auch für die anderen einsperren. Ich sage aus, was immer Sie möchten, auch wenn ich denen nichts getan habe. Was bleibt mir denn sonst noch?«

* * *

Der Anruf aus der JVA kam überraschend. Zuerst sprach der Direktor mit Heerse, dann reichte man den Hörer weiter an Dieter Marbus. Der sagte wenig, trotzdem gelang es ihm nicht, ein Zischen, das Wut und Enttäuschung ausdrückte, die er offensichtlich empfand, zu vermeiden.

»Er gehört Ihnen«, begann Marbus ohne Begrüßung. »Raphael hat sich nicht an die Regeln gehalten, hat sich in Gottes Plan eingemischt, sich in meine Angelegenheiten gedrängt.«

Heerse versuchte, ruhig zu atmen, seine Aufregung zu verbergen, damit Marbus nicht in letzter Minute seinen Zorn vergaß und mehr Gefallen daran fand, mit dem Hauptkommissar Spielchen zu spielen.

»Sagen Sie mir seinen Namen«, bat Heerse deshalb emotionslos.

Marbus antwortete nicht sofort. Der Hauptkommissar wartete geduldig, während der Engelshenker eine Begegnung, die vor über zwanzig Jahren stattgefunden hatte, in Gedanken noch einmal erlebte:

Die Frau hatte auf dem Boden gelegen, das Blut war aus den Wunden gesickert. Ja, er hatte alles niederbrennen wollen, ohne Rücksicht auf Verluste. Dann war *er* aufgetaucht, ein Bruder im Geiste, ein weiterer Bote, ein Verbündeter, einer, der fühlte wie er selbst.

Marbus brauchte nicht viel Zeit, um das zu erkennen. Einem anderen wäre das gar nicht möglich gewesen, aber er beurteilte die Menschen nicht nach ihrem Aussehen, ihrem Alter oder ihrem Geschlecht, sondern nur danach, was Gott mit ihnen vorhatte.

»Aber wenn ich alles niederbrenne, was wird dann aus dir?«, überlegte Marbus laut und betrachtete sein Gegenüber lauernd. Tatsächlich fühlte er sich für einen Augenblick wie die Schlange im Paradies, die Eva mit dem Apfel verführte. Gespannt erwartete er die Antwort.

»Ich werde einfach draußen warten, bis es vorbei ist«, wurde ihm vorgeschlagen.

»Nein, das scheint mir nicht das Richtige. Sie werden dir Fragen stellen und das wollen wir doch nicht. Du sollst dich vorbereiten auf das, was vor dir liegt, was dich eines Tages erwartet.«

»Und wann wird das sein?«, bekam Marbus zur Antwort und wusste, dass er Großes erwarten durfte. Eifer war immer ein gutes Zeichen. Trotzdem sagte er: »Merke dir eines: Wenn du Gottes Werk tun willst, dann brauchst du Geduld. Bist du geduldig, dann wird er dich dafür belohnen.« Er hatte gelächelt und angefügt: »Und jetzt bringen wir dich zu Bett. Du wirst schlafen und alles wird sich fügen.« Er hatte den Jungen nach oben begleitet, ihn fürsorglich zugedeckt, zusätzlich mit Chloroform betäubt, damit niemand Verdacht schöpfen konnte, und zum Abschied zärtlich geflüstert: »Gute Nacht, Felix!«

Endlich brach Marbus das Schweigen und schrie wie von Sinnen in den Hörer: »Das Kind, es ist das Kind! Felix Schwarz ist Raphael, töten Sie ihn!«

KAPITEL FÜNFZEHN

Die Fahndung nach Felix Schwarz lief sofort an. Gegenüber Leonhard Schuster hatte er behauptet, er wolle mit Melanie Winter in die Polizeikantine gehen, dort war er jedoch nie angekommen. Eine der Überwachungskameras hatte den Mann allerdings zusammen mit Melanie beim Verlassen des Gebäudes eingefangen.

»Wo ist sein Wagen?«, fragte Heerse ungeduldig. »Lasst sofort danach suchen und schickt ein Team zu seinem Haus.«

Schnell stellte sich heraus, dass von Felix Schwarz und Melanie Winter jede Spur fehlte.

»Warum tut er das?«, fragte Müller. »Er muss doch damit rechnen, dass wir ihn erwischen. Wie hätte er sich bezüglich dieser Entführung herausreden wollen?«

Heerse, der unruhig in seinem Büro auf und ab tigerte, erwiderte: »Wir würden das doch gar nicht für eine Entführung halten, wenn uns Marbus nicht über Felix Schwarz informiert hätte. Wir wären erst einmal davon ausgegangen, dass unsere Zeugen trotz besseren Wissens das Revier verlassen hätten.« Sein Blick wanderte zu Leonhard Schuster. »Natürlich wären wir nicht untätig geblieben, wenn erst einmal festgestanden hätte, dass die beiden verschwunden sind, schon allein wegen dem Drohbrief, den uns Schwarz präsentiert hat. Aber bis dahin wäre einige Zeit verstrichen. Er plant vermutlich, Melanie umzubringen und dann den Überlebenden zu spielen, der gerade so seinem Mörder entkommen konnte. Dieser kranke …« Er brach ab, weil ihm eine Idee gekommen war. »*Gehe den Weg zurück, sonst begehst Du einen Fehler*«, murmelte Heerse vor sich hin.

Das hatte Raphael alias Felix Schwarz damals auf die Engelkarte geschrieben, um sie zur Leiche von Xenia Klein zu führen.

»Wir fahren zum Schloss Favorite«, sagte der Hauptkommissar nun laut, während er sich Mantel und Dienstwaffe schnappte. »Und wir brauchen Verstärkung.«

Müller und Schuster eilten hinterher. »Denkst du wirklich, er ist erneut dorthin?«

»Wir haben die Wohnung von Frau Winter und ihren Salon überprüft, genauso wie Felix Schwarz' Haus. Er kann mit ihr natürlich überall sein, aber wenn er vorhat, das Opfer zu spielen, das gerade so überlebt, dann braucht er einen Ort, an dem er auch von irgendwem gefunden wird, und idealerweise vielleicht sogar von der Polizei.«

»Der Schlosspark wäre dafür perfekt und Schwarz kennt sich dort aus«, warf Müller ein.

»Ja«, bestätigte Heerse, »und er rechnet nicht damit, dass ihn Marbus verraten hat, das verschafft uns einen Vorsprung.«

Sie saßen bereits im Dienstwagen. Müller fuhr und manövrierte das Fahrzeug gewohnt routiniert in hoher Geschwindigkeit zum Ortsausgang und dann Richtung Schlosspark.

»Wir hätten ihn so oder so bald gefasst«, warf der Oberkommissar ein. »Er stand immerhin auf der Verdächtigenliste.«

»Aber nur, wenn wir ihn durchschaut hätten«, gab Heerse zu. »Ohne Beweise und bei einer guten Täuschung …« Er ließ den Rest unausgesprochen. Wie auch immer es dazu kommen würde, den Mann hinter Gitter zu bringen, jetzt zählte nur, das Leben von Melanie Winter zu retten. Und so sicher, dass sie Schwarz im Schlosspark finden würden, wie Heerse tat, war er in Wirklichkeit längst nicht, aber irgendwo mussten sie schließlich anfangen.

* * *

»Warum tun Sie das?«, schrie Melanie, als ihr Felix Schwarz das Klebeband entfernte.

Er hatte sie zu einem Restaurant führen wollen, war dann aber vor einem Wagen stehen geblieben, plötzlich grob geworden und hatte sie überwältigt. Ihr war schwummrig, vermutlich eine Folge des Chloroforms.

»Weil du es verdient hast«, gab er ihr höhnisch Antwort. »Ich kann Flügel geben, aber auch nehmen. Du hast keine verdient, dir fehlt der Glaube. Denkst du, ich weiß nicht, was du tust? Du meinst, unsere Mission ist nur ein Spaß, den man im Internet ausschlachten kann, mit dem sich Geld verdienen lässt. Du beleidigst mich und den Engelshenker und benimmst dich wie eine Hure.«

»Aber ich war das nicht«, schluchzte die junge Frau verzweifelt.

Er schlug ihr brutal ins Gesicht. »Lügnerin, ich habe dich gesehen und gehört. Was auch immer dein Freund damit zu tun hatte, du hast es zugelassen.«

»Aber«, wollte sie einwenden, da traf sie ein zweiter Schlag und sie verlor das Bewusstsein.

Als Melanie das nächste Mal zu sich kam, lag sie auf einer nassen Wiese, spürte die Reste des vereisten Schneematsches unter sich und die Fesseln. Ihre Arme waren ausgestreckt. Er hatte sie mit Pflöcken, die fest in der Erde steckten, am Boden fixiert und ihre Beine, die um die Fußgelenke zusammengebunden waren, ebenso. Melanie registrierte geschockt, dass sie wie eine Gekreuzigte dalag. Im Mund steckte ein Knebel, sie konnte sich weder bewegen noch schreien. Außerdem sah sie kaum etwas. Um sie herum hatte Felix Schwarz zwar einige Grablichter aufgestellt, deren kleine Flammen nur mühsam dem Nachtwind trotzten, aber ein tragbarer Strahler mit hartem weißen Licht blendete sie. Melanie war es daher unmöglich, das Gesicht des Mannes zu erkennen.

»Ich kann geben oder nehmen«, hörte sie dafür seine Stimme. Die Worte, die er sprach, ließen sie erschaudern. »Du bist die Erste, der ich die Flügel nehme, in Gedenken an meinen Bruder Michael.«

Sie schrie unter dem Knebel, warf den Kopf wie wild hin und her und zerrte verzweifelt an ihren Fesseln. Im Kerzenschein sah sie das glänzende Metall einer geschärften Klinge. Er riss sie in die Höhe, bereit, das tödliche Werkzeug im nächsten Augenblick heruntersausen zu lassen.

Melanie schloss die Augen, vernahm das Surren in der Luft und bereitete sich auf den Schmerz vor, wenn die Schneide unterhalb der Schulter in ihren Arm dringen würde. Im nächsten Augenblick ließ sie ein Schuss zusammenschrecken. Die Axt fiel neben ihr zu Boden, streifte ihren Körper, sie hörte ein Keuchen, etwas Warmes tropfte ihr ins Gesicht, es war das Blut ihres Mörders.

Ein Mann brüllte: »Keine Bewegung.«

Es folgte noch eine spöttische Antwort: »Sie sind zu früh, Herr Hauptkommissar«, dann fiel Melanie Winter in eine erlösende Ohnmacht.

* * *

Der Schuss aus Leonhard Schusters Waffe hatte Felix Schwarz am Arm verletzt. Die Wunde war medizinisch versorgt worden, bevor man den sechsfachen Mörder ins Verhörzimmer führte.

Felix Schwarz machte keinerlei Anstalten, seine Taten zu bestreiten. Wie vor dreiundzwanzig Jahren Dieter Marbus lieferte auch er ein umfassendes Geständnis ab. So erzählte er bereitwillig von seinem Versteck im Wald, nicht weit vom Schloss Favorite entfernt, das die Kollegen kurz darauf aushoben. Dort hatte er die Waffen, eine alte Schreibmaschine, ein Set Engelkarten, das Chloroform und die Salzsäure aufbewahrt. Die Chemikalien hatte er schon vor langer Zeit aus dem Labor der Hochschule gestohlen, an der er seine Vorlesungen hielt.

Er gab offen zu, Clara Calliditas und Angelika Trochner aus Rache getötet zu haben, während er Xenia Klein und Lina Weber hatte retten wollen. Er zeigte keinerlei Schuldbewusstsein, als er beschrieb, wie er Lina hatte ausbluten lassen, um sie zu reinigen. Auch die Strangulierung von Nina Richters Pflegerin, die ihm als Zeugin hätte gefährlich werden können, ließ ihn kalt. Geradezu großspurig beschrieb er, wie raffiniert er bei den Einbrüchen in die Bestattungsinstitute vorgegangen war und dass er Xenia Klein und Nina Richter jeweils mit einem Leihwagen transportiert hatte, um Spuren zu vermeiden.

Außerdem ließ er es sich nicht nehmen, darauf hinzuweisen, wie er die Polizei an der Nase herumgeführt hätte. Er schien keine Reue zu verspüren, wenn überhaupt dann Ärger darüber, dass er seine Mission, wie er es immer wieder nannte, nicht hatte zu Ende bringen können. Ansonsten war es ihm geradezu ein Bedürfnis zu reden. Schwarz erzählte den Beamten bereitwillig von seinem jüngsten Plan. »Eine einfache Sache«, sagte er und begann den völlig aufgelösten Zeugen zu spielen, der nur knapp mit dem Leben davongekommen war und nun seine Lügengeschichte auftischte: »Melanie wollte plötzlich frische Luft schnappen, ich hielt das zwar für keine gute Idee, konnte ihr den Wunsch jedoch nicht abschlagen. Wir hatten uns noch nicht weit vom Polizeigebäude entfernt, waren in der Nähe meines Wagens, da schlug man mich nieder. Derjenige, der das getan hat, entführte Melanie und mich, offensichtlich in meinem eigenen Auto. An mehr kann ich mich nicht erinnern.« Er lächelte zufrieden. »Sie hätten mir geglaubt«, fügte er überheblich an. »Vor allem, wenn man mich völlig schwach neben Melanies Leiche im Schlosspark gefunden hätte; unterkühlt, benommen vom Chloroform und verletzt. Vielleicht hätte ich mir sogar einen Finger abgeschnitten wegen der Glaubhaftigkeit.« Er streckte die Hände aus und betrachtete sie. »Obwohl ... das mit dem Finger hätte ich doch eher nicht getan.« Schwarz lächelte kalt und wiederholte seine Worte: »Sie hätten mir auch so geglaubt. Sie haben mir bisher alles geglaubt, auch das mit dem Drohbrief. Ich habe mir die letzten Wochen regelmäßig solche Briefe geschickt, Sie verstehen«, sagte er zwinkernd, »wegen dem aktuellen Poststempel. Ich dachte mir, es wäre gut, einen Grund zu haben, bei Ihnen aufzutauchen, wenn mir danach ist. Als ich von der Verhaftung hörte, da wurde ich neugierig. Ihr netter Oberkommissar hat mich so freundlich gebeten zu bleiben, da konnte ich doch nicht widerstehen«, fuhr er süffisant fort. »Und dann treffe ich unverhofft auf Melanie Winter. Ich folgte natürlich Gottes Weg. Sie zu entführen, war einfach – ich schlug sie nieder, verfrachtete sie in meinen Wagen, fuhr zu meinem Versteck im Wald, wo ich meine ganzen ...« Er grinste, suchte nach einem passenden Wort und sagte schließlich: »Hilfsmittel aufbewahre. Den Rest kennen Sie. Und wegen der Spuren hätte ich mir auch keine Gedanken machen müssen. Fingerabdrücke wären von mir beseitigt worden und Melanies Blut an mir und meiner Kleidung ließe sich leicht erklären, wo man mich doch als nächstes Opfer bereits neben sie gelegt hatte«, fügte er an und seufzte. »Schade, dass Sie so früh dort waren, ich dachte, Sie brauchen länger, uns zu finden. Nur zehn Minuten hätten gereicht und ich hätte selbst als Opfer in Ihrem Bericht gestanden.«

Er seufzte. »All die Jahre habe ich auf den richtigen Zeitpunkt gewartet und mich vorbereitet. Als der Engelshenker damals unser Haus betrat, da wusste ich sofort, dass er es war. Meine Mutter« – er spie das Wort fast aus – »hatte vergessen, dass ich zu Hause war, übrigens nicht das erste Mal. Sie war eine Säuferin und eine Hure. Deshalb fand ich Erlösung, als er kam, um sie zu richten.«

»Marbus wusste, dass Sie da waren?«, hakte Hauptkommissar Heerse nach.

»Nicht zu Anfang, erst als er mit ihr fertig war, als der Erzengel Michael seine Aufgabe erfüllt hatte.«

»Sie hatten keine Angst?«, bohrte der Beamte weiter.

»Warum hätte ich Angst haben sollen? Er war schließlich gekommen, mich zu retten. Ich habe ihn die ganze Zeit beobachtet. Er stellte es mir frei, zu gehen, die Polizei zu rufen oder zu schweigen. Wir wurden in jener Nacht Verbündete.« Felix Schwarz blickte zu Boden, wirkte plötzlich verlegen. »Obwohl ich anfangs gezweifelt habe.«

Heerse glaubte zu verstehen. »Sie haben damals anonym bei der Polizei angerufen«, warf er deshalb schnell ein.

»Ja«, antwortete Felix. »Ich habe das getan und niemand kam, um ihn aufzuhalten, das war ein Zeichen, ein Zeichen, dass er die Wahrheit gesagt hatte und ein unbesiegbarer Engel war.«

»Und warum haben Sie begonnen, die Frauen zu töten?

Warum gerade jetzt, nach all den Jahren?«, fragte der Hauptkommissar.

»Marbus sagte mir, man müsse geduldig sein, wenn man Gottes Werk tut, und das war ich. Ich musste erwachsen, unabhängig und vor allem unauffällig werden und dann habe ich auf den richtigen Zeitpunkt gewartet. Ich bin jetzt dreiunddreißig, das Jesusalter. Marbus tötete sein erstes Opfer 1989, da war er ebenfalls dreiunddreißig. Er und ich, das ist …« Ihm fehlten offenbar die Worte, um diese kranke Symbiose, wie es Heerse später bezeichnen würde, zu beschreiben.

»Marbus hat uns Ihren Namen genannt«, sagte der Hauptkommissar unvermittelt und es war ihm eine Genugtuung, dass sein Gegenüber ungläubig das Gesicht verzog und erwiderte: »Das ist eine Lüge, warum hätte er das tun sollen?«

»Es hat ihm nicht gefallen, dass Sie Nina Richter getötet haben. Marbus glaubt, Sie hätten sich eingemischt.«

Felix Schwarz schüttelte den Kopf. »Aber ich bin Raphael, ich habe für ihn Rache geübt an denen, die ihn wie einen Geisteskranken behandelt haben. Nina Richter tötete ich, damit es zu Ende gebracht wurde, ich bin doch für ihn eingesprungen«, erklärte er hastig. »Wie kann er mich da verraten?«

Der Hauptkommissar ging nicht darauf ein, sondern stellte seine nächste Frage: »Und warum Melanie Winter?«

»Weil sie schlecht war, wie meine Mutter. Weil sie sich über uns lustig gemacht hat in diesem albernen Blog und dem Interview. Jemand musste sie doch dafür bestrafen.« Er sah trotzig zu Heerse. »Ich habe getan, was getan werden musste. Ich habe versucht, der Welt zu zeigen, was Marbus vollbracht hat, deshalb all die Hinweise auf den Engelshenker. Ich wollte nicht, dass man ihn vergisst. Ich habe alles, was ich getan habe, auch für ihn getan. Kann ich mit ihm sprechen? Ich muss es ihm doch erklären.«

»Das wird wohl nicht möglich sein«, reagierte Heerse gelassen, während Oberkommissar Müller einen verächtlichen Ton ausstieß.

Schwarz bemerkte das und reagierte: »Sie können das nicht verstehen, weil Sie blind sind, ich hätte Sie heilen können, aber jetzt ist es zu spät.«

»Danke, verzichte«, antwortete Müller trocken und sah zu Heerse.

Die Beamten nickten sich zu. Die Fragen waren gestellt und beantwortet. Auf Felix Schwarz würde nun das Gerichtsverfahren warten.

»Es gibt noch mehr von uns«, rief er den Männern zu, als man ihn aus dem Vernehmungsraum führte. »Es gibt viele von uns, ihr könnt es nicht aufhalten.«

Sie hörten ihn noch eine ganze Weile diesen Satz wiederholen. Irgendwann verstummte er. Heerse rieb sich müde über die Augen und sagte schließlich: »Zeit, nach Hause zu gehen!«

EPILOG

Der Prozess gegen Felix Schwarz erregte großes Aufsehen und wie zu erwarten, erhielt der Mann die Höchststrafe. Es war nicht davon auszugehen, dass Felix Schwarz je wieder das Gefängnis verlassen würde. Man brachte ihn jedoch nicht in derselben Haftanstalt unter wie Dieter Marbus.

Der Engelshenker lehnte weiterhin jeden Besuch und sämtliche an ihn gerichtete Post ab. Felix Schwarz hingegen war, was das anging, aufgeschlossener und tatsächlich erschien auf Betreiben von Bernd Lauer einige Zeit später ein Buch mit dem Titel *Im Schatten des Engelshenkers*. Lauer erreichte dadurch einen gewissen Bekanntheitsgrad und verdiente ein wenig Geld, aber vermutlich würde der Erfolg bald verpuffen.

Bernd Lauers Behinderung der Justiz wurde mit einer Geldstrafe geahndet, während man bei Hansjörg Richters Fehlverhalten vonseiten der Gerichtsbarkeit Milde walten ließ. Es war davon auszugehen, dass seine Schwester auch nicht überlebt hätte, wenn der Mann sich sofort an die Polizei gewandt hätte.

Melanie Winter hatte sich von ihrem Freund getrennt und ihm verboten, ihre Lebensgeschichte zu vermarkten.

Trotzdem wurde auch sie eine Weile von der Presse bedrängt. Leonhard Schuster stand ihr in dieser Zeit bei und aus der anfänglichen Sympathie zwischen den beiden entwickelte sich bald mehr.

Leonhard Schusters Vater war zur Überraschung seiner Freunde und Bekannten von all seinen Posten zurückgetreten, mit der Begründung, er habe sich den Ruhestand verdient und würde die nächsten Jahre gerne im Kreise der Familie verbringen. Vermutlich war ihm mittlerweile klar geworden, dass er den größten Teil seines Lebens damit vergeudet hatte, sich zu beweisen, dass Marbus' Behauptungen, seine Person betreffend, nicht stimmten. Womöglich hatte er sich jedoch auch damit abgefunden, dass sie zutrafen. Für welche Sichtweise er sich entscheiden würde, war abhängig davon, inwieweit er immer noch empfänglich für die Manipulationen des Engelshenkers war.

Heerse und Schuster senior hatten seit ihrem unerfreulichen Zusammentreffen in der Tiefgarage kein Wort mehr miteinander gewechselt und so würde es auch in Zukunft bleiben.

Der Hauptkommissar hatte den Fall längst abgehakt, als er Wochen später in seinem Schreibtisch kramte und zufällig auf ein Foto von Clara Calliditas stieß. Es musste aus der Akte gefallen sein. Sie lächelte darauf verschmitzt, wie es eben ihre Art gewesen war, und fast glaubte Heerse, ihre Stimme zu hören, die ihm zuflüsterte: »Na, Heerse, alter Freund, haben Sie es wieder einmal geschafft.« Und dann bildete er sich ein, noch ein leises »Danke!« zu vernehmen.

ENDE

SCHLUSSWORT UND ANMERKUNGEN

Alle Personen, Institutionen und Handlungen in meinem Buch, nebst Namen und Bezeichnungen, sind frei erfunden. Ähnlichkeiten mit lebenden oder toten Personen und deren Handlungen sind rein zufällig und nicht beabsichtigt.

Noch einige Anmerkungen zu den Örtlichkeiten. Im achten Teil meiner Sepsis-Reihe »Der Engelshenker« nehmen das Schloss Favorite bei Rastatt und der dazugehörige Park als Schauplatz eine größere Rolle ein. Das liegt unter anderem auch daran, dass ich von dieser Anlage selbst so begeistert bin und mich dort regelmäßig aufhalte. Deshalb kann ich dieses herrliche Ausflugsziel nicht weit von Baden-Baden nur wärmstens empfehlen. Es lohnt zu jeder Jahreszeit und eigentlich auch bei fast jedem Wetter.

Einige Schauplätze entspringen natürlich meiner Fantasie, wie zum Beispiel das Dienstgebäude der Polizeibeamten oder die Justizvollzugsanstalt, in der Dieter Marbus seine Strafe absitzt. Gleichwohl gibt es in Baden-Württemberg einige Gefängnisse, in denen auch Langzeitgefangene untergebracht sind und waren.

Den Ort Leiberstung und das dort stattfindende Wendelinusfest gibt es wirklich.

Einige Worte zum Thema Engelkarten: Ich habe mich natürlich informiert und mir selbst einige Sets gekauft. Die im Buch erwähnte »alttestamentarische Variante« mit den unheilvollen Prophezeiungen entsprang voll und ganz meiner Fantasie. Die Karten, die im Handel erhältlich sind, scheinen mir, soweit ich das beurteilen kann, stets mit liebevollen, aufmunternden Texten versehen, die Trost und Zuversicht spenden sollen. Mir haben die Sets allesamt gut gefallen.

Der Erzengel Michael wird in der Bibel tatsächlich als der, der gegen den *Drachen* (damit ist der Teufel gemeint) kämpft, bezeichnet. Er ist derjenige, der Luzifer in die Hölle verbannte.

Der Erzengel Raphael gilt unter anderem als Heiler. Seine erwähnte Geschichte ist ebenfalls der Bibel entnommen, und zwar dem Alten Testament. Im Buch *Tobit* wird beschrieben, wie er hilft, einen Dämon durch das Verbrennen von Fischinnereien auszutreiben und einen Mann sehend zu machen, indem diesem Fischgalle in die Augen geträufelt wird. Ich habe diese Erzählung in verkürzter Form wiedergegeben und natürlich für meine schriftstellerischen Zwecke ausgelegt.

Herzlichen Dank, dass Sie sich Zeit für meinen Psychothriller »Der Engelshenker« genommen haben. Ich hoffe, Sie hatten spannende Stunden mit dem Heerse-Team und nicht zu viele schlaflose Nächte!

Ihre Ilona Bulazel

WEITERE BÜCHER DER AUTORIN

Alle Bände der Reihen sind in sich abgeschlossen und können unabhängig voneinander gelesen werden.

Lebendfalle (Psychothriller)
https://www.amazon.de/dp/B07YR2RSMR

Schattenleid (Psychothriller, Hauptkommissar Kaller Band 2)
https://www.amazon.de/dp/B07T7ZLTNB

Der Schmerzjäger (Psychothriller, Hauptkommissar Stutter Band 3)
https://www.amazon.de/dp/B07PDHYYBR

Blutschwarz (Psychothriller, Sepsis Band 7)
https://www.amazon.de/dp/B07KGH17H7

Der Todesprinz (Psychothriller, Hauptkommissar Kaller Band 1)
https://www.amazon.de/dp/B07G3GXWYM

Heimtückische Schuld (Psychothriller, Hauptkommissar Stutter Band 2)
https://www.amazon.de/dp/B07D3BHYMC

Blutmosaik (Psychothriller, Sepsis Band 6)
https://www.amazon.de/dp/B079S59SCX

Der Sündenfänger (Psychothriller, Hauptkommissar Stutter Band 1)
https://www.amazon.de/dp/B077ZMB5QW

Verdorbene Ernte (Psychothriller)
https://www.amazon.de/dp/B07494DKKH

Bitterblutige Wahrheit (Kriminalroman)
https://www.amazon.de/dp/B0716MQZXZ

Ufer der Angst (Psychothriller, Sepsis Band 5)
https://www.amazon.de/dp/B01NCTUIFX

Schmutzige Tränen (Psychothriller)
https://www.amazon.de/dp/B01H92SI1Y

Lautloser Hass (Psychothriller, Sepsis Band 4)
https://www.amazon.de/dp/B01CTAO28E

Sepsis – Showblut (Psychothriller, Sepsis Band 3)
https://www.amazon.de/dp/B01ADMWI8G

Sepsis – Das Schandmaul (Psychothriller, Sepsis Band 2)
https://www.amazon.de/dp/B015WUW2QM

Sepsis – Verkommenes Blut (Psychothriller, Sepsis Band 1)
https://www.amazon.de/dp/B00V0R616E

Das Geheimnis von Herculaneum (Historischer Roman)
https://www.amazon.de/dp/B06XR29T4J

Blutiger Schein (Thriller)
https://www.amazon.de/dp/B01J2WXQ6Q

Projekt Todlicht (Thriller)
https://www.amazon.de/dp/B011AKKO22

Die Akte Aljona (Thriller)
https://www.amazon.de/dp/B00Q5KOL2M

Operation Castus (Thriller)
https://www.amazon.de/dp/B00IDI70R2

world: reset – Nach den Aschentagen (Krimi/Science-Fiction-Thriller)
https://www.amazon.de/dp/B00CG8G79W

Mystery-Geschichten (Kurzgeschichten)
https://www.amazon.de/dp/B00LOVB5K8

SciFi-Geschichten (Kurzgeschichten)
https://www.amazon.de/dp/B00M4E48P8

Alle Titel erhalten Sie als E-Book (die Shops finden Sie auf der Website der Autorin unter https://www.autorib.de) oder als Taschenbuch über Amazon!

Printed in Poland
by Amazon Fulfillment
Poland Sp. z o.o., Wrocław

59796939R00174